LES PARAPLUIES DU DIABLE

Denis Monette

LES PARAPLUIES
DU DIABLE

ROMAN

Les Éditions
LOGIQUES

Les Éditions LOGIQUES sont reconnues par le Conseil des Arts du Canada, le ministère des Communications du Canada et le ministère des Affaires culturelles du Québec. À ce titre, la maison d'édition publie certains de ses ouvrages grâce à la collaboration de ces organismes.

Maquette de la couverture: Gaston Dugas
Mise en pages: Superscript

Les Éditions LOGIQUES inc.
C.P. 10, succ. «D», Montréal (Québec), H3K 3B9
Tél.: (514) 933-2225   FAX: (514) 933-2182

LES PARAPLUIES DU DIABLE
© Les Éditions LOGIQUES inc., 1993
Dépôt légal, 2e trimestre 1993
Bibliothèque nationale du Québec
Bibliothèque nationale du Canada
N° d'éditeur: LX-126

ISBN: 2-89381-132-9

À André, mon frère,
qui du haut du ciel
m'a guidé de sa lumière

Prologue

La rue était la même, avec les nids-de-poule que le printemps nous servait jadis, après qu'on eut cassé la glace avec le pic. La maison avait été repeinte et dégarnie de ses rampes de bois, mais, tout comme autrefois, elle était majestueuse avec ses trois étages, son escalier extérieur qui menait au second et, sur ce palier, ses trois portes dont celle du centre qui s'ouvrait sur l'escalier intérieur du troisième étage. Par un curieux hasard, cette dernière avait gardé sa vitre ornée de deux cygnes qui s'inclinaient gracieusement l'un devant l'autre. «Maudit! Pourquoi avait-il fallu qu'on change la vitre de la porte du bas, dans laquelle je faisais avec mes doigts le contour des fleurs incrustées?»

Numéro civique: 8012, Saint-Dominique, Montréal, P.Q. Ma mère, qui avait la mauvaise manie de donner phonétiquement son adresse comme le *quatre-vingt-douze* au lieu du *huit mille douze,* s'étonnait sans cesse de ne pas recevoir ses colis de chez Eaton ou d'avoir à rappeler deux fois pour son taxi.

✧ ✧ ✧

Michel Brisseau, cinquante-cinq ans. Mon nom, mon âge. Dans ma Mazda 323, stationnée devant cette porte, je regarde de mes yeux de grand-père cette maison, comme si je l'avais quittée hier. Comme si une seule nuit s'était écoulée entre l'enfant blond d'antan et l'homme aux cheveux gris d'aujourd'hui.

❖ ❖ ❖

Juin 1943. J'avais sept ans depuis quelques mois à peine et j'étais en train de colorier à la cire un gros chat dans le cahier que j'avais reçu en cadeau de ma mère.

— Michel, t'irais-tu au marché acheter une poche de blé d'Inde?

— Ah non! m'man. Ça pèse une tonne, pis c'est à six coins de rue...

— Ben, voyons donc, avec ta barouette, ça s'tire tout seul.

— Y'a deux roues qui sont croches, m'man. Ça va finir par défoncer. J'suis pas un cheval! Pourquoi tu demandes pas à Maurice?

— Y'est pas là, pis arrête de chialer. C'est quand même pas moi qui vas aller là avec le p'tit pis mon mal de tête. Le blé d'Inde vient d'arriver, faut pas attendre qu'il soit pourri pour l'acheter. Vas-y, Michel, fais-ça pour ta mère. J'ai des étourdissements, j'tiens plus sur mes jambes...

— O.K. j'vais y aller, mais c'est la dernière fois que j'y vais tout seul. Maurice va pas toujours s'en sauver. Y'en mange lui aussi, pis y'a Julien...

— Arrête donc de te plaindre le ventre plein! Y'a des enfants qui crèvent de faim pis qui s'feraient pas prier pour être à ta place. Pense aux petits Juifs sous le régime d'Hitler, pense à tous ceux qui n'ont pas d'père ni mère...

— J'y vais, m'man, j'y vais. R'commence pas tout ça...

— Si l'habitant te demande trente-cinq cennes, fais-le baisser à vingt-cinq, gêne-toi pas!

— Pour qu'il m'envoie chier? C'est c'qui fait quand t'es pas là. J'y vais, m'man, mais je bargaine pas. Y'a assez des Italiennes qui font ça. Tu penses qu'ils vont baisser leur prix avec un p'tit trou d'cul comme moi?

— T'as pas besoin d'parler mal comme ça. Fais juste essayer...

— J'parle pas mal, m'man, c'est comme ça qu'ils me traitent quand t'es pas là. Ils veulent même pas mettre la poche dans ma barouette. Y m'arrachent mon argent des mains pis y m'disent de sacrer mon camp, que j'dérange les autres clients.

— Ah, Seigneur! Si j'en avais la force, j'irais avec toi pis ça s'passerait pas comme ça. Gang d'écœurants! Mais là, j'suis malade comme un chien...

— Oui, oui... m'man, je l'sais. J'y vais, mais je r'viens vite. On crève de chaleur, pis ma barouette...

— Arrête de parler pis vas-y si tu veux r'venir. Tu jacasses comme une pie! Y'est déjà midi, Michel! Vas-y, maudit, le stock va être tout écoulé!

— O.K. mais donne-moi cinquante cennes juste au cas...

— C'est bon, mais laisse-toi pas avoir! Avec le change, si t'as d'la place dans ta barouette, achète donc un chou pis un navet.

— Ah, non! C'est pas dans le même kiosque, ça. C'est plein d'monde, pis...

— Ça va, ferme-la. La poche de blé d'Inde pis r'viens. Avec le ragoût, y'aura juste des patates! J'peux plus t'entendre, ma pression monte. Regarde-moi, j'ai l'visage rouge à cause de toi!

Quelques années plus tard, j'héritais, après celle du marché, d'une autre tâche aussi désobligeante.

— Michel, il faudrait que tu ailles à la Bendix. J'ai un tas de lavage et si ça continue, vous n'aurez plus rien à vous mettre sur le dos!

— Viarge! Pas encore moi? Demande à Maurice, il n'y va jamais, lui, m'man!

— Laisse faire, d'abord. Je vais y aller moi-même avec la grosse poche et, si je r'viens pas, vous viendrez m'ramasser dans la rue quand j'me serai écrasée de fatigue. Laisse faire, Michel, laisse faire, mais quand j'serai morte, vous allez être mal pris, tout seuls avec le père.

— Maudit! C'est pas que j'veux pas y aller, mais c'est toujours à moi que tu l'demandes. Maurice pourrait bien y aller des fois? Et pourquoi pas Julien? Il est bien plus grand et bien plus fort que moi, lui?

— Tu sais bien qu'il ne s'abaisserait jamais à aller à la buanderette, celui-là. Pis, laisse donc faire, j'vais m'écraser, pis après, vous vous arrangerez. Continue de jouer...

— O.K. m'man, j'vais y aller...

— Mange d'la marde! Trop tard, j'vais y aller, mais j'te l'répète mon p'tit maudit, c'est toi qui vas me faire crever!

Mais je finissais toujours par y aller. C'était de cette façon que ma «sainte mère» m'avait à chaque fois que je refusais de faire une course pour elle, lorsque, frêle enfant, j'héritais des corvées les plus astreignantes de la maison.

Comment oublier le marché Jean-Talon quand, à sept ans, gros comme un pou, c'était moi qu'elle déléguait chez l'habitant avec ma barouette et des sueurs au front. Pas son Jean-Pierre qui avait seize ans, pas Julien, son petit pianiste de treize ans, pas son Maurice d'un an mon aîné qui l'envoyait chier chaque fois qu'elle lui demandait quoi que ce soit! Et comme bébé Claude n'avait que deux ans... c'était moi, de gré ou de force.

Oui, toujours moi, l'indésirable parce que... non désiré! Celui qui était arrivé par accident treize mois après Maurice. Celui dont elle avait tenté de se débarrasser comme elle l'avait fait pour tant d'autres, mais le bain de moutarde, dans mon cas, ça n'avait pas marché. Oui, celui qui était venu au monde les pieds en premier dans sa tentative de le virer. Son pire accouchement! Ses plus grosses douleurs et une naissance à la Miséricorde, comme si elle avait été une fille-mère! Parce qu'en ce 4 juin 1936, il n'y avait pas de place à l'hôpital Sainte-Jeanne-d'Arc. Eh oui! un «indésiré» né juste trois ans avant la Seconde Guerre mondiale. Un fils par-dessus le marché, elle qui en avait déjà trois sans parler du puîné mort à onze mois d'un coup de soleil sur la tête. Elle disait préférer les garçons par orgueil, de peur d'avouer qu'elle aurait aimé, tout comme sa sœur Jeanne, avoir une ou deux filles à dorloter. Ah! chère mère, qui obtenait tout de moi par le chantage, parce que, enfant au cœur tendre, j'avais tellement peur qu'elle s'écrase en pleine rue. D'autant plus qu'elle me répétait sans cesse: «Si ça m'arrive, t'auras ma mort sur la conscience!» Chère Ida, va! Et je n'avais que sept ans, l'âge de raison pour à peine comprendre... sans rien comprendre encore de mon arrivée «de force» en ce bas monde.

Chapitre 1

Tout s'éclaire, tout s'anime. La rue Saint-Dominique reprend vie avec ses gens d'hier. Emporté par l'élan, je quitte mon corps d'homme et je reprends celui de l'enfant. Madame Giroux étend son linge sur la corde et lance à ma mère:

«Faites comme moi, madame Brisseau. Paraît qu'il va mouiller toute la journée demain.» Ma mère étendre son linge? De temps à autre seulement, quand le tordeur de son moulin fonctionnait et que, souvent distraite, elle ne s'y écrasait pas un doigt. Pour elle, la Bendix de la rue Saint-Denis était beaucoup plus pratique. Pour un gros «trente sous» rond, on avait droit à une brassée et un essorage. Linge qu'elle étendait par la suite sur une corde dans le fond de la cave pour ne pas être vue des voisins, pour ne pas passer pour une paresseuse qui refusait de s'étirer les bras sur la corde où, les moineaux, en rang d'oignons, venaient laisser leur crotte. J'en savais quelque chose, j'y allais chaque semaine. Dix coins de rue avec une poche plus lourde que moi! Je connaissais les six machines à laver. La plus rapide comme celle qui bloquait à toutes les deux minutes.

Sur la rue Saint-Dominique, entre Gounod et Jarry, vivaient des familles de toutes les nationalités. Des Canadiens français, des Italiens, des Anglais et même une famille allemande. Eh oui! En pleine guerre! Une famille qui avait foutu le camp parce que les enfants pétaient leurs vitres en leur criant: «À mort, Hitler!» Pourquoi tant d'Italiens? Parce qu'ils s'emparaient peu à peu du quartier qui n'était pas loin du marché Jean-Talon, et qu'ils étaient juste en face du parc Jarry où ils pouvaient cueillir au prix de la nature... leurs pissenlits! Curieux, j'avais tenté une fois d'en arracher quelques-uns pour ma mère et j'avais été chassé par madame Torino. Oui, comme un chat qui serait venu pisser sur le territoire de l'autre!

— Dis à ta mère d'acheter des épinards. Les pissenlits, c'est à nous!

Mon frère et moi étions partis en courant, tout en criant à cette voisine: «Maudite macaroni!» Ce qui nous avait valu de la part de ma mère un coup de balai au derrière. Dans sa rage d'avoir été frappé, Maurice avait crié:

— Va chier, la mère!

— Quoi? Attends que ton père arrive, mon p'tit torrieu! Sainte bénite! Qu'est-ce que j'ai fait au ciel pour avoir un effronté comme ça?

En pleine période de guerre, qui se déroulait pourtant au loin, on eut droit un certain jour à une éclipse. Tout était devenu noir dans le ciel au milieu de l'après-midi. Sur son balcon, madame Torino, les bras levés vers les nuages, criait à tue-tête: «C'est la fin du monde! C'est la fin du monde!»

Écrasé dans le fond de la cuisine, je tremblais de peur. Je regardais ma mère dans l'espoir de trouver un réconfort. Elle brassait sa soupe, ajustait son tablier et murmurait...

«C'est juste une éclipse, ça va passer» Pour une fois, tapi dans le noir, petites lunettes rondes sur le bout du nez, Maurice avait conjugué son verbe préféré. Il avait chié dans ses culottes... l'effronté!

«Ta mère est grosse!» avait crié Sylvio, le fils de la Torino, et mon frère Maurice l'avait couraillé jusqu'au coin de la rue pour lui mettre son poing sur la gueule. Aussi effronté qu'il était lui-même, personne n'avait le droit d'insulter sa mère, car c'était elle qui faisait tout dans la maison. Cinq garçons à nourrir, à vêtir, à élever, tel était son lot. Elle se levait même la nuit, en plein hiver, pour mettre du charbon dans la fournaise. Elle voyait à tout, aux comptes à payer comme aux cendres à sasser! Parce que Conrad, son mari, mon père, était rarement à la maison.

Ida et Conrad ne se sont jamais aimés. Mon cœur d'homme l'affirme; celui de l'enfant, déjà, le sentait. Jamais un bon mot l'un pour l'autre, pas la moindre caresse. Pas même le plus petit signe de tendresse. Il lui donnait de l'argent, partait en gagner d'autre, revenait au bout de cinq jours et repartait sans le moindre geste d'amour. En femme soumise de son époque, ma mère en avait fait son deuil. Mais sa rogne, son impatience, venaient sans doute tout droit de la blessure qu'elle avait au fond du cœur. Quand il était là, si peu souvent, il lui arrivait de nous caresser timidement la nuque. Mais c'était comme si ce geste le gênait, comme s'il avait peur d'être vu par ma mère à qui il ne touchait même pas la main. Et pourtant, les enfants naissaient. Ils n'étaient quand même pas du bec de la cigogne tous ces marmots à ses jupes. Très discrets sur «la chose», je n'ai entendu qu'une fois, porte de chambre close, ma mère lui dire: «Achale-moi pas, j'ai mal à la tête, je ne file pas pour ça!» Claude «dit Cloclo» était quand même arrivé cinq ans après moi. Comment avait-il pu la convaincre de faire l'amour? Je me le suis demandé toute ma vie. J'ai même appris entre les branches, qu'entre moi et le dernier, une fausse-couche ou une délivrance volontaire s'était produite. Qu'était donc ma mère pour mon père? La bonne à élever ses enfants? J'ai même honte de penser qu'elle n'a été, pour lui, qu'un déversoir organique, mais, je vous jure que ça m'a effleuré l'esprit longtemps, devenu un peu plus grand. Sur la rue Saint-Dominique, en 1941, je me souviens d'avoir vu ma mère composer le «CAlumet 2367» pour dire à sa sœur Jeanne: «Il va être content, l'écœurant, j'suis encore en famille!» Oui, l'écœurant, comme elle l'appelait. À cinq ou six ans, on entend, on n'est pas sourd, et je savais fort bien que ce terme n'était pas joli. Mon grand frère, Jean-Pierre, l'employait quand il parlait d'un ami qui l'avait trahi. Mais dans la bouche de ma mère, ça sonnait comme du mépris. Oui, Conrad était content quand Ida était enceinte. Il en avait pour neuf mois à être plus absent parce que ma mère était davantage emprisonnée. Le plus curieux c'est que, pendant ses grossesses, ma mère ne souffrait pas de migraines. Son mal s'arrêtait sec pour reprendre dès les premières règles après l'accouchement. Elle nous l'a avoué plus tard, car de toute ma jeunesse je n'ai jamais su qu'une femme, une fois par mois, avait des règles. Très scrupuleuse, ma mère gardait ces secrets pour elle. Comme plusieurs autres, d'ailleurs, qu'elle n'a jamais dévoilés de sa vie. Ses fameuses migraines et les piqûres qu'elle se faisait elle-même. Comme elle a dû souffrir de ses horribles maux de tête, ma pauvre mère! Et ce n'est que beaucoup plus tard qu'elle m'a avoué: «Ils ont commencé à ma nubilité pour se terminer à ma ménopause» Faut dire que les gynécologues n'étaient pas monnaie courante à l'époque et que le docteur Lamer, ne trouvant pas la cause, la gavait d'injections à calmants. Dans sa grosse cuisse! Voilà où s'injectait ma mère. C'était d'ailleurs la seule chose qu'elle faisait devant nous, comme pour attirer notre sympathie, comme pour s'assurer que nous allions être sages pour une journée ou deux. Je la regardais faire et j'en étais terrifié! À tel point que, depuis, je n'ai jamais été capable de regarder quelqu'un se faire piquer, sans détourner la tête.

Faute d'amour, sans la moindre effusion de la part de mon père, ma mère a jeté son dévolu sur ses fils. Elle ne vivait que pour eux, que pour leur bien-être, pour qu'ils ne manquent de rien. Mais, brimée dans ses sentiments de femme, elle avait fait de ses petits... des mal-aimés. J'imagine qu'on ne peut pas donner ce qu'on n'a pas reçu, mais jamais, d'aussi loin que je me le rappelle, je n'ai vu ma mère se pencher sur Maurice ou sur moi pour nous embrasser. Cloclo, oui, mais pas nous, à moins que le plus vieux, le premier, ait eu droit à ce geste d'amour. Sans le baiser de ma mère au coucher, sans les caresses d'un père souvent hors du foyer, qui étais-je donc à sept ans sinon un enfant en quête, chez tout passant, de l'affection dont il était privé à la maison. J'étais pourtant «son plus beau» disait-elle, parce que j'avais les cheveux blonds et les yeux pers comme elle. Délicat et «beau comme un cœur» selon les voisines, j'aurais dû être beaucoup plus près de ma mère. Mais non! Comme les autres, j'étais l'un de ses gars, un de plus sur les bras. Elle avait cependant un faible pour l'aîné, Jean-Pierre. Déjà à seize ans, séduisant, petite moustache, il se moulait en droite ligne sur le profil de

Clark Gable. Mais beauté mise à part, il avait plus que ça à son profit, Jean-Pierre, dans le cœur de ma mère...

C'était Jeanne qui avait présenté Conrad à ma mère.

– C'est un bon parti, Ida. Il est dans les affaires, il a un compte en banque et il est seul dans la vie. Son père est mort quand il avait trois ans et sa mère est décédée il y a deux ans. Il n'a ni frère ni sœur. Au moins, toi, tu ne seras pas embêtée par sa famille comme je l'suis depuis que j'ai marié Émile.

– Il a l'air de quoi ton Conrad Brisseau?

– Un bel homme, toujours bien mis, rasé de près, poli et distingué. C'est en plein le genre pour toi, ma petite sœur. Émile m'a même dit qu'il avait une préférence pour les blondes avec de jolies rondeurs.

– Un coureur de jupons ou un homme à marier?

– Mais non, un gars sérieux qui veut fonder un foyer. Il vit tout seul dans le logement de sa défunte mère. Tu saisis? Accepte au moins de le rencontrer. Tu as déjà vingt-deux ans, tu ne vas pas passer ta vie ici avec papa et maman, non? T'as jamais eu un seul ami de garçon, Ida. Il serait temps que tu te cases. Moi, j'en ai eu trois avant Emile. T'es quand même pas pour rester vieille fille? Pas avec ton apparence?

C'est donc sur les instances de sa sœur qu'Ida Beaudry fit la connaissance de Conrad Brisseau. Avec un seul détail que Jeanne avait omis de lui dire, Conrad avait dix ans de plus qu'elle. Un «vieux garçon» de 32 ans! Mais il faut croire que le charme de cet homme mûr pour l'époque avait secoué ma mère. Au point de ne pas se rendre compte qu'il avait déjà vécu et qu'elle... était encore vierge!

L'enfant blond et curieux que j'étais n'a jamais pu tirer de sa mère le moindre chapitre de son roman. Tout ce que j'ai trouvé un jour au fond d'un tiroir, c'est un portrait de noces. Elle, en robe Charleston avec bonnet à fleurs et quelques roses à la main. Lui, en complet, cravate, feutre mou à la main. Pas le moindre sourire comme la mode le voulait, en pareille circonstance. Toutefois, fait remarquable, elle était à son bras. Elle était belle, ma mère, au temps de ses vingt ans. Mince sur ses photos de jeune fille, plus rondelette le jour de son mariage, je me suis demandé maintes fois en grandissant, si elle ne s'était pas mariée enceinte de son Jean-Pierre. Mais je n'osais pas la questionner, mes frères pas davantage. Jean-Pierre était-il ce qu'on appelait jadis «l'enfant de l'amour?» Était-ce pour cette raison qu'il était son préféré, celui qu'elle a le plus aimé, le plus comblé? Avait-il été conçu dans la passion et non par devoir comme ce fut le cas pour les autres? Le temps, ce grand maître, allait un jour se charger de lever le voile sur une lueur du passé...

Mon grand-père maternel, Hector Beaudry, n'a eu que deux filles: Jeanne et Ida. Il aurait souhaité un garçon et il en a toujours voulu à ma mère de ne pas être née avec... un pénis! A tel point qu'il était dur et injuste avec elle. Sans aller jusqu'à la battre pour un rien, il la bafouait sans cesse. Et, c'est pourtant elle qui en a pris soin jusqu'à son dernier jour. Ce pépère Beaudry que je n'aimais pas. Ce grand-père qui venait nous visiter sans même nous regarder et qui puait la bière. Ce vieux grognon qui aurait dû mourir avant ma grand-mère. Mais non, c'est elle, ma douce grand-maman, qui est partie la première à l'aube de ses cinquante-six ans. J'avais à peine trois ans et j'ai encore devant les yeux l'image d'elle dans son cercueil. Cheveux grisonnants, robe d'un gris perle, elle gisait, mains jointes sur un chapelet et, une légère brise venue de je ne sais où, soulevait sa robe comme si elle respirait. J'avais dit à ma mère: «Regarde, maman, elle souffle encore.» Comme si je refusais qu'elle parte. Comme si, à trois ans, je savais déjà qu'une morte, ça ne revenait pas. Ce jour-là, j'ai vu ma mère pleurer avec son cœur. Dès lors, j'allais la voir plus souvent... pleurer de rage!

Chapitre 2

Quand juin se montrait le bout du nez, j'étais fou comme un balai! Le 4 de ce mois, c'était ma fête et, dix-huit jours plus tard, c'était la fin des classes. À huit ans, je ne voulais plus du sempiternel livre à colorier et j'avais demandé à ma mère de m'acheter un petit singe sur un tricycle qu'on remontait à l'aide d'une clé. Je l'ai reçu, mais comme j'avais promis de le prêter à Cloclo de temps en temps, mon jouet n'a duré que trois jours. Le «gros bébé» à sa mère avait brisé le ressort et, malgré mes larmes, mon cadeau n'a pas été remplacé. De mon père... rien! Pas même un souhait ou une main dans mes cheveux. Absent depuis quatre jours, il était revenu deux jours après ma fête et, face à mes reproches, il m'avait répondu: «Papa doit gagner des sous, lui!» Toujours la même réponse de la part de Conrad qui gagnait des sous sans trop en dépenser, du moins pour nous gâter. Ma mère, malgré son calvaire, arrivait toujours à le défendre quand nous nous en plaignions.

— Ton père travaille fort, Michel, et on manque de rien à la maison. Pendant que tout le monde est à la ration, nous, on a du beurre sur la table, pas de la margarine.

– Pourquoi t'en vendrais pas une livre à la mère de mon ami Jean-Louis, m'man?

– Parce que ton père ne se fend pas en quatre pour nourrir le quartier! De la margarine, après tout, ce n'est pas de la marde!

– Alors, pourquoi on n'en mange pas, nous?

– Parce que t'aimerais pas ça, pis, pense à Julien avec son bec fin. J'pourrais même pas lui fourrer ça dans ses patates pilées.

Les patates pilées! On ne mangeait que ça à la maison parce que Julien, le grognon de la table, ne voulait rien d'autre. Des frites ou des pommes de terre bouillies? Jamais! Pas avec la fine gueule de Julien. Il avait droit à ses caprices celui-là, du moins à table. Je n'ai jamais mangé autant de pâtés chinois que dans ce temps-là, parce que ça se faisait avec... des patates pilées! Ma mère n'était pas ce qu'on appelle un cordon-bleu, mais dans la «grosse nourriture» elle était imbattable. Des fricassées aux oignons, des macaronis au fromage, des œufs en sauce blanche, des bouillis aux légumes, on en a mangé. Mais, nous répétait-elle, il ne fallait pas se plaindre. À l'étranger, en pleine guerre, les gens se battaient pour un croûton de pain. Voilà pourquoi j'aimais aller chez l'épicier avec mes coupons de rationnement. C'était comme si j'étais privilégié quand je revenais avec une livre de sucre blanc.

– M'man, monsieur Lachapelle a dit que nos coupons pour le sucre étaient épuisés, qu'on n'en n'aurait plus jusqu'au mois prochain...

– Qu'il aille chier, ton père va en trouver!

Mon père avait, avec un associé, un commerce qui consistait à fournir les restaurants en cigarettes, bonbons, chocolats, etc. Donc, en plein dans le milieu pour obtenir du beurre et du sucre rationnés. Cela me décevait, car dans mon âme de «petit pauvre» j'aurais aimé tout comme mes amis, Jacques et Jean-Louis, souffrir un peu de la misère. Mais non, nous ne manquions jamais de rien, nous... sauf d'amour. Jean-Louis me disait: «On sait bien, ton père est riche lui!» Un jour, mon ami Jacques m'avait dit en pleine face: «Mon père dit que ton père a un *racket*.» C'était quoi un *racket?* Il n'en savait rien, pas plus que moi, et quand j'en ai parlé à ma mère, elle m'a répondu:

— Son père est un jaloux. Je ne veux plus que tu joues avec ce garçon-là.

— Mais, m'man, Jacques est mon ami, on est dans la même classe...

— Fini, compris? Tiens-toi avec Jean-Louis. L'autre, j'veux plus l'voir ici!

Maurice, qui avait tout entendu et qui «respirait» toujours en vertu d'une vengeance à exercer, s'était levé en pleine nuit, deux jours plus tard, afin d'aller coller une gomme sur le bouton de la sonnerie d'entrée de la maison de Jacques. Son père avait cherché pendant deux semaines *le bum* qui avait pu faire ça.

Un *racket?* Je savais que mon père rentrait toujours les poches bourrées d'argent. Comme il était commerçant, je pensais que c'était là l'argent qu'il gagnait. Ce que je ne savais pas, et que j'ai appris beaucoup plus tard, c'est qu'il exploitait une «barbotte» ou, si vous préférez, une maison de jeu. C'était illégal, mais il était protégé. Lui, il ne jouait pas, il encaissait. C'est pourquoi il partait pendant des semaines. C'est de là que parvenait sa plus grosse part de *gains de sous* pour employer son expression. J'imagine que ma mère s'inquiétait, qu'elle songeait aux risques et peut-être aussi aux «filles» qui circulaient dans ce circuit. C'était peut-être pour ça qu'elle l'appelait son *écœurant* quand sa sœur Jeanne composait le «DUpont 6502» notre premier numéro de téléphone. Pourtant, elle ne se gênait pas, la nuit venue, pour fouiller dans ses poches et s'emparer d'un billet de cinquante «piastres» pendant qu'il dormait. C'est Maurice qui l'avait prise en flagrant délit. Furieuse, elle lui avait demandé:

— Qu'est-ce que tu fais debout, toi?

— J'm'en vais pisser, la mère!

Le lendemain, mon père séparait son argent. Les billets de cent, les cinquante, les vingt, les dix, les cinq, sans s'apercevoir qu'il lui manquait cinquante «piastres» Fallait qu'il ait les poches bourrées, non? En 1944, en pleine guerre par-dessus le marché! On avait de tout sur la table, mais je vous jure qu'il était quand même près de ses sous. La viande, le pain, les vêtements, il n'était pas regardant, mais c'était un tour de force de lui arracher cinq cennes pour un cornet de «crème à glace» Ma mère aussi n'était pas lousse, comme on disait dans le temps. Élevée pauvrement, elle en avait gardé l'habitude. Alors qu'elle pouvait tout payer comptant, elle se faisait un malin plaisir d'acheter à crédit du Juif qui vendait de porte en porte. Quand il venait faire sa collecte le vendredi, elle me criait: «Chut! Pas de bruit, c'est le Juif. Qu'il revienne la semaine prochaine; aujourd'hui, y'aura pas une maudite cenne!» Même scénario avec le vendeur de produits Watkins. Il revenait parfois trois fois avant qu'elle lui verse un très léger acompte sur son dû. Elle achetait à crédit chez l'épicier, chez le marchand de fruits, et quand on l'appelait parce que le compte était trop élevé, elle me criait: «Michel, va lui porter deux piastres. Ça va lui fermer la gueule!» Et pourtant, elle avait tout ce qu'il fallait dans sa sacoche pour jouer à la grande dame. Elle aurait pu faire chier, passez-moi l'expression de mon frère, toutes les femmes du quartier. Mais Ida Brisseau se complaisait à jouer les pauvresses et à quasiment brailler devant le propriétaire quand il était venu lui dire que le prix de notre loyer passerait de trente à trente-cinq «piastres» par mois. Pas riche, cinq enfants, les temps durs, elle lui avait fendu l'âme au point qu'il lui avait signé un nouveau bail à trente-trois «piastres» Souriante, elle venait de sauver deux «piastres» par mois, vingt-quatre par année, un camion de charbon, quoi!

Ida, la grosse Ida comme je l'appelais dans ma tête quand j'étais en colère. Parce qu'elle n'était pas maigre, ma mère, avec ses cent soixante livres sur ses quatre pieds, dix pouces. Ce n'était plus la jeune mariée du portrait dissimulé, mais elle n'était pas laide pour autant avec ses joues rondes, ses pommettes, ses beaux yeux pers et ses cheveux blonds frisés au fer. Ah! ce fameux fer qu'elle chauffait sur le rond du poêle à gaz! Quand elle tortillait ses mèches autour des lames, ça sentait le brûlé pendant une heure dans la maison. Mais sa coiffure était en place pour trois semaines ou... un mois! Un *canard* d'eau bouillante n'aurait même pas pu défriser ça! De plus, ma mère avait du lard aux hanches et aux bras, sans parler de ses jambes dont la gauche était pleine de varices... à quarante ans. Son gros Cloclo, son p'tit dernier qui pesait douze livres à la naissance, avait ravagé trois ans plus tôt les derniers charmes de cette mère aux trop nombreuses portées. Découragée, elle se laissait aller, elle que mon cœur d'enfant aimait et qu'il plaignait tout à la fois. Et mon père, toujours mince et *dandy,* était de plus en plus absent. Bon pourvoyeur d'une table bien garnie, ma mère était arrivée à ne plus l'excuser quand on le réclamait.

— Tu devrais être plus souvent avec les enfants, Conrad. Il nouait sa cravate, ajustait ses boutons de manchettes, se parfumait avec sa Danderine, lissait ses cheveux et, sans répondre, filait à l'anglaise.

— Papa n'est plus là, m'man? Déjà parti?

— Oui... l'écœurant!

Ma mère était une bonne personne. Tout le monde l'aimait dans le quartier, même les Italiennes qu'elle avait réussi à amadouer. Pas facile, sa vie. Un père qui l'avait quasi rejetée, un mari qui ne l'aimait pas et qui n'était là que pour lui faire un autre petit. Aigrie? Bien sûr, avec cinq garçons à élever, à diriger, à commander, tel un colonel d'armée. Mais jamais elle ne se plaignait de cette corvée. C'était à mon père qu'elle en voulait. L'enfant de chienne, comme elle l'appelait quand elle était dix fois plus en furie. Pas tout à fait tendre parce qu'elle n'avait jamais connu la tendresse, elle était cependant très sensible. Je dirais même romanesque, ce qu'elle cachait très bien derrière un masque de fierté. Mais il fallait la voir, l'oreille collée à la radio, quand elle écoutait *Grande Sœur* ou *Jeunesse Dorée.* Ces romans-feuilletons à l'eau de rose étaient sans doute pour elle ce que pouvait être *Cendrillon* pour les petites filles en pâmoison. Le conte de fées, le prince charmant, quoi! À quarante ans, j'en mettrais ma main au feu, Ida rêvait encore comme une adolescente de quinze ans. En vain, mais pour la paix du cœur et la survie de ses sentiments, sûrement. Et elle chantait ma mère, très bien et dans la note. *La parade de la chansonnette française,* c'était sacré pour elle. Il faisait bon l'entendre fredonner *Destin* avec Tino Rossi, ou *J'attendrai* avec Rina Ketty. C'était là ses deux chansons préférées de *la Parade*, mais combien de fois l'ai-je entendue chanter *Froufrou,* la chanson que lui avait apprise sa mère. Elle la savait au complet, du premier au dernier couplet, et c'est d'une voix de soprano que ma mère chantait... quand elle était heureuse. Un autre de ses atouts était son don pour l'écriture. Elle n'avait qu'une troisième année scolaire et pouvait composer une lettre de dix pages sans la moindre faute d'orthographe. Une véritable autodidacte. De plus, son écriture était si belle qu'on aurait pu croire qu'elle était celle d'une femme de lettres. Il lui arrivait d'écrire de charmantes missives à des cousines éloignées et, lorsqu'elle signait, le I de son prénom était si artistique qu'on aurait pu croire qu'elle l'avait emprunté à l'art gothique. Quand je parle de lettre de dix pages, je me réfère surtout à celle qu'elle avait écrite à sa sœur Jeanne, à la suite d'une brève altercation. Rouge comme un coq, prompte, rancunière, voilà comment devenait ma mère devant la moindre trahison. J'avais lu à son insu quelques pages de la lettre destinée à Jeanne... et je n'en croyais pas mes yeux. Elle devenait si méchante dans sa hargne que les mots dépassaient sûrement sa pensée. Mais, fière et outrée, elle ne retranchait pas la moindre ligne.

— M'man, c'est pas vrai, tu vas pas lui maller ça?

— Mêle-toi de tes affaires! Elle mérite beaucoup plus qu'ça pour avoir parlé dans mon dos à ton père.

— Mais, tu pourrais lui téléphoner, t'expliquer...

– Dis-toi une chose, mon p'tit. Les paroles s'envolent, les écrits restent!

En effet. Car après réception de la lettre, Jeanne avait été six mois sans parler à ma mère. Maurice avait d'ailleurs hérité d'elle cette violence par correspondance. Beaucoup plus tard, ses lettres de haine à lui, pouvaient s'étaler sur vingt pages.

Côté hygiène, ma mère ne péchait pas par excès de propreté. Il est évident qu'avec une petite salle de bains pour sept, avec un bain sur pattes et pas de douche, on ne pouvait pas être chaque jour *Spic and Span*. De plus, sans eau chaude courante, il fallait bouillir l'eau du *canard* dix fois pour remplir la moitié de la baignoire. Mon père, homme très soigné, était «le privilégié» quand il était présent. Jean-Pierre qui commençait à courir les filles avait aussi quelques priorités. Pour nous autres, c'était une fois par semaine dans une eau tiède. Il m'arrivait même de prendre mon bain dans la même eau que Maurice. Dans sa crasse, quoi! Son gros bébé, c'était dans l'évier de la cuisine qu'elle le lavait et le poudrait. Son tour à elle venait, je ne sais quand, mais je l'ai rarement vue sortir de la salle de bains enroulée dans une serviette. Sans doute la nuit, quand nous dormions, trop scrupuleuse pour être vue à demi nue par ses garçons. Pour nous, il en allait de même. Jamais l'un des frères n'a pu voir l'autre en «petite tenue» Il était interdit de se promener en sous-vêtements dans la maison. Prendre un bain en même temps que Maurice? Allons donc! L'un aurait vu «le moineau» de l'autre? Pas question!

À cause d'Hitler et de la guerre, tout coûtait cher selon ma mère, même... le savon! Et quand, par mesure de prudence, elle épargnait son Palmolive, c'était avec le Barsalou qu'on se lavait. Le même qu'elle utilisait pour décrasser ses planchers et ses torchons! Les *kleenex* de l'époque étaient aussi denrée rare dans la maison. Quand l'un de nous avait besoin de se moucher, Ida nous indiquait le panier à linge sale. On s'y rendait, on fouillait et on se mouchait dans la chemise de Julien, le caleçon de ma mère ou les bas sales de Jean-Pierre. Imaginez l'odeur de ce panier quand tout était sec de la morve que nous avions dans le nez. Les caleçons étaient aussi raides que des bâtons et les chemises avaient les deux bras en l'air comme si on leur avait mis du *wave set*. J'imagine encore la tête des employés de la buanderie Saint-Hubert quand ils recevaient la poche. Quand c'était moi qui allais à la Bendix, je m'empressais de tout «garrocher» dans la machine tellement ça puait! C'était ça notre hygiène, et pas juste parce que... c'était le temps de la guerre! J'ai compris beaucoup plus tard pourquoi Conrad mon père, s'était toujours occupé lui-même de son linge, de ses repas et de ses cols empesés par le Chinois du quartier. Par contre, les bonnes manières, elle y tenait ma mère. Ce qui l'irritait pour mourir, c'est quand l'un de nous allait pisser sans tirer sur la chaîne en même temps. Combien de fois l'ai-je entendue crier:

«Maurice, tire ta chaîne... *elle* pisse comme une neuve!»

Nous avions trois chambres dans le logement. L'une pour mes parents et mon petit frère, l'autre pour Jean-Pierre et Julien et, la troisième, la plus petite, pour Maurice et moi qui dormions dans le même lit avec des oreillers durs comme du ciment. L'été, on couchait en sous-vêtements, ceux qu'on avait portés toute la journée. L'hiver, dans nos *combines Penman* à dix boutons avec porte au derrière. Là, c'était la pagaille. Maurice et moi, on se chamaillait sans cesse à coups d'oreiller ou de drap en plein visage.

— M'man... Michel m'a craché en pleine face!

— M'man... Maurice prend toute la couverte, pis moi, j'gèle!

Maurice me chatouillait aussi la plante des pieds à me faire rire à en brailler. Ma mère entrait en furie et on se camouflait.

— Qu'est-ce que vous faites sous les couvertes? Chacun de vot' côté! Est-ce assez clair?

On se regardait, Maurice et moi, on ne comprenait pas. Méfiante jusqu'à ce point-là, ma sainte mère. «Maudit! quand j'y pense! Ses deux gars, deux petits frères à part ça!»

— M'man, comment ça se fait les bébés?

Je la vis rougir, détourner la tête et me répondre calmement.

— On les achète à l'hôpital, Michel. Je te l'ai déjà dit cent fois.

— Ça veut dire que tu le choisis, que t'aurais pu en prendre un autre que moi?

— C'est ça, et c'est peut-être ce que j'aurais fait si j'avais su que t'étais pour être aussi tannant.

— Pourquoi t'as jamais acheté une fille, m'man?

— Parce qu'elles sont braillardes et que j'aime mieux les garçons. Mon Dieu! que t'es achalant avec toutes tes questions!

— On les achète, hein? C'est pas ce que Jean-Louis dit, lui...

— Non, qu'est-ce qu'il t'a encore dit ce p'tit verrat?

– Ben... sa mère a un gros ventre et il m'a dit que c'était un bébé qu'elle avait là.

– Et tu l'as cru! T'es rendu aussi niaiseux qu'lui à présent?

– C'est sa mère qui lui a dit, c'est pas lui qui a inventé ça...

– Voyons donc, je la connais sa mère. C'est pas le genre à conter des menteries. C'est lui qui te bourre comme une dinde. Son gros ventre, c'est une maladie du foie. Je le sais, elle va chez le docteur Lamer elle aussi.

– Mais tu devrais voir son ventre, m'man, on dirait un gros ballon qui va crever!

– Est-ce que j'avais un gros ventre moi, quand Cloclo est arrivé?

– Non, j'pense pas, j'me rappelle pas...

– Tu vois bien que c'est une menterie. Sa mère l'a acheté comme je vous ai achetés, moi. D'ailleurs, elle m'a dit qu'elle voulait en acheter un autre...

– Ça coûte cher un bébé, m'man?

– Ça dépend, pis arrête tes questions, j'ai un fond de tarte à rouler...

Les choses de la vie, c'était tabou pour ma mère. Fallait même pas lui dire que j'avais vu une fille embrasser un garçon.

– Devant le monde? C'est des cochons! Quand on se respecte, on fait ça dans son salon.

Bien sûr que je n'avais pas vu ma mère avec un gros ventre. Elle était grosse avant même d'être enceinte. Et comme elle portait toujours un *smock,* ça lui camouflait même le derrière. D'ailleurs, enceinte ou pas, elle n'était pas coquette, ma mère. Une robe ou deux pour ses grandes sorties, un chapeau, une paire de souliers à talons cubains et juste un peu de fard à joue, jamais de rouge sur les lèvres. Comme bijou, tout ce qu'elle portait, c'étaient des boucles d'oreilles. De grosses pastilles plaquées or ou argent pour cacher ses énormes lobes qui pendaient avec disgrâce. Une épinglette sur son manteau de mouton l'hiver, parfois, une fleur de coton sur son *smock* d'été pour camoufler son double menton. Esthète, oui, coquette, non. Jamais de sautoir, surtout pas de bracelet à cause de la rondeur de ses poignets. Pas même une montre-bracelet parce que l'heure n'avait pas d'importance pour elle. Son horloge de cuisine était sa boussole pour l'heure de ses programmes. À l'index de la main gauche, elle portait un jonc en or, celui de son mariage, qu'elle ne pouvait même plus enlever, coincé depuis des années dans le gras de sa jointure. Elle portait parfois un parfum, toujours le même, une bouteille qu'elle avait depuis cinq ans. Fait étrange, ma mère avait perdu dès son jeune âge le sens de l'odorat. L'arôme d'une fleur, l'odeur d'un pot-au-feu, l'eau de toilette de mon père, elle ne les sentait pas. Quand la viande n'était pas fraîche, c'est nous qui lui disions: «M'man, il est pourri ton steak!» Elle y goûtait et là elle nous disait: «Jetez-le! C'est encore Lachapelle qui m'a passé de la vache enragée». Ça faisait peut-être quatre jours qu'elle l'avait dans sa glacière, mais non, trop fière, même avec son handicap, c'était la faute du boucher. Alors, imaginez ses obstinations quand il s'agissait du linge sale dans lequel on se vidait le nez ou que mon petit frère avait dans sa couche... un tas de marde!

Au troisième étage de la maison, habitait madame Raymond. Même âge que ma mère, mariée, pas d'enfants, mais «frappante» à faire tourner la tête des hommes. Grande, mince, cheveux noirs, toujours bien maquillée, elle attirait notre attention par sa démarche, ses bijoux cliquetants, ses talons hauts, son odeur de muguet, bref, par sa grande féminité. Tout le contraire de ma mère. Maurice et moi la regardions passer et sans penser que le cœur de ma mère était beaucoup plus grand, nous ne regardions chez cette femme... que les ingrédients! Même Jean-Pierre, de ses seize ans, la reluquait du coin de l'œil. Et elle, à chaque fois, lui répondait par un joli sourire qui n'avait rien d'indifférent. Ma mère la saluait, lui parlait, elle n'avait pas le choix, mais elle s'en méfiait comme d'une couleuvre. Je n'oublierai jamais le dimanche où Jean-Pierre avait dit à ma mère...

— As-tu vu madame Raymond ce matin, m'man?

— Quoi, qu'est-ce qu'elle a celle-là?

— Chic and swell. Elle est vraiment belle cette femme-là!

Il n'en fallait pas plus pour que ma mère, offensée, sorte de ses gonds.

— Une truie, Jean-Pierre, une truie!

— Voyons, parle pas comme ça, la mère, s'il fallait qu'elle t'entende? Moi, je la trouve ben correcte, madame Raymond.

— Parce qu'elle te sourit? Parce qu'elle t'a fait un clin d'œil? Tu te penses un homme, hein? Tu sais comment on appelle ça des femmes comme elle?

— Voyons, m'man, qu'est-ce qui te prend? Je t'ai juste dit qu'elle était chic. Pourquoi tu t'emportes comme ça? Maurice et Michel sont là...

— Penses-tu que j'suis jalouse d'elle? T'aimerais ça que ta mère s'habille comme une guidoune et se promène dans la rue, la cigarette dans... gueule? Plus commune qu'elle, ça s'peut pas! L'as-tu au moins regardée sur ses talons hauts? Elle marche les jambes écartillées. Une vraie damnée! T'aimerais ça que ta mère soit comme ça? Les cheveux teints, grimée jusqu'aux oreilles, avec du *cutex* sur les ongles d'orteils?

— Arrête, m'man... tout l'monde t'entend. On peut pas rien dire sans que ça tourne au drame. Arrête de crier comme ça, t'es rouge comme une tomate!

— C'est toi qui fais monter ma pression! J'peux bien avoir des migraines! C'est toi, c'est vous autres qui m'rendez au coton!

Jamais, je n'avais assisté à une telle scène. Jean-Pierre était mal à l'aise, Maurice et moi, on se regardait sans rien dire et le petit venait d'être réveillé par le bruit du couvercle qu'elle avait laissé tomber sur son chaudron. Retirée dans sa chambre, ma mère pleurait... de rage. Son plus vieux, son préféré, avait osé complimenter celle qu'elle ne pouvait pas supporter. Madame Raymond qui, à nos yeux, était bien fine. Madame Raymond à qui mon père, parfois, faisait de belles façons. Maurice et moi étions descendus dans la cave pendant que Jean-Pierre passait la porte sans faire de bruit, de crainte de subir un autre éclat. Jamais je n'avais vu Ida dans un si pitoyable état.

Ma mère ne nous a jamais battus, même dans ses plus vertes colères. Malmenée par son père étant jeune, elle n'a pourtant jamais levé la main sur ses enfants. Mon père non plus, d'ailleurs. Comment aurait-il pu? Il n'était jamais là. Quand nous n'étions pas endurables ou que Maurice se battait à coups de poing avec Julien, elle sortait son balai et les séparait d'un coup sur les fesses, tel un arbitre. Toujours avec la paille, jamais avec le manche. Ferme, parfois sévère, elle était incapable d'entendre un enfant pleurer. Avait-elle essuyé tant de larmes, jadis, pour que ça lui fasse mal d'entendre nos pleurs? Dieu seul le savait et le diable s'en doutait, mais quand on entrait en pleurant après s'être écorché un genou, c'est avec compassion qu'elle se penchait, un pansement à la main, pour nous dire: «Pleure pas, c'est fini» Quand on sanglotait encore, fidèle à la mentalité du temps, elle ajoutait: «Allons, c'est assez. Un gars, ça doit pas pleurer.»

— Maurice, Michel, allez vite guetter une table au parc avant que les Italiennes les prennent!

Il n'était que dix heures du matin, je ne m'étais pas encore lavé...

— Passe-toi la débarbouillette dans la face et fais ça vite. Tu l'sais bien qu'à midi, y'a plus une maudite table de libre! Maurice, cours avant lui et choisis-en une à l'ombre. Jeanne et les enfants vont nous rejoindre à onze heures.

Maurice qui cherchait ses lunettes rondes lui avait répliqué:

— Encore une bataille avec les Italiennes? À dix, elles peuvent me décoller d'là...

— Non, non, vas-y Maurice, mets la nappe, pis le pot de moutarde dessus.

— O.K. la mère, j'y vas, viarge!

Et Maurice partait en bougonnant et en me criant:

— T'as besoin de venir vite toi, j'attendrai pas tout seul comme un cave!

— Oui, oui, Les Barniques, j'arrive dans cinq minutes.

— Quoi? Qu'est-ce que t'as dit? Tu veux encore mon poing su''a gueule à matin?

– Assez, les p'tits. Pis toi, Michel, si tu commences la chicane, viens pas pleurer dans ma jupe si t'écopes d'une jambette.

Maurice, qui portait des lunettes depuis l'âge de trois ans parce qu'il avait alors reçu de la cendre dans les yeux, était bien complexé avec ses «barniques» sur le nez. À cette époque où la télévision n'existait pas encore, rares étaient les enfants myopes. Un ou deux sur une classe de quarante, un ou deux qui se faisaient écœurer par les autres en se faisant traiter d'infirmes. Porter des barniques en 1944, c'était aussi grave que d'avoir une jambe de bois. En revanche, il m'appelait «Les Os» parce que j'étais frêle, chétif. Tout le monde avait son quolibet à la maison. Julien, c'était «le gros» parce qu'il était déjà musclé et Jean-Pierre, c'était «l'acteur» à cause de son *Brylcreem,* sa moustache à la Clark Gable et ses habits noirs de gabardine. Le petit Claude, c'était «les oreilles rouges» parce que dès qu'il était en colère, ses oreilles chauffaient comme des ronds de poêle et que, très agressif, il nous lançait déjà des bouteilles vides à la tête. Non, ce n'était pas facile pour Ida de composer avec cinq gars qui se chamaillaient et ne s'entendaient pas. Certains jours, je m'en souviens, elle se tenait la tête à deux mains tellement... les couteaux volaient bas!

Le fameux pique-nique du samedi au parc Jarry. Parlons-en! C'était sacré pour ma mère! Elle nous envoyait réserver une table et s'amenait avec le petit dernier d'une main, un énorme panier tressé de l'autre. Maurice, Claude et moi. Que nous trois, car Julien, trop précieux, ne suivait pas et que Jean-Pierre, déjà trop vieux, avait certes mieux à faire. Jeanne arrivait ensuite avec les trois plus jeunes de sa marmaille, Ginette, Normand et Rachel, sa petite dernière, «sa poupée» qui avait l'âge de mon petit frère. La table était pleine de tout ce qu'il fallait pour avoir... le ventre plein. Des concombres, des tomates, trois pains en tranches, des bananes, du beurre de «pinotte» des *Black Beauty,* petits gâteaux achetés du boulanger et, pour ma mère, la *Cherry Blossom* dont elle ne pouvait se passer. Pour boire, trois grosses bouteilles de Kik Cola et deux autres d'Orange Crush. Le pire est que ma mère et sa sœur préparaient les sandwiches au fur et à mesure que nous les réclamions. Trois aux bananes, deux aux tomates, des beurrées de moutarde pour Maurice et deux autres au beurre de «pinotte» pour les bébés. Pas de jambon, ça coûtait trop cher, pas de fromage, ça fondait trop vite. Parfois, tante Jeanne apportait une boîte de *Klik,* de *Kam* ou de *Prem,* viandes en conserve que Maurice n'aimait pas, alléguant que c'était juste bon pour les chats. Mais, la grosse boîte de biscuits Village était toujours du panier. Un ou deux biscuits de ce calibre et nous étions bourrés pour la journée.

Pendant que Jeanne et Ida se contaient leurs misères, on allait jouer dans les glissades, les balançoires, les planches à deux, le carré de sable et les anneaux. Il y avait même une piscine en ciment de deux pieds de profondeur, mais l'eau était plus jaune que limpide. Tous les enfants pissaient dedans! Ma mère aimait mieux ça que de nous voir aller à la vespasienne, car elle risquait de nous perdre de vue et craignait les voyeurs... aux cheveux blancs. Je ne peux pas dire qu'on ne s'est pas amusés au parc Jarry. On ne connaissait pas mieux. Ma mère profitait du plein air tout en jacassant avec Jeanne, et ça faisait bien son affaire. D'autant plus que ça ne coûtait rien d'être là, sauf ce qu'il y avait sur la table. Mais ce n'était pas avec des sandwiches aux bananes qu'elle défonçait sa sacoche, la mère. Pauvre un jour, pauvre toujours, voilà ce qu'elle avait dans la tête, même si quelques liasses étaient empilées dans l'annuaire du téléphone. Le parc Jarry? Je l'ai connu comme le creux de ma main. C'était notre «camp d'été» bon marché. Le soir, une fanfare venait y fausser ses notes dans un kiosque à pignon.

— C'est beau, hein, Michel?

— Ouais... toujours la *Marche militaire* ou le *Danube bleu*.

— Arrête donc de toujours chialer, c'est un beau concert. J'te l'dis, Jeanne, celui-là, c'est son père tout chié!

J'avais, et je ne m'en cache pas, une jolie voix de soprano. À huit ans un garçon a encore sa voix de fille et j'étais aussi bon que Gérard Barbeau, le petit petit chanteur qui jouait dans le film *Le Rossignol et les cloches*. Ma mère qui s'enorgueillissait de mon savoir-faire, disait que j'avais hérité... de son talent! Je devais sûrement chanter bien puisque, six mois plus tôt, un prêtre recruteur était venu la voir pour que je fasse partie des Petits Chanteurs à la Croix de Bois. Tout un honneur, mais ma mère s'y était vivement opposée. Je braillais, je voulais y aller, mais elle m'avait tenu tête. J'avais tenté d'en parler à mon père qui m'avait répondu: «Ça, c'est entre les mains de ta mère.» En désespoir de cause, j'avais plaidé auprès de tante Jeanne qui avait téléphoné à ma mère le lendemain.

— Pourquoi tu ne le laisses pas aller, Ida? Michel a un talent rare et qui sait, on aura peut-être un petit artiste dans la famille?

– Non, non, Jeanne. Savais-tu que ces petits chanteurs sont portés à voyager? Ils font le tour du monde. Imagine ma pression si j'apprends qu'ils partent à Paris ou en Italie. Michel n'a que huit ans, c'est mon p'tit, pis j'le garde ici!

– Il te ferait honneur, Ida. J'comprends pas ton entêtement...

Moi, tapi derrière la porte, j'écoutais la conversation.

– Écoute, Jeanne, il y a une autre affaire que je n'te dis pas. J'vois clair, tu sais. Le flair d'une mère, ça ne trompe pas.

– Bon, qu'est-ce qu'il y a d'autre? Parle, je t'écoute...

– Tu sais, le prêtre qui est venu me demander ma permission?

– Oui, qu'est-ce qu'il a?

– J'mettrais ma main dans l'feu qu'c'est une tapette!

Derrière la porte, je me grattais la tête. C'était la première fois que j'entendais ce mot-là!

Toujours est-il que je n'ai pas fait carrière. Le «rossignol» que j'étais chantait parfois pour les commères du quartier ou dans les soirées de ma tante Jeanne. Fière de moi malgré tout, sachant que je valais mieux qu'un *Funiculi Funicula* devant les vendeuses de chez Woolworth, ma mère s'était arrangée pour que je chante un soir accompagné par la fanfare du parc Jarry. Je m'en souviens comme si c'était hier. Il y avait au moins cinq cents personnes, mais comme il faisait noir je les voyais à peine. J'étais monté comme un trait sur la scène et n'avais même pas senti la gêne. J'avais chanté *Le ver luisant* accompagné par la fanfare et ses faux mouvements. On m'avait applaudi à tout rompre, on avait crié *encore* et, imbu de cette popularité soudaine, j'avais interprété *Le rêve passe* à la grande satisfaction des joueurs de clairons. Des applaudissements, des *bravos,* et j'étais descendu du kiosque, fier comme un paon. Un monsieur avait dit à ma mère: «C'est un petit prodige que vous avez là, madame. Vous devriez le présenter à la radio.» Flattée, orgueilleuse d'être ma mère ce jour-là, elle lui avait répondu: «C'est le bon Dieu qui lui a donné ce talent, faudrait pas en abuser. D'ailleurs, le chœur de chant de l'église, c'est suffisant pour un enfant.» Ce fut mon premier et dernier récital en public. J'aurais voulu recommencer mais Ida m'avait déchiré le cœur comme elle l'aurait fait d'un contrat. Mère possessive, elle décidait tout pour nous, pour moi comme pour Maurice. Elle avait même insisté pour que je ne parle pas à mon père de ma fière performance.

— Pourquoi, m'man?

— Au cas où il n'aimerait pas ça.

— J'penserais pas...

— N'en parle pas, un point c'est tout. De toute façon, ton père s'en sacre. Tout ce qui l'intéresse, c'est sa chemise blanche pis ses cartes.

Possessive, accrochée à ses enfants comme à des bouées, ma mère m'a toujours mis des bâtons dans les roues. J'aurais voulu faire, j'aurais pu faire... mais non, je faisais ce qu'elle voulait que je fasse. À huit ans, on ne comprend pas, mais plus tard, après la rue Saint-Dominique, j'ai toujours eu à la cheville, le boulet de canon que ma mère y avait rivé et qui m'empêchait d'avancer à ma façon. Dans ma Mazda, je me refuse de voir *l'après*. Je ne veux revivre que les images de ma jeunesse. Celles d'un enfant de l'époque de la guerre, de celui qui n'a même pas vécu le temps d'une paix. Même quand Hitler est mort et que le monde entier fêtait.

Ce n'était pas parce qu'elle m'aimait moins que les autres, c'était comme si j'étais... *de trop*. Pas de passe-droit, mais quand Maurice et moi en arrivions aux coups, elle trouvait toujours le moyen de jeter le blâme sur moi de peur que son *effronté* l'envoie...

Tendre, sensible, mon Dieu que j'avais besoin d'affection, petit garçon. De la sienne en particulier, sachant que mon père, qui n'aimait pas ma mère, n'allait pas bercer de sa tendresse les enfants qu'elle lui avait donnés. En la fuyant sans cesse, il s'était dérobé à ce qui nous aurait été si cher, l'amour de son cœur de père. Et ma mère qui répétait sans arrêt: «Ce qui importe, c'est qu'on manque de rien!»

Mais nous manquions de ce qui s'avérait vital, maman. Ton amour et celui de papa. Comment n'as-tu jamais pu comprendre cela, toi, la mal-aimée d'un père qui t'avait presque reniée? Comment as-tu pu ne pas donner à tes enfants ce dont tu avais toujours été privée? Parce que tu n'as pas su? Parce qu'on ne t'avait pas appris qu'une berceuse chantée le soir, ta main joufflue sur notre front, un baiser, une caresse, une marque d'affection, étaient les joyaux des plus belles promesses? Ma petite main dans la tienne en m'endormant, ne fût-ce qu'une fois... Tu n'aurais pas pu déposer le torchon pour un si bref instant? Et Maurice, maman? Avec juste un peu de douceur, un compliment, il n'aurait peut-être pas été le *monstre*, comme tu l'appelais quand il te tenait tête... souvent de peur. Dois-je seulement m'arrêter à tes bontés, au sacrifice de ta vie, à ta

désillusion, pour lestement passer l'éponge sur notre manque d'affection de ta part? Te juger? Non! Te pardonner? Le
temps l'a fait. Mais, oublier? Non, maman, ne demande pas
à mon cœur d'être grand après avoir été si petit, si meurtri,
dans le corps d'un enfant. «Tiens, il me jette encore la
pierre sans même s'en prendre à son père...» t'entends-je
me dire. Que répondre, maman, sinon que toi, tu étais là, et
qu'il n'y était pas. Comment pourrais-je en vouloir à un
homme que je n'ai pas connu? Tu disais: «Qui aime bien
châtie bien...» et c'est à toi que je m'adresse, parce que je
t'aimais, maman. Lui? l'absent, l'inconnu? Comment aurais-je pu l'aimer? Dois-je lui reprocher de nous avoir fait
bien manger comme tu disais? C'est toi, maman, qui avais
nos destinées entre les mains. C'est de toi que j'attendais ce
que je savais ne jamais recevoir de lui. Tu n'as pas manqué
à la tâche, maman. Tu n'as pas manqué de courage. Tu as
juste oublié, en passant, de m'aimer comme j'aurais souhaité l'être, enfant. «Un gars, ça ne pleure pas?» Je l'ai fait,
maman, la tête dans mon oreiller quand Maurice dormait
profondément. Je pleurais sans savoir pourquoi, le cœur
étant trop jeune pour cerner la cause de mon désarroi, mais
je pleurais. En silence, tristement, caché sous le drap pour
ne pas le faire devant toi. Toi, tu pleurais de rage devant
moi en criant: «Vous allez m'faire mourir!» Quel effroi que
cette phrase dans l'oreille d'un enfant qui, à huit ans, avait
demandé au bon Dieu de venir le chercher... avant toi!

Après ma fête, c'était la fin des classes. À l'école Saint-
Vincent-Ferrier, je terminais ma deuxième année et ma
maîtresse d'école, mademoiselle Gagné, était fière de moi.
Premier de la classe pendant toute l'année, sauf en février
où je m'étais classé deuxième. Sans prétention, j'étais un

brillant élève. Sans étudier à fond, je retenais tout et je raflais tous les prix, du catéchisme jusqu'aux dictées. Seule l'arithmétique me donnait du fil à retordre. C'était d'ailleurs à cause d'un calcul mental raté que je m'étais classé deuxième en février. Doué pour les lettres, je l'étais moins pour les chiffres, et je me rappelle un soir où mon père m'avait dit en regardant mes notes: «Michel, dans la vie, c'est plus important de savoir compter que de savoir écrire.» Matérialiste, grippe-sou, va! Sur ce plan, ma mère n'avait que des éloges à mon égard à chaque fois. Sans être le «chouchou» de la maîtresse, j'étais l'un de ses préférés et elle n'avait pas hésité à dire à ma mère: «Madame, cet enfant est surdoué.» Terme qu'Ida n'avait pas très bien saisi. Mais comme ça semblait positif, elle s'empressa de le répéter à Jeanne, à qui le terme n'en disait pas plus long. Maurice, têtu, traînant souvent de la patte, avait terminé sa troisième année en se classant vingt-troisième... sur vingt-cinq élèves. Juste assez pour ne pas doubler son année. Dans son cas, ma mère disait: «Tout ce qui compte, c'est qu'il passe.» Elle l'excusait pour éviter d'avoir à le morigéner. Elle le protégeait en disant: «Vous savez, il n'a pas de bons yeux» pour ne pas oser dire: «Maurice n'est pas studieux, ce n'est qu'un paresseux!» Julien, pour sa part, était fort capable, et Jean-Pierre, à dix-sept ans, venait de décrocher son premier emploi. Ma mère, qui n'était pas en faveur des hautes études, ne rêvait sûrement pas d'avoir, parmi ses fils, un médecin, un avocat, et encore moins... un prêtre! À dix-sept ans, avec un bon emploi, Jean-Pierre pourrait enfin lui verser une petite pension. Héritage paternel, puisque son père, sous le seuil de la pauvreté, l'avait jadis retirée de l'école primaire pour qu'elle dépose quelques sous sur son tas de misère. La pauvreté n'était pourtant pas notre lot et Jean-Pierre, avec appui, aurait pu lever bien plus haut son chapeau. Elle avait dit à Jeanne: «De toute façon, si sa job ne marche pas, Conrad va le prendre comme camionneur.» Même pas l'idée d'en faire... un acteur!

L'année scolaire terminée, c'était le temps des vacances et des pique-niques au parc Jarry. Non, je n'avais pas chanté avec les autres: *Vive les vacances, au diable les pénitences, on met l'école en feu, les maîtresses dans l'milieu...* Surtout pas à mademoiselle Gagné!

Chapitre 3

Ma mère a toujours eu des femmes de ménage pour l'aider dans ses tâches domestiques. Des femmes de journée à deux «piastres» qui venaient laver ses planchers, ses murs et ses vitres. Depuis ma prime enfance, j'avais vu défiler Alida, Thérèse, la grosse Berthe, pour n'en citer que trois. Ida changeait souvent de femme de ménage parce que l'une ne lavait pas à son goût ou qu'une autre se mariait. Je me souviens cependant que chacune d'elles devenait, par contre, sa confidente. Après avoir fait vider son sac à la nouvelle venue, Ida vidait le sien. Elle qui, pourtant, disait sans cesse: «La familiarité engendre le mépris.» Alida avait commencé par parler de sa famille, de ses peines de cœur et, peu à peu, ma mère ouvrait le sien. Elle lui parlait de son père qui buvait, de ses enfants qui faisaient monter sa pression, de sa sœur Jeanne qu'elle calomniait sans raison, puis... de son *écœu-rant!* C'était sa façon d'aller quérir un brin de sympathie, compensation pour tous ses malheurs. Un beau jour, en 1942, après la naissance de Cloclo, elle avait dit à mon père:

– J'en peux plus. J'en ai trop sur les bras, il va me falloir de l'aide, Conrad.

– T'as juste à en trouver, Ida. Je n'ai rien contre ça.

– J'veux pas d'une femme de ménage, c'est pas assez. J'veux une servante à la semaine longue avec un jour de congé.

– Logée, nourrie? Tu n'y penses pas? On n'a pas de place ici. Où donc vas-tu la loger ta servante?

– Dans la cave, Conrad. Y'a sûrement moyen de lui faire un coin pas loin de la fournaise. Juste une petite chambre, quelque chose de propre.

– Ça n'a pas d'sens, voyons! La cave est en ciment et elle n'a que cinq pieds de hauteur. As-tu l'intention d'engager une naine? De plus, c'est bien trop humide pour y loger une personne?

– Non, non, ça se fait. Où penses-tu qu'elle couche la servante des Maltais? Je lui fais faire une chambre, je pose un prélart et je place une commode. Après tout, c'est juste pour coucher. Elle va être en haut toute la journée!

– Et pour le bain, ses affaires personnelles? Une femme, c'est pas un homme, Ida.

– Je la choisirai pas jeune, sans famille si possible. Je la mettrai à ma main...

– Fais donc ce que tu voudras. Je me demande même pourquoi tu m'en parles, t'as déjà ton plan dans la tête. Oui, fais ce que tu voudras, Ida.

– C'est sûrement pas toi que ça va déranger pour les fois où tu es là...

C'est toujours dans de pareils moments que Conrad se levait de table pour aller s'asseoir sur la galerie. Ses absences. Toujours ses absences! Le seul sujet d'ailleurs dont il ne voulait pas discuter avec elle. Surtout pas devant les enfants.

Et c'est sans perdre de temps que ma mère avait fait ériger quatre murs et découper une porte, cloisonnée par une tenture. Un lit simple, un bureau, une chaise et une barre de métal pour y suspendre des vêtements. Un prélart à fleurs jaunes acheté du guenillou avait été taillé par ma mère pour couvrir le parquet de la chambre improvisée. Pas neuf, mais encore utilisable. D'ailleurs, tout ce qui garnissait la chambre venait du guenillou qui passait dans la ruelle et de qui elle avait acheté, plus qu'à rabais, le strict nécessaire. Elle avait eu au moins la décence d'ériger les murs là où s'ouvrait une minuscule fenêtre qui donnait sous la galerie. Juste à l'endroit où les chats du voisinage venaient enterrer leurs excréments. Une petite annonce dans le journal permit à ma mère de recevoir à tour de rôle les servantes qui se présentaient en quête d'un emploi. Une bonne douzaine, car l'ouvrage de maison se faisait rare en cette période où l'épargne des sous était de rigueur. Et c'est ainsi que Clarilda est arrivée sous notre toit. Plutôt sur le sol, car c'est le plancher de la cave qui l'attendait.

Clarilda Ménard avait au moins 60 ans. Grasse, cheveux blancs noués en tresses sur le dessus de la tête, elle avait vite fait la conquête de ma mère. Vieille fille sans famille, elle avait peut-être une ou deux cousines éloignées. Ida était ravie. Clarilda était, je pourrais dire, la morue dans le filet. Cinq «piastres» par semaine, nourrie, logée, avec le dimanche comme jour de congé. On l'avait vue arriver avec une seule valise et quelques objets de piété. Une bonne vieille qui paraissait charmante, mais que Maurice regardait déjà de travers. Ma mère nous avait prévenus: «Si je la perds à cause de vous, les enfants, j'vous l'dis d'avance, j'm'en vais six pieds sous terre. Vous avez besoin d'être fins avec elle, surtout toi, Maurice, pis toi aussi, Michel. J'vous l'répète, sans elle, votre mère s'en va tout droit au ciel!»

Du chantage, encore du chantage. On avait promis, juré. On ne se voyait pas sur terre sans notre mère. Les trois premiers jours, tout se passa bien. Clarilda était discrète et mangeait après nous, avec ma mère. Seules, elles bavardaient, mais comme Clarilda ne parlait pas trop d'elle, ma mère ne put trouver en elle, sa confidente. Bonasse, pas instruite pour deux sous, Clarilda ne nous parlait pas et était même gênée de saluer mon père. Quand il l'a vue la première fois, il a regardé ma mère, a souri, puis lui a dit: «Telle que j'te connais, t'as sûrement fait une bonne affaire!»

Ida haussa les épaules et ne répondit pas. À quoi bon! Mon père venait de partir, vêtu de son plus bel habit. Pour une semaine ou deux, bien entendu. Le plus drôle, et ça me revient, quand il rentrait, il avait encore le même habit bien pressé, la même chemise, la même cravate. Il n'avait quand même pas passé quinze jours dans le *Corn starch?* Où donc était la garde-robe de ce mystérieux Conrad?

«À partir de demain, Clarilda va manger avec tout l'monde. Vous avez besoin d'être polis et de ne pas mettre vos coudes sur la table, compris?»

Maurice et moi attendions ce moment avec nervosité. Jean-Pierre était parti chez un ami et ce n'est pas Julien qui aurait fait honte à ma mère. Tous assis, c'était le silence total. En plein ce que ça prenait pour que j'éclate d'un fou rire, pendant que Maurice, ajustant ses lunettes, se mordillait la lèvre. On servit la soupe et déjà je ne tenais plus en place sur ma chaise. Le silence m'étouffait, j'avalais de travers et, comble de malheur... Clarilda sapait en mangeant! «Qu'est-ce que t'as encore, paquet de nerfs?» de s'écrier ma mère. Maurice fit semblant de chercher quelque chose sous la table, pendant que Julien, poli, affichait malgré lui un sourire en coin. Ma mère cassa la glace en parlant à Clarilda de la pluie et du beau temps. Profitant de cette occasion, Maurice se pencha à mon oreille pour me chuchoter: «Ça sent la marde!» Fou rire, agitation, larmes aux yeux à force de se contenir et Maurice pouffa de rire à s'en tenir les côtes. «Sortez de table, vous deux! Tout de suite, espèces de mal élevés!» Puis, se tournant vers Clarilda comme pour s'excuser, elle avait ajouté en me désignant: «Ne vous en faites pas, j'pense que celui-là a la danse de Saint-Guy!»

On ne s'était pas fait prier, Maurice et moi, pour sortir de table. Ventre creux, c'était mieux d'avoir faim que de s'étouffer avec ses bouchées. Dans la cour, près du hangar, Maurice, crampé en deux, m'avait répété:

— J'te dis qu'ça sent la marde, viarge! La mère ne sent pas, mais c'est pas mon cas. T'as rien senti, toi?

— Oui, mais j'étais pas sûr que c'était ça... lui dis-je en me tordant le ventre.

— Moi, c'est quand j'ai mis mon nez sous la table que j'ai senti.

— C'était peut-être Cloclo... ou un pet de la mère?

— Non, non, c'est elle, Clarilda! Une senteur écœurante comme ça s'peut pas!

Durant la soirée, ma mère, encore en colère, nous parla dans le tuyau de l'oreille:

— J'pensais jamais que vous feriez honte comme ça à votre mère. Qu'est-ce qui vous a pris? Vous voulez me la faire perdre, hein? Vous mériteriez d'être enfermés! Ah! Seigneur, qu'est-ce que j'ai fait au bon Dieu...

— Mais m'man, c'est pas d'ma faute, ça sentait la marde en dessous d'la table.

— P'tit maudit! C'était sans doute le p'tit. J'ai rien senti, moi...

— J'comprends, tu sens pas!

— Pour ça, oui. Viens pas m'dire que j'sens pas quand il s'agit du p'tit!

— C'était pas lui, m'man... c'était Clarilda.

— P'tit verrat, j'savais bien que tu finirais par t'en prendre à elle. Pauvre vieille! Elle savait plus où regarder, elle n'a même pas fini son souper.

— C'est pas rien qu'moi, c'est vrai que ça puait. T'as senti toi aussi, les Os?

— Appelle-moi pas comme ça, maudites barniques!

— Ça suffit! cingla ma mère, une sainte colère dans les yeux. Assoyez-vous tous les deux, j'ai quelque chose à vous expliquer et vous avez besoin de comprendre, sinon, vous n'avez pas fini de crever de faim.

Bouches cousues, nous la regardions, attendant sa fameuse déclaration.

— Clarilda a été opérée. On lui a enlevé les intestins et elle porte un sac.

Un diagnostic qui s'avérait trop fort pour nos petites têtes.

— J'comprends pas, m'man, c'est quoi un sac? d'interroger Maurice...

– Ça veut dire que lorsque tu dois faire tes besoins, ça tombe dans le sac.

– Tu veux dire qu'elle ne va jamais aux toilettes? Que si elle a envie, ça tombe tout seul? Elle s'en aperçoit même pas, même si on est à table?

– Oui, c'est comme ça et elle est bien misérable, la pauvre vieille. C'est une grosse opération qu'elle a subie et...

– Ouache! C'est pour ça que ça sentait la marde!

– Dis plus jamais ça, Maurice! Tâche de comprendre, prends-la au moins en pitié, viarge!

– J'veux ben, la mère, mais moi, j'mange plus à table avec elle. Juste à y penser, le cœur me lève!

Moi, silencieux, j'étais consterné. Juste à imaginer qu'on lui avait coupé les intestins, ça m'avait troublé comme si elle était passée sous le couteau du boucher. Non, je ne disais rien, j'avais pitié comme me le demandait ma mère, mais je ne pouvais pas comprendre qu'une femme qui n'allait pas aux toilettes soit encore en vie. Je l'aimais bien, Clarilda, mais là, aussi bête que ça, je la voyais comme une infirme quasiment mourante. Je ne pouvais même pas essayer de comprendre. Nous n'avions personne de malade dans la famille. Dans ma tête de petit gars, je me questionnais, puis, regardant ma mère, je me suis mis à rugir...

– Pourquoi t'as choisi celle-là, m'man? Y'en avait d'autres, des servantes? Elle a dû te l'dire qu'elle avait cette maladie-là?

– Ce n'est pas une maladie, Michel, c'est une opération, c'est pas pareil.

– Moi non plus, j'veux plus manger avec elle!

– Bon, c'est ça, faites-moi la perdre. Elle va s'apercevoir que vous riez d'elle pis elle va s'en aller. Après? Ça va être à mon tour de crever...

– Tu penses que Julien va comprendre mieux que nous? Tu lui as dit pour Clarilda?

– Non, j'vais l'faire demain. J'suis sûre qu'il est assez grand pour comprendre, lui, même s'il faut le prendre avec des gants blancs.

Julien n'avait pas davantage compris. Il avait dit à ma mère:

– Mange avec elle si ça ne te dérange pas, moi, j'peux pas. J'ai un nez, moi, la mère!

– Voyons donc, je sentirais si c'était si pire que ça?

– Aie! la mère, tu sens même pas la viande quand tu l'oublies, pis qu'tu nous la sers pourrie!

Le règne de Clarilda fut de courte durée. Après s'être aperçue qu'on la fuyait, elle avait compris et elle était partie, la pauvre vieille. Le cœur gros sans doute, mais comment faire comprendre à des enfants le drame qui l'accablait. Surtout pas quand ceux-ci ont à peine l'âge de raison et qu'ils entendent chaque jour les menaces de la guerre. Pas ça en plus, dans la maison, quand la Torino nous effrayait chaque jour avec les Allemands qui s'en venaient. Si ma mère avait choisi Clarilda, c'est parce qu'elle l'avait eue à moitié prix à cause de sa maladie. Nous n'en savions rien à ce moment-là, mais avec le temps, nous avons compris. Le moins cher possible en tout et partout, que ce soit avec les habitants qui vendaient leurs légumes ou avec les servantes qui offraient leurs services, handicap inclus. Quand mon père eut vent du drame, il s'emporta contre ma mère: «La pauvre femme! Tu aurais dû savoir qu'avec les enfants une chose pareille ça ne se fait pas. T'as pas de jugement? Blâme pas les p'tits, Ida, tout ce qui est arrivé, c'est de ta faute à toi. Fini les servantes, plus personne dans la cave. C'est une vraie honte! Trouve-toi une femme de ménage comme avant. Trouves-en deux s'il le faut, mais ne refais jamais ça... ou je ne reviens pas.»

Ce jour-là, ma mère n'avait pas répliqué. C'est comme si elle avait réalisé ses torts, à moins qu'elle ait vraiment eu peur que mon père ne revienne pas. Elle avait pris son trou, sans riposter, sans rien dire, ce qu'elle n'avait jamais fait dans sa fierté, surtout devant ses enfants. Elle était allée dans la chambre avec le petit dernier et ça me faisait de la peine de la voir si troublée. Habitué à son allure de gendarme, je ne reconnaissais plus ma mère. Derrière la porte close, je me demande si elle a pleuré. Si elle l'a fait, pour une fois, c'était de remords et non de rage ce soir-là.

Pauvre Clarilda! Veuillez nous pardonner, nous n'étions que des enfants. Ma mère avait pensé bien faire. Dieu ait votre âme, Clarilda, car vous auriez plus de cent ans si vous étiez encore de ce monde! Après votre départ de la maison, votre petite chambre est devenue notre salle de jeu. C'est là que nous faisions nos séances pour un sou ou deux épingles à linge. Nous n'avons jamais parlé de vous et de votre sac à qui que ce soit, pas même à tante Jeanne. Pardonnez-nous, Clarilda, de vous avoir fait pleurer, car le jour de votre départ, en attendant votre tramway, vous aviez à la main un mouchoir pour vous sécher les yeux. Je vous ai vue, j'étais là, Clarilda, caché derrière un arbre.

Le 8012, Saint-Dominique, en plein centre des intersections Jarry et Gounod regorgeait de commerces de toutes sortes. Le Restaurant Moderne où nous allions parce qu'il vendait le Polo Rico à cinq cennes, ce qui était deux sous de moins que le Coca-Cola, et le restaurant Quintal, coin Gounod, où les cornets à deux boules étaient les plus gros. Monsieur Quintal, pas plus haut que trois pommes, avait parfois du mal avec les grands «flancs mous» de seize ou dix-sept ans, mais il ne se laissait pas marcher sur les pieds pour autant. Maurice et moi étions toujours très polis avec lui. Sa petite fille, Louise, était si jolie. Il y avait aussi la Librairie Leblanc où l'on achetait livres et crayons, et le marchand de fruits de la rue Jarry où l'on se procurait des sacs de cerises sauvages à cinq cennes. Ma mère fulminait quand nous revenions de là avec les dents brunes comme si elles avaient été cariées. Il y avait même, pas très loin, la compagnie Habitant qui engageait, le printemps venu, mères et enfants afin d'équeuter les fraises qui allaient servir à leur confiture. J'y allais avec Maurice. Imaginez! une cenne le casseau que ça payait! Après en avoir vidé treize ou quatorze, nous avions les doigts si rouges que, de retour à la maison, ma mère nous les frottait avec son *Old Dutch*. Et, il fallait les surveiller de près ces fameux casseaux vides qu'on empilait. On s'en faisait voler parfois et, un jour que Maurice s'en était fait piquer deux, il était si en colère qu'il a fait l'allée pour en prendre trois à une dame qui ne surveillait pas son tas. Nous sortions de là épuisés, les doigts presque arrachés, avec quatorze ou quinze cennes en poche. Juste assez pour la prochaine palette de chocolat avec un *Cream Soda*. On suait, on se gâtait, parce que Conrad n'allait pas creux dans sa poche pour ces choses-là. Ma mère, au contraire, n'était pas avare de ce côté. Elle comptait ses cennes... mais garrochait ses piastres. Quand la voiture de patates frites, tirée par un cheval, passait dans notre rue, elle nous payait un hot-dog et une patate sans regarder à la dépense. Faut dire que ça lui évitait de préparer un souper, mais nous, ça faisait notre affaire. Quand elle voulait sa *Cherry Blossom* , on y allait au pas de course car, à ce moment, Maurice et moi avions droit à notre barre de chocolat *Caravan*. Ma mère aimait les sucreries et quand le boulanger passait avec son panier, nous étions derrière elle et l'incitions à acheter des roulés aux fraises ou des tartes au caramel. Le plein d'énergie, on le faisait avec elle au détriment de nos dents. Un jour que sa sœur Jeanne lui a crié: «Tu vas avoir le diabète sucré, Ida!» Elle avait répliqué: «Tant pis, j'aime mieux ça que d'être maigre comme toi... pis blanche comme un drap!»

L'église Saint-Vincent-Ferrier n'était pas loin de chez nous, mais ma mère n'allait jamais à la messe. Elle disait: «Avec tous ces p'tits sur les bras, le bon Dieu comprendra.» ou encore «J'irais bien à Pâques, mais j'ai rien à me mettre sur le dos!» Pas surprenant, elle ne portait que des *smocks* qu'on a appelés plus tard des *dusters* et finalement des cache-poussière. Un genre de tablier sous forme de robe de maison qu'elle achetait chez Wise Brothers. N'ayant rien à étrenner, ma mère ne pouvait supporter que madame Raymond du troisième, se pavane devant elle... toute *chromée!* Quand elle s'y rendait en catimini l'après-midi, c'était pour faire brûler un lampion devant la statue de sainte Thérèse. Pour qui? Ça, c'était pas de nos affaires! En revanche, dévote dans ses prières, fidèle à Marie-Reine-des-Cœurs, elle exigeait qu'on aille à la messe tous les dimanches. Pour le salut de notre âme et pour elle, disait-elle. J'étais pieux, j'aimais l'église avec son plafond peint de tous les saints du ciel. J'aimais prier, aller à confesse, faire mon chemin de croix, surtout quand c'était là ma pénitence après m'être inventé un tas de péchés. J'aimais parler au bon Dieu, chanter le *Tantum Ergo* et assister aux vêpres, mais, il m'était impossible d'aller à la messe avec Maurice. Dès que nous étions dans un banc, c'était le fou rire. Maurice observait les gens, me poussait du coude et me chuchotait à l'oreille: «Regarde celle-là. Lui as-tu vu l'nez?» Si un gros monsieur se mouchait, c'était l'éclat de rire; si une dame toussait, il me regardait et je pouffais de rire. À tel point que chaque fois, nous sortions avant la lecture de l'évangile... en pissant dans nos culottes! Et notre pauvre mère qui croyait dur comme fer... qu'on avait prié pour elle!

Sur la rue Henri-Julien, juste à la maison du coin, on pouvait voir chaque jour, sur la galerie, une grande fille maigre d'au moins six pieds. C'était une arriérée comme on disait dans le temps et, bien sûr, Maurice l'avait remarquée. Il avait même entendu dire qu'elle courait après les enfants qui osaient trop la regarder. Il n'en fallait pas plus pour qu'il devienne diabolique. Un jour, il m'avait dit: «Elle est aussi grande que la gare Windsor, la folle!» Le nom lui resta et en peu de temps, tous les élèves de la classe parlaient de «la gare Windsor». On eût dit qu'elle se doutait que quelque chose se tramait. Quand Maurice et moi passions et qu'elle nous voyait, on la sentait aux aguets, prête à bondir sur ses grandes jambes au moindre mot de trop.

— Maurice, regarde-la pas. Dis-lui rien, j'en ai peur!

— Non, non, pas aujourd'hui, mais elle perd rien pour attendre, la grande.

— Fais pas ça, Maurice, y paraît qu'elle est raide avec la main, elle va nous écraser.

– Tu penses? Nous écraser? J'vais la casser en deux, c't'échalote-là!

Fier comme ma mère, intempestif, il ne fallait pas défier mon frère Maurice.

J'en avais trop dit pour qu'il se retienne maintenant. À vingt pieds d'elle, il s'était retourné, lui avait fait une grimace et crié: «La gare Windsor!» D'un bond, vive comme une panthère, elle s'était mise à courir après nous. Maurice courait plus vite que moi. Dans le fond, il la craignait, *la folle*.

– Maurice, Maurice, attends-moi, j'ai les bras pleins. Elle va m'attraper...

En effet, la grande m'attrapa par le collet, fit tomber mes livres par terre et me demanda, les yeux remplis de rage, l'écume à la bouche:

– Comment tu m'as appelée, toi? Répète un peu, dis-le encore...

– C'est pas moi, c'est lui, c'est mon frère Maurice. Moi, j'ai rien dit, j'te connais même pas. Lâche-moi, j'vais l'dire à ma mère...

Je pleurais, j'avais réellement peur de cette géante qui avait au moins dix-neuf ou vingt ans. Ses yeux étaient perçants, ses cheveux raides, ses mains sèches et ses ongles longs. Maurice, un coin de rue plus loin que moi, voyant que j'étais mal pris, s'était arrêté pour lui crier:

– Lâche-le, «la gare Windsor»! Cours après moi, grande laide!

Elle lâcha la pauvre proie que j'étais et se mit à courir après lui comme un lièvre. De grandes enjambées, suffisantes pour un marathon, mais elle ne put rattraper Maurice qui s'était faufilé dans la maison. Elle avait vu où il était entré, et elle attendit, cachée, que j'arrive pour me dire:

– C'est là que tu restes? Va chercher ta mère!

Au même moment, ma mère sortit sur la galerie. La fille s'empressa de lui dire: «Il m'a crié: La gare Windsor.» Ma mère fronça les sourcils, me regarda, et la fille de lui dire:

– Pas lui, l'autre, le chien avec des lunettes!

– Le chien? Ménagez vos paroles, vous! Pis, c'est quoi cette histoire-là?

Ma mère vouvoyait tout le monde ou presque. Dès qu'une personne lui semblait adulte, garçon ou fille, le respect s'imposait.

– Tous les enfants m'agacent. Pis le p'tit singe m'appelle «la gare Windsor». Il rit toujours de moi... il me fait des grimaces!

– Vous avez des parents? Dites-leur donc d'aller se plaindre à l'école si tous les enfants vous achalent!

– Mon père voit rien, y'est dans la maison quand j'me berce sur la galerie.

Ma mère, se rendant compte que la pauvre fille n'avait pas toute sa tête l'avait rassurée en lui répondant:

– C'est bon! Je vais y voir, je vais le punir. Mais ne courez plus après les enfants comme ça! C'est dangereux avec toutes les machines qui passent. Vous êtes assez grande pour savoir ça? Ils sont tout p'tits ces enfants-là!

Maurice s'était fait vertement semoncer par ma mère. D'autant plus qu'aux cris de *la grande,* tous les gens de la rue s'étaient rassemblés. Il avait beau se défendre, Ida l'avait fait rentrer d'un coup de genou au derrière en lui disant:

— Toi, tu vas faire mourir ta mère! Tu ne vois donc pas qu'elle est malade, cette fille? Laisse-la tranquille, viarge! Comme si on n'avait pas assez de troubles comme ça!

— Mais elle tapoche tous les enfants de l'école, m'man...

— Parce qu'ils l'agaçent et que c'est toi qui as parti l'bal. J'te connais, tu sais!

Maurice promit de la laisser tranquille, puis s'en prenant à moi par la suite:

— C'est toi qui as ouvert ta grande gueule, qui lui as dit où on restait?

— Elle t'a vu rentrer, Maurice, pis elle m'a attendu parce que j'y ai dit qu't'étais mon frère.

— T'es rien qu'un chieux! T'as eu peur d'avoir une tape su''a gueule...

— Oui, parce qu'un peu plus, je l'avais. Pis toi? t'es pas revenu sur tes pas, hein? T'as eu peur de manger une volée, pas vrai?

— «La gare Windsor»? L'échalote? J't'ai dit que j'pouvais la casser en deux!

— Ouais, mon œil! T'as pris tes jambes à ton cou. Gros parleur, p'tit faiseur...

— Qu'est-ce que tu lui as dit pour qu'elle te touche pas?

— Que c'était toi qui lui avais crié des noms, pas moi.

— Tu vois? T'as chié dans tes culottes, Les Os. T'as peur de ton ombrage...

— Mange d'la marde! J'veux plus aller à l'école avec toi, Les Barniques!

Et, une fois de plus, on en était venus aux poings, Maurice et moi.

Mais, ça n'allait pas s'arrêter là. Pas pour Maurice Brisseau qui voulait définitivement lui régler son cas. «La gare Windsor!», lui criait-il chaque soir, alors que, jambes à son cou, elle le couraillait jusque chez nous pour s'en plaindre à ma mère. Un jour, elle l'a accroché, lui a fourré une tape sur le nez et a jeté ses lunettes à terre. Puis, elle s'est mise à hurler. Maurice venait de lui sacrer un bon coup de pied dans *les cannes!* Une bataille en règle en pleine rue Jarry. Un marchand les avait séparés et c'est la police qui ramena mon frère à ma mère. Hors d'elle, sachant que Maurice était fautif, elle avait réussi à s'attirer la sympathie des policiers en leur disant que son Maurice n'était qu'un enfant et que cette fille battait tous les écoliers, moi, son p'tit blond, le premier. Pourtant, jamais «la gare Windsor» ne m'avait touché. Pour *la folle*, c'était Maurice, sa bête puante, pas moi. Ma mère plaida si bien qu'elle mit les policiers en garde de les rapporter aux autorités s'ils ne faisaient rien.

— Mais c'est une grande malade, madame.

— Oui? Et mes enfants, eux? Ils vont le devenir à force d'en avoir peur. C'est rendu que Michel s'allonge de dix minutes en passant par Gounod pour éviter de passer devant chez elle. La rue appartient à tout le monde, non?

— Que voulez-vous qu'on fasse, madame?

— Allez voir sa famille! Faites-la renfermer! Cette fille est dangereuse pour les enfants et, s'il arrive quoi que ce soit à l'un des miens, je vous traîne devant les tribunaux!

Je ne sais trop ce qui s'est passé, mais un mois plus tard, le logement de «la gare Windsor» était à louer. Ses parents avaient décidé de déménager. Ma mère, satisfaite, avait murmuré: «Voilà un problème de réglé.» Elle savait bien, la mère, que c'était son Maurice qui avait engendré toute l'affaire, mais «la gare Windsor» à sa porte tous les soirs, avec ses cris de mort, c'était trop pour elle. La fille s'était fait un devoir quotidien de rapporter Maurice même quand il l'ignorait. Mais, moi, je savais que c'était rare qu'il passait sans l'agacer. Oui, «La gare Windsor! La gare Windsor!» a été mon lot pendant des mois quand je rentrais de l'école avec lui. Tel un berger allemand en position d'attaque, elle attendait chaque jour à quatre heures, le passage... du siamois! Mais ma mère avait su tirer parti de cette affaire. Elle avait dit à Maurice, qui avait comme tout enfant ses peurs: «Sans moi, c'était l'école de réforme, espèce de p'tit bum!»

Les maladies contagieuses étaient monnaie courante au temps de la Seconde Guerre. J'étais, hélas, au grand désespoir de ma mère, celui qui rapportait tous les virus à la maison pour les transmettre à mes frères.

La picote volante, la coqueluche, la rubéole, la gratelle, nommez-les, je les ai toutes eues. Le pire, c'est qu'à cette époque, la loi exigeait qu'on mette en quarantaine les maisons où la contagion régnait. On placardait les portes d'une affiche, ce qui se voulait un déshonneur pour les familles atteintes. «Les Brisseau sont en quarantaine», criait Jean-Louis à sa mère. «Michel a la picote». Inquiète, elle avait rétorqué: «J'espère que tu n'as pas joué avec lui dernièrement?» En quarantaine, ça voulait dire pas d'école... mais pas de sortie même dans la cour, jusqu'à ce que l'infirmière de *La Goutte de Lait* vienne retirer l'enseigne, sûre et certaine que toute contagion était enrayée. Ida était humiliée! Elle m'en voulait d'être le porteur de tous ces germes. Maurice lui disait: «C'est encore lui, il pogne tout, le *paquet d'os*. Pis nous autres, on est pris dans la maison même si on fait pas de fièvre. J'veux plus coucher avec lui, m'man. C'est pas un frère que j'ai, c'est... un microbe!»

Jean-Pierre qui n'allait plus à l'école était exclu de cette prison et mon père qui téléphonait disait à ma mère: «Je reviendrai après la quarantaine. J'ai des amis qui ont des petits. On ne sait jamais...» Je pense que ça l'arrangeait drôlement, mes maladies contagieuses, le père! Je pense même qu'il a été déçu que je n'aie pas attrapé la scarlatine. Ma mère avait une passion... les médecins! Surtout Lamer qui habitait à trois maisons de la nôtre. Quand venait le temps pour moi d'avoir une piqûre, il devait multiplier ses efforts pour me l'injecter. Ma mère m'emprisonnait les bras de ses grosses mains... et le docteur piquait. Je criais, je pleurais et je partais en le traitant de maudit nazi! Ce fut le cas pour mon vaccin avant d'entrer à l'école. Ma mère, Jean-Pierre et tante Jeanne m'avaient amené de force. J'avais résisté tellement résisté, que le vaccin n'avait pas pris. Imaginez mon drame! La semaine suivante, on devait recommencer. Des promesses, des bonbons, rien ne pouvait m'acheter. Et, c'est encore de force qu'on m'a traîné malgré ma crise d'hystérie. Le lendemain, ô surprise, les deux vaccins avaient germé d'un seul coup, en même temps. À mes yeux, ce n'était plus un vaccin que j'avais sur le bras mais un chancre, tellement c'était gonflé. Oui, j'avais peur des piqûres à m'en damner, parce que j'avais eu des frissons dans le dos chaque fois que j'avais vu ma mère s'injecter dans la cuisse pour contrer ses migraines.

Un jour, ultime offense, ma mère me traîna chez un autre docteur sans me dire ce dont je souffrais. Rendus là, elle lui parla tout bas et le vieux singe me demanda d'enlever *mes culottes* et mon sous-vêtement. Surpris, je regardais ma mère qui me disait comme pour me rassurer: «Crains pas, je r'garderai pas.» Comme si sa fausse pudeur allait enlever ma peur. J'étais nerveux, agité sur la chaise, pendant que le docteur me disait de me tenir tranquille. Ma mère, cachée derrière moi, lui chuchota: «Je pense que je n'ai pas été correcte dans sa dilatation. Vous savez, avec tous les enfants que j'avais sur les bras, j'ai dû oublier...» Le docteur regarda, me tâta...

— Allons, p'tit gars, je ne te ferai pas mal, je veux juste voir ce qui ne va pas.

Il regardait, scrutait un peu du doigt. J'étais crispé sur ma chaise.

— Bon, c'est une affaire de rien, madame Brisseau.

Puis, comme si ça ne me concernait pas, je le vis s'emparer d'une espèce de gros fusil en métal et je le vis, diriger son instrument, là où je ne le voulais pas. En deux mouvements, j'avais remis mon *short* et mes culottes, puis sans dire un mot, je m'étais sauvé, malgré les cris de ma mère et la stupéfaction du docteur. J'avais juste eu le temps d'entendre ma mère lui dire: «Dites-moi quoi faire avec lui, j'suis sûre qu'il a la danse de Saint-Guy. Nerveux comme ça, c'est une maladie... »

Quand elle revint à la maison dix minutes plus tard, elle me regarda avec un certain mépris pour ensuite me dire:

— Espèce d'innocent, faire honte comme ça à ta mère. Il t'aurait pas tué le docteur. C'est un spécialiste pour les enfants!

— Alors, c'était pour quoi la grosse machine qu'il a sortie?

— Laisse faire, ce sera pas nécessaire.

Et soudain, plus affable, elle me demanda gentiment...

– Ça te dirait d'avoir un petit repos à l'hôpital? Pas pour une opération, juste pour tes nerfs. Tu pourrais profiter d'un congé d'école, je t'apporterais des chocolats...

– Non, non, j'veux pas aller à l'hôpital, maman. J'suis pas malade, j'ai rien, j'ai pas besoin d'repos.

– Allons, reste calme, ce serait juste pour une semaine. Tu serais si bien, là.

C'est dans de tels moments que je me méfiais le plus de ma mère. Quand elle était doucereuse, je savais qu'elle préparait quelque chose de pas normal. Rusée comme un renard, je sentais chaque fois son piège. Non, je n'allais pas séjourner à l'hôpital pour un repos. Elle n'allait pas se débarrasser de moi comme ça, la mère. Je n'avais pas plus la danse de Saint-Guy qu'elle avait la variole. Je n'avais rien qui n'allait pas. Elle en avait un de trop sur les bras... et c'était moi. Quinze jours de congé pour elle, pendant qu'on m'aurait ausculté, ça l'aurait bougrement arrangée. J'étais nerveux, certes, mais avec elle, il y avait de quoi l'être. Anxieux, angoissé, peut-être, mais je n'avais pas comme elle l'avait dit à Jeanne... le ver solitaire! N'importe quoi lui aurait servi de prétexte pour se débarrasser de moi pendant un mois. Mais, entêté comme je l'étais, elle n'avait jamais pu me convaincre. Bien sûr que j'étais grouillant, tannant, énervant, mais comment aurais-je pu naître sage après avoir été porté avec rage? Elle était revenue à la charge avec son «séjour à l'hôpital», elle n'en démordait pas, et je lui avais dit: «Non, viarge! C'est-tu assez clair, la mère?» Ses yeux étaient devenus perçants, elle m'avait regardé en pleine face comme pour me faire sentir coupable et m'avait crié d'une voix aigrie: «Maudite tête de cochon!»

C'était aussi l'époque des poux, et j'étais plus souvent qu'à mon tour sa victime quand elle voyait dans mes cheveux blonds des poux noirs comme du charbon. Chaque soir, pour Maurice et moi, c'était le calvaire du peigne fin. Elle nous l'enfonçait jusqu'au cuir chevelu pour ensuite écraser de son ongle les poux figés sur les dents du peigne. Bruit infernal que celui du pou écrasé par un ongle. Maurice lui disait: «Arrête de les tuer comme ça, la mère, ça m'lève le cœur!» Inspection terminée, c'était au tour de sa bouteille de thé des bois. Pour être bien sûre qu'ils soient tous morts, elle nous en mettait plein la tête. Tellement, qu'à travers mes cheveux blonds on pouvait voir mon crâne rouge. Ça chauffait, ça puait, on hurlait, mais les poux, c'était la hantise de ma mère. On allait ensuite se coucher avec une serviette enroulée autour de la tête et le matin, au réveil, il y avait plus de cadavres de poux sur l'oreiller que de morts au cimetière. Et là, Ida était joyeuse. Sa manœuvre avait été fructueuse. «Des poux noirs! Penses-y, Jeanne...» disait-elle à sa sœur. «Y'a sûrement pogné ça du fils de la Torino!»

Tous les enfants avaient le rhume l'hiver, et chanceux quand ça ne tournait pas en bronchite. C'était courant, on gelait dans les maisons! On avait beau avoir du charbon mais, à trente sous zéro, il ne fallait pas trop compter sur les calorifères. Maurice et moi, on se réchauffait en luttant sous les couvertes. Quand on avait un rhume, le moindre début de toux, la mère prenait panique. Pas le sirop Deux Sapins, c'était juste bon pour les mémères. Non, pour elle, c'était le *plaster!* Cet énorme diachylon qu'elle nous collait dans le dos pour qu'il soutire le mal de nos bronches. Pour ajouter à ce charme, elle recourait également aux suppositoires, au camphre, aux mouches de moutarde et à d'autres laxatifs... pour que ça sorte au plus vite! Quand venait le temps d'enlever le gros *plaster* bien collé à la peau, elle nous disait: «Je vais y aller d'un tout petit coup à la fois.» Au premier *ouche!* elle retirait d'un trait le *plaster* en entier. Maurice et moi étions sûrs que la peau était venue avec! Dans le fond, le coup sec, c'était la bonne façon, mais Maurice lui criait en colère: «J'en veux plus de tes *plasters*, la mère. Dans l'cul, la prochaine fois!»

Et ma mère dont le cynisme tombait toujours à pic lui répliquait: «C'est ça qu'tu veux? Ben là, t'en souffriras un coup... mon p'tit gars!»

Chapitre 4

Ma mère avait deux personnalités. Grande dame avec ses voisines, fille de la plèbe dans sa cuisine. Polie, vouvoiement de rigueur, termes choisis, on aurait cru à certains moments qu'elle était fille de notaire. Quand elle croisait contre son gré madame Raymond, son ennemie du troisième, l'échange, loin d'être sincère, s'avérait courtois.

— Bonjour, madame Brisseau. Il me faut vous le dire, vous avez des enfants bien élevés comme il ne s'en fait pas. Quel ange que votre petit Michel, quel gentil garçon que Maurice...

— Je vous remercie, madame Raymond. Venant de vous, le compliment m'enchante.

— Et votre Julien, quelle âme d'artiste! On m'a dit qu'il jouait Chopin sans avoir appris la musique?

— Oui, par oreille, ça lui est venu tout seul, comme ça. C'est comme mon petit Michel, il chante d'une voix claire et juste depuis qu'il a trois ans. J'avoue être comblée par mes enfants.

— Et votre grand Jean-Pierre, quel beau garçon que celui-là. Je vous le dis, ce jeune homme a tout pour faire du cinéma. Il n'a pas fini d'en crever des cœurs avec les yeux qu'il a.

– Je vous remercie, vous êtes très aimable, mais il faut que je rentre. On doit me livrer une commande cet après-midi et si je ne suis pas là...

– Je vous en prie, madame Brisseau, allez, allez, on se reverra.

– Sans aucun doute, madame Raymond, passez une bonne journée.

Puis, Ida, refermant sa porte avec un sourire hypocrite, avait dit à Julien qui se trouvait dans le portique: «Maudite vache! Vieille guidoune! Ça parle avec le bec pointu, puis ça... Ah! j'aime mieux pas m'emporter, mais fallait qu'elle me parle encore de Jean-Pierre, de ses beaux yeux. Vieille catin! la face pleine de make up! Pas d'enfants à part ça! Elle a dû se faire avorter dix fois pour avoir le derrière large comme ça! Sans doute parce qu'elle ne savait jamais qui était le père... C'est sûrement pas avec son chauve de mari qu'elle... »

Ida se retint devant l'air sidéré de Julien. Pour contourner ce qu'elle allait dire de pas très catholique, elle se contenta d'ajouter... «À l'entendre, on dirait la femme d'un avocat, pas celle d'un chauffeur de taxi. Elle est là à faire sa fraîche, à se pavaner sur ses souliers de fille de rue, pis elle n'a jamais été capable de se payer le loyer du bas. Elle habite encore au troisième. Faut bien être une tout nue pour essayer de nous en mettre plein la vue. Fallait que je la croise à part ça, sans ma robe neuve, avec mon soulier que j'ai percé parce que j'ai un cor au pied. Tu aurais dû la voir me dévisager. Pas un bon mot pour moi, juste pour les enfants, la chipie!»

Moi, j'aimais bien le côté naturel de ma mère. Celui qui nous faisait rire, même s'il m'a parfois gêné plus tard. Ida Brisseau, née Beaudry, était la digne fille d'Hector. Celle qui ne se prenait pas pour une autre, sauf devant madame Raymond.

Ce que je n'ai jamais oublié, c'est qu'elle nous sortait, la mère, quand elle nous avait sous son aile. Il y avait, bien sûr, le parc Jarry, mais ses déplacements n'avaient pas commencé là. Avec Claude qui marchait à peine, Maurice et moi, c'était souvent le parc Lafontaine où nous raffolions des tours de gondole sur l'étang. Seule, sans mon père, elle sortait avec ses enfants... ma mère! Il lui arrivait même de prendre avec nous le tramway de la rue Saint-Laurent pour se rendre jusqu'au terminus Craig. De là, le retour à la maison dans le même wagon. Elle avait vu du monde, et nous, nous étions contents de ces déplacements. Parfois, le tramway ouvert nous amenait au lac des Castors sur le flanc de la montagne. Il y avait aussi le parc Belmont... avec les coupons à rabais qu'elle découpait dans *La Presse*. Une journée entière dans les manèges, pendant qu'elle attendait sur le banc d'une table de pique-nique, l'heure de préparer les sandwiches. Cloclo avait peur de la grosse bonne femme qui riait en bougeant, dans la cage du *Tapis Magique*. À cinq heures, les yeux levés au ciel, on regardait l'attraction gratuite. La vieille de soixante-douze ans qui, d'un haut tremplin, plongeait dans un bassin d'eau ou la belle Joséphine Berosini qui, à l'aide d'une perche, se tenait en équilibre sur un fil de fer qu'elle traversait les yeux bandés.

Ma mère adorait les restaurants et avait un penchant pour les mets chinois. Pas dans le *Chinatown* où c'était cher, mais rue Sainte-Catherine, dans un deuxième étage, où elle réservait sa cabine. On se bourrait la panse, elle payait, puis on revenait... avec les restes. Dans ces moments-là, la mère était *lousse* avec son argent, car elle en profitait tout autant que nous. Mais elle s'arrangeait pour en avoir pour son compte. Du bon marché... en quantité! Le samedi matin, elle ne lésinait jamais non plus pour nous donner, à Maurice et à moi, le gros *dix cennes* d'entrée pour aller *aux vues* dans le sous-sol de l'église Saint-Alphonse-d'Youville. Des films de Tarzan ou de Gene Autry la plupart du temps, mais avec un *cartoon* de *Bugs Bunny* en plus, histoire d'en avoir pour notre argent. Pour sa part, il lui arrivait de temps en temps de se payer une soirée avec Jeanne... ou Mandine, une vieille amie. Le cinéma était son divertissement. Mais que des mélodrames avec Tyrone Power, son préféré, ou Joan Crawford qu'elle avait appris à détester. Quand elle désirait voir une pièce de théâtre, c'était au sous-sol de l'église qu'elle allait. Elle m'amenait parfois et je me souviens qu'elle était revenue très émue après avoir vu *Cœur de Maman*. Le burlesque et les comédies, ma mère les fuyait. C'était vulgaire et sans intérêt pour elle. Que les drames, toujours des drames... tout comme sa vie!

Cette journée-là, Paulette, notre gardienne, était arrivée à la maison en courant.

– Madame Brisseau, vous savez pas la dernière nouvelle? Muguette Boutin a la polio!

Ce fut un choc pour ma mère et le souvenir le plus cruel de mon enfance.

Muguette Boutin, une belle fille de quinze ans qui habitait à quelques maisons de la nôtre, était la sœur d'un ami de Jean-Pierre.

– T'es pas sérieuse, Paulette? Pas la polio? Elle est dans un état grave?

– Le docteur doute fort qu'elle puisse s'en sortir. C'est effrayant, madame Brisseau!

La poliomyélite était une maladie infectieuse et contagieuse qui se manifestait par des paralysies. Fléau des années 40, sans vaccin, c'était souvent une maladie mortelle. Ma mère était inquiète au point d'en faire des neuvaines. Un jour, je l'ai même entendue dire à sa sœur: «Jeanne, s'il fallait que Michel m'arrive avec ça. Il attrape tout celui-là et ça se répand comme une traînée de poudre. S'il fallait, Jeanne, je pense que j'en mourrais!» C'était la première fois que je sentais qu'elle m'aimait, qu'elle tenait à moi. Son «je pense que j'en mourrais» m'avait touché au point de ne jamais l'oublier. Et elle avait poursuivi: «Il paraît que ça commence dans les jambes. J'ai toujours dit que Muguette Boutin était trop grande pour son âge. J'suis contente que mes enfants soient petits, ils auront peut-être plus d'chance. J'y pense, Jeanne, surveille ta Ginette. Elle est pas mal grande pour son âge, elle aussi.» J'imagine que tante Jeanne n'a pas dû dormir de la nuit. Toujours aussi diplomate, la mère, même quand c'était involontaire!

– Madame Brisseau, madame Brisseau, Muguette Boutin est morte ce matin!

On avait tous cessé de manger. Ma mère était clouée sur sa chaise.

– Pas vrai, Paulette, pas à son âge? Pauvre enfant, sa pauvre mère. A-t-elle souffert? Avait-elle toute sa connaissance?

– Oui, c'est ça le pire. La voisine d'à côté l'entendait crier: «J'veux pas mourir, j'veux pas mourir» pendant que

le prêtre lui donnait l'extrême-onction. Sa mère lui épon-
geait le front et elle criait: «Maman, j'veux pas mourir,
j'suis trop jeune, j'veux encore vivre.» Sa mère nous a dit
que c'est en criant de plus en plus faiblement «j'veux pas
mourir» qu'elle a rendu le dernier soupir.

Ma mère, émue, mais retenant ses larmes demanda à
Paulette:

— Est-ce contagieux? Est-ce comme la méningite?
C'était ton amie...

— Non, madame Brisseau, le docteur Lamer a dit que ça
frappait brusquement sans savoir d'où ça venait. Plus de
filles que de gars, selon lui...

J'ai senti, malgré sa vive sympathie, que ma mère était
soulagée. Son beau Jean-Pierre risquait moins d'en être
atteint. Et comme elle n'avait que des garçons...

— Pourquoi l'a-t-on laissée mourir chez elle? Pourquoi
pas à l'hôpital?

— Parce que Muguette avait une peur bleue de l'hôpital
et que, dans le fond, il n'y avait plus rien à faire. Pensez-y,
madame Brisseau, quinze ans seulement...

Je connaissais Muguette Boutin pour lui avoir parlé de
temps à autre. Jolie, fine comme une mouche, c'est vrai
qu'elle était grande pour son âge. Elle était admise dans les
théâtres depuis l'âge de douze ans. Elle avait l'air d'une
femme et ça choquait Julien d'avoir, à côté d'elle, l'allure
d'un gamin. Mais sa mort m'a marqué, profondément marqué. C'est à partir de ce jour que j'ai eu peur de la mort à
en faire des cauchemars la nuit. Tout comme elle, j'avais
peur de l'hôpital, et dire que ma mère avait pensé m'y
envoyer pour un repos. Innocemment, je ne craignais pas la

polio. Pas après que Paulette eut dit à ma mère que les filles y étaient plus exposées. Mais, le *j'veux pas mourir* de Muguette s'était ancré en moi comme le combat de la vie, le cri du désespoir. Je ne pensais pas à Jésus qui lui tendait les bras, ni aux âmes des fidèles défunts qui chantaient *l'Angelus* dans l'éternité. Non, en moi c'était l'effroi, que l'effroi! De quoi avait-elle eu si peur? Pourquoi refusait-elle de partir? Que voyait-elle de l'autre côté pour que l'abbé ne parvienne pas à la confesser? Des questions qui m'ont hanté toute ma jeunesse. Assez pour être encore plus angoissé que je l'étais, assez pour penser que j'avais peut-être... *le ver solitaire*. Et j'ai senti que Maurice aussi avait eu peur. Il semblait ne rien craindre, celui-là, mais n'avait pas osé parler après avoir appris la nouvelle. Il était même devenu gentil, affable, comme s'il avait quelque chose à se faire pardonner. Il avait certes eu peur car, une semaine plus tard, quand j'ai tenté de lui parler de Muguette et de lui avouer jusqu'à quel point sa mort m'obsédait, il m'avait dit, la tête baissée: «Parle plus d'ça, c'est passé.» Puis, sagement, il était allé se coucher.

Jean-Pierre s'était trouvé un emploi. Avec une neuvième année scolaire, il avait décroché un poste dans une compagnie qui dédouanait les colis venus d'outre-mer. Un emploi de quelques mois car, désirant faire plus d'argent, il avait changé son fusil d'épaule pour devenir «commis-voyageur» pour un importateur de bijoux. Ce fait me rappelle une grande peine que j'éprouvai la même année. Depuis janvier, j'allais déposer des sous chez le bijoutier de la rue Jarry afin qu'il me réserve un poudrier que je voulais offrir à ma mère pour la Fête des Mères. Un beau poudrier émaillé bleu avec ressort et un camée sur le couvercle. On le vendait quatre dollars, ce qui était cher pour un enfant de mon âge, mais j'y tenais. Je voulais surprendre ma mère, lui démontrer, grâce à ce présent qui m'occasionnait bien des sacrifices, que je l'aimais profondément. J'y allais d'un *dix cennes* à un *vingt-cinq cennes* par semaine, argent récolté des courses que je faisais pour les voisines. Je me privais de bonbons, pour que la somme due soit payée en entier avant le mois de mai. En cachette, j'allais porter mes sous chez le bijoutier qui les déduisait de ma facture. Et pas la moindre erreur, je savais compter. J'avais versé le dernier «trente sous» une semaine avant la Fête des Mères. J'avais même réussi à lui acheter une petite carte sur laquelle on pouvait lire un poème, et j'avais signé *Avec amour, Michel.* Le bijoutier, surpris de ce beau geste pour ma mère, m'avait offert gratuitement une feuille de papier ornée de roses et un ruban pour que j'emballe mon présent. Content, soulagé, j'attendais avec anxiété l'heureux événement.

Quand le fameux dimanche arriva, j'attendis que Jean-Pierre lui offre un collier de perles qui ne lui avait rien coûté avant de lui tendre le petit colis que je tenais caché derrière mon dos. Surprise, elle ouvrit le paquet, découvrit le *compact* comme on appelait ça dans le temps, et me remercia en me regardant curieusement tout en murmurant: «C'est bien trop beau pour moi, je ne sors jamais.» Puis, ne pouvant plus se retenir, elle me demanda sans lever les yeux de son présent:

— Dis donc, ça doit coûter cher, un poudrier comme ça?

Heureux de mon coup, fier comme un adulte, je répondis:

— Oh oui! quatre «piastres», m'man!

— Quoi? Mais où donc as-tu pris tout cet argent?

— En faisant des commissions et en ramassant les sous que tu me donnais pour des cornets. Je ne l'ai pas payé d'un seul coup, je l'avais mis de côté depuis le mois de janvier.

— Et le bijoutier ne t'a même pas offert un rabais?

— Oui, m'man, vingt-cinq sous, pis il m'a donné le papier et le ruban.

— Ça prends-tu un *cheap!* Ambitionner comme ça sur un enfant.

Je m'attendais à un baiser, une caresse, un compliment, mais non, pour elle, ce qui importait, c'était le prix, l'évaluation du présent.

— Si t'en avais parlé à ton grand frère, il te l'aurait eu au prix du gros. Pas vrai, Jean-Pierre?

— Moi, j'en vends pas, mais j'aurais peut-être pu lui trouver ça...

— Et s'il le rapportait au bijoutier, tu pourrais?

J'avais les larmes aux yeux...

— Non, m'man, ça m'a pris cinq mois pour le payer. Si tu ne l'aimes pas, laisse-le dans ton tiroir, mais j'irai pas le reporter. Pas après tout le trouble qu'il s'est donné pendant tout ce temps-là.

Jean-Pierre qui devinait mon désarroi et qui avait de l'influence sur ma mère lui murmura...

— Ça s'fait pas, la mère. Une mise de côté, ça se respecte, et un pareil comme ça, j'pourrais pas en trouver. C'est de bonne qualité, il a quand même fait une bonne affaire. T'as eu du goût, Michel! Ça va faire un beau «compact» pour la sacoche de la mère.

Ida regarda son présent une dernière fois et le rangea dans son tiroir sans ajouter un mot. Contente, certes... mais pas éloquente. Juste assez pour que je regrette mon geste.

Maurice qui avait assisté à la scène m'avait pris à part pour me dire:

— Pourquoi tu m'en as pas parlé? On aurait pu l'acheter à deux?

— Non, je voulais que ce soit «ma surprise.» Je voulais que ce soit mon cadeau à moi.

Les sourcils froncés, les lunettes sur le bout du nez, il m'avait fixé pour me lancer... «Liche-cul!»

C'est vrai que je voulais être seul dans cette affaire, pensant aller chercher un sourire de ma mère. Un sourire et un merci pour moi tout seul. Ce qui m'a fait le plus de peine, c'est que ma mère ne s'en est jamais servi. Six mois plus tard, à son insu, j'ai regardé dans son tiroir. Le «compact» bleu était intact, dans sa boîte d'emballage, enfoui... sous ses jupons!

Un soir de mai, Maurice et moi sommes entrés en courant à la maison pour surprendre ma mère qui écoutait à la radio *Le Fantôme au clavier* avec Jacques Normand. Maurice, tout essoufflé, lui lança d'un trait:

— M'man... on a vu Jean-Pierre au restaurant Moderne en train de manger un *banana split* avec une fille. Une maudite belle fille à part ça!

Ma mère, bouche bée, n'eut pas le temps de dire un mot que j'ajoutai:

— C'est vrai, m'man, une fille qui ressemble à l'actrice que tu as sur la photo dans ton tiroir. Tu sais, celle qui est habillée comme une princesse arabe?

— Maureen O'Hara? Charrie pas! Pis, c'est qui cette fille-là? Tu la connais pas, Maurice? Pis toi, Michel, tu l'as jamais vue?

– Non, m'man, jamais, mais si c'est sa blonde, j'te dis qu'elle est vraiment belle.

– Voyons donc, il m'en aurait parlé. C'est peut-être juste une connaissance...

– Ouais... de dire Maurice, pas de la façon dont il la r'gardait.

Et moi qui ne connaissais pas encore ma mère, j'y allai d'un coup d'épée.

– Tu aurais dû voir sa robe, m'man. Je pense que c'était en satin. Si c'est sa blonde, y'a pas fini d'la bourrer de bijoux. T'aurais dû voir son bracelet...

– Bon, bon, assez, j'écoute mon programme. Allez vous laver les mains et après, tout de suite au lit. Demain, on s'lève de bonne heure pour aller au parc Jarry.

J'ai cru remarquer dans les yeux de ma mère une lueur qui n'était pas ordinaire. Jean-Pierre se serait fait «une blonde» sans même lui en parler? Elle? La patronne de la maisonnée? Elle qui décidait de tout pour ses garçons, même des chemises à porter? C'était une lueur de peur que j'avais perçue dans les yeux de ma mère. Jean-Pierre devenait un homme, il se détachait d'elle de plus en plus depuis qu'il avait un emploi. Elle le sentait et c'était là son plus grand désarroi. Sans un mari à ses côtés, Jean-Pierre prenait peu à peu la place du paternel. Elle se fiait sur lui, s'accrochait à lui telle une sangsue, comme s'il allait sacrifier sa propre vie pour elle. Il y avait, bien sûr, quelques filles qui rôdaient, mais «une blonde», une vraie, ça, Ida ne le prendrait pas. À moins, bien entendu, qu'elle choisisse elle-même la femme qu'il épouserait un jour. Une femme comme elle, quoi! Une bonne personne qui brasserait la soupe et qui presserait ses pantalons. Une femme qui le dorloterait comme elle le faisait pour lui depuis qu'il était né. Une femme qui ne lui coûterait pas cher. Une bonne ménagère. Elle le redoutait, elle le ménageait son Jean-Pierre mais, alarme sonnée, c'est de pied ferme qu'elle attendait qu'il daigne rentrer.

Onze heures du soir et Julien venait à peine de monter de la cave où il avait pianoté. Oui, ma mère avait eu la brillante idée de l'installer là afin d'écouter en paix ses programmes. Julien qui ne savait rien, qui ne se doutait de rien, s'apprêtait, parce que c'était son tour, à prendre un bain.

Jean-Pierre fit irruption dans la cuisine et ma mère qui ne l'avait pas vu de la journée remarqua qu'il s'était pas mal *crêté* pour aller travailler ce jour-là. Il l'avait prévenue qu'il ne rentrerait pas pour le souper, qu'il avait un client à rencontrer dans un restaurant. Ses mensonges n'étaient pas inventés dans le but de la duper. Il ne voulait plus avoir de comptes à lui rendre. Maurice et moi ne dormions pas encore. Nous nous étions retenus parce que nous savions qu'il allait y avoir de l'action dans la maison. Ida n'avait pas décollé de sa chaise de la soirée. Elle reprisait nos bas, comme lorsqu'elle n'avait rien de mieux à faire... que ça!

— Y paraît que tu sors avec une fille, Jean-Pierre?

— Tiens! Ils n'ont pas perdu d'temps, ces deux p'tits bâtards-là!

— Ben, ils t'ont vu. C'est vrai ou pas que tu sors avec une fille?

— Oui, la mère, t'es contente, là? J'sors avec elle depuis un mois.

— Pourquoi tu m'en as pas parlé? J'suis ta mère, t'aurais pu me l'dire?

— J'voulais attendre que ce soit *steady*. Là, j'peux t'en parler.

— Une fille du quartier? Une bonne fille, j'espère?

— Oui, oui, une fille qui reste près de la rue Villeray. Une bonne famille... ajouta-t-il du ton d'un homme décidé.

— Comment s'appelle-t-elle?

— Sophia Vanelli.

— Quoi? Une Italienne? T'as ben dit Vanelli?

— Oui, m'man, mais sa mère est Irlandaise. C'est un mélange. Son père est Italien, mais elle a les yeux verts. Une fille qui parle trois langues à part ça.

— Une fille de riche? Michel m'a dit qu'elle était bien habillée, qu'elle...

— Oui, la mère, une fille qui a de la classe, mais son père n'est pas riche. Du monde comme nous. Une famille de quatre enfants. C'est elle la plus vieille. Ce qui est important, la mère, c'est qu'on s'aime. Y'a pas un gars qui voudrait pas sortir avec elle, mais c'est moi qu'elle a regardé. Quand je vais te la présenter, j'suis sûr que tu vas l'aimer. Elle a de belles manières.

— Pas une fille qui coûte cher à sortir, toujours?

— Ça, c'est de mes affaires. Je travaille, je paye ma pension et pour le reste, j'ai pas de comptes à rendre. Elle aussi, elle travaille. T'es contente, là?

— J'disais pas ça pour te pomper, Jean-Pierre, mais tu commences à peine à travailler...

— Laisse-moi m'arranger avec ça, la mère. De toute façon, attends donc de la connaître avant de juger. Je lui ai demandé de venir faire un tour dimanche après-midi pour que je te la présente.

— J'suppose qu'il va falloir que je me mette sur mon trente-six?

– Pas nécessaire. D'ailleurs, Sophia m'a dit qu'elle t'avait déjà vue.

– Où ça?

– Un matin que t'allais au marché Jean-Talon...

– Ah! viarge, j'suis toujours attriquée comme la chienne à Jacques quand je vais là. Elle m'a vue à mon pire! Dis donc, quel âge elle a ta Sophie?

– Sophia, m'man, pas Sophie. Elle a seize ans, mais c'est un vrai cœur. Tu verras.

– Bon, puisque c'est comme ça, dimanche, ça m'arrange, ton père sera pas là.

Pour Maurice et moi, c'était le fou rire. On était sûrs que la mère allait mal dormir cette nuit-là. Pas parce qu'on lui en voulait, mais on avait hâte de lui voir la tête quand elle verrait «la beauté» que Jean-Pierre avait dénichée.

En ce dimanche, c'est sur la galerie que Maurice et moi attendions la blonde de Jean-Pierre. Ma mère s'était frisée, fardée, et avait mis sa robe beige à manches longues. Elle portait le collier de perles que lui avait donné Jean-Pierre, et de grosses pastilles de nacre pour cacher ses lobes d'oreilles. Vraiment, elle était *chic and swell* la mère, pour la grande rencontre. Ils arrivèrent en taxi, ce qui fit maugréer Ida qui les avait vus du salon. Sophia descendit la première et Maurice et moi étions restés figés. En plein jour, elle était encore plus belle que le soir, la demoiselle. Vêtue d'une robe matelot de teinte marine à collet blanc, elle portait des souliers à talons hauts du même bleu que sa robe. Une belle chevelure *auburn* lui tombait jusqu'aux épaules. De jolis pendants d'oreilles dans les deux tons, un bracelet qui s'appareillait et, à son doigt, une opale entourée de perles. Ses ongles étaient vernis et impeccables.

Taille de guêpe mise en évidence par un ceinturon blanc, et il fallait lui voir le visage. Une beauté sans pareille! Les yeux verts comme la mer, les lèvres rouges comme le feu, le nez droit, un modèle pour un artiste-peintre, une vraie vedette de cinéma. Avec de superbes jambes à part ça. Douce, gentille, mignonne, elle nous avait dit bonjour en me passant la main sur la tête et en me disant que j'avais de très beaux cheveux blonds. Maurice, timide pour une fois, la regardait par-dessus ses lunettes. Moi, en un mot, ce jour-là, j'étais déjà en amour avec «la blonde» de mon grand frère. Lui, petite moustache, cheveux noirs ondulés, complet sombre, fers militaires aux talons, avait l'air de Clark Gable à ses côtés.

Hypocrite jusqu'à la moelle, ma mère lui fit bon accueil. Elle la vouvoya, impressionnée par ses manières distinguées. Sophia aima ma mère de prime abord. Je doute de la réciprocité mais, dans de tels moments, Ida devenait chatte... pour mieux griffer avec le temps. Elle la questionna sur sa famille, lui vanta les mérites de son Jean-Pierre, mais ne la complimenta pas sur sa toilette même si Sophia, plus polie, lui avait dit: «Vous avez une bien jolie robe, madame Brisseau.» Ma mère la remercia sans lui dire que ça faisait trois ans qu'elle l'avait dans sa garde-robe. Quoique désappointée de n'avoir rien à lui reprocher, Ida fut charmante avec elle... en cette première journée. Sans doute pour regagner l'estime de son Jean-Pierre. Julien, plus distant, la trouva fort jolie. Il parut surpris quand elle lui avoua qu'elle parlait l'italien, l'anglais et le français. Pour le français, les genres étaient souvent mêlés. Sophia disait «mon» chaise pour «ma» chaise comme si tout était masculin. Par contre, mon père, ma mère, mon frère, ma sœur, là, elle ne se trompait pas. Faut dire qu'elle avait étudié dans une école anglaise. Catholique, elle allait à la messe à l'église Holy Family et non à Saint-Vincent-Ferrier. Et pas «snob» pour deux sous pour une fille aussi bien habillée. Certes, elle nous impressionnait la belle Sophia, mais pas tout à fait ma mère qui la dévisageait de la tête aux pieds, qui la questionnait sans relâche et qui tentait de la prendre au piège. Assises sur des fauteuils, l'une en face de l'autre, j'ai vu ma mère prendre un coussin et le tenir sur ses genoux. C'était sa façon de camoufler son embonpoint. Pis encore, et ça me revient, quand venait le temps d'une photo, elle tenait toujours le coussin à la hauteur de sa jambe gauche pour qu'on ne voie pas ses varices. Pauvre mère! Que de complexes dans sa vie de misère!

Jean-Pierre quitta avec Sophia et quand il rentra le soir, il s'empressa de demander à ma mère...

— Pis, comment l'as-tu trouvée?

— Fine, ben fine, gentille, avec de belles manières.

— Rien que ça?

— Que veux-tu que j'te dise, à première vue comme ça. Moi, j'la connais pas encore cette fille-là. Chose certaine, c'est pas une femme ta Sophia, c'est une poupée. On dirait qu'elle vit juste pour ses robes et ses dentelles...

— Bon, j'savais bien que tu lui trouverais des défauts. C'était trop beau pour être vrai.

— Choque-toi pas, Jean-Pierre, je disais ça comme ça. Elle n'a pas arrêté de parler d'son linge pis des magasins de la rue Saint-Hubert! En plus, pour être bien franche avec toi, je la trouve un peu trop grimée pour une fille de seize ans.

— Continue, la mère, je sens que ça va se gâter.

– J'ai rien d'autre à te dire pour l'instant, mais si t'as des idées avec elle, t'as besoin d'faire de l'argent, mon p'tit gars. C'est pas tout à fait de not' monde, ce genre-là.

– Ton monde... la mère! Parle pour toi, pas pour la famille.

– Et dire que, pas plus tard qu'hier, madame Poirier me disait que sa fille te trouvait de son goût...

– Quoi? Denise? T'es pas sérieuse, la mère. Elle est grosse, elle a du poil sur les jambes pis une moustache. Me prends-tu pour Quasimodo?

Ce qui venait d'offenser ma mère, c'était... *elle est grosse.* Maurice et moi avions vu sa pression monter et là, rouge de colère, elle avait débité:

– N'empêche que ça te ferait une saprée bonne femme, la Denise. Elle fait à manger, elle repasse, elle est économe, elle aime les enfants, elle est vaillante, elle est modeste... J'gagerais ma main droite que ta Sophia sait même pas faire cuire un œuf! C'est d'tes affaires, j'm'en mêle pas, mais des fois, à t'voir agir, on dirait que j'vois ton père!

– Pourquoi me parles-tu de Denise? Comment oses-tu la comparer à Sophia? Pourquoi cherches-tu des défauts à celle que j'aime? Y'a quelque chose qui ne va pas, la mère? Comme si j'allais me marier demain!

Et c'est pourtant Sophia que mon frère épousa plus tard. Sophia qui lui donna des enfants. Sophia qui n'avait cependant rien d'une femme de maison. Sophia que nous aimions, que Jean-Pierre adorait et que ma mère fit semblant d'aimer toute sa vie... pour ne pas déplaire à son grand! Celle que mon père aima dès qu'il la rencontra et qui fit dire à Ida, s'adressant à Julien: «Regarde-le faire, l'écœurant. Il la traite comme si c'était la reine d'Angleterre!»

Quand nous osions lui dire que le père n'allait pas creux dans sa poche, elle le défendait, mais quand il complimentait une femme, elle fulminait. Comme si elle se doutait...

— Allô, Ida? c'est Jeanne. J'ai une bonne nouvelle à t'apprendre. Figure-toi donc qu'on fait un concours de beauté pour les enfants de deux à cinq ans à la radio et que Rachel a été acceptée. Sa photo va même paraître dans les journaux.

— Voyons, Jeanne, Rachel n'est plus un bébé, elle aura bientôt quatre ans.

— En plein l'âge qu'il faut, Ida. C'est le chanteur Armand Robin qui s'occupe du concours et je vais passer à la radio avec elle. Ça te dirait de m'accompagner?

— Ça m'ferait bien plaisir, Jeanne, mais j'ai pas l'temps, pas avec mes corvées.

— Juste une heure ou deux et samedi à part ça. Armand Robin va même chanter en personne. T'aimes ça, toi, «Le bonheur est entré dans mon cœur»? Il va la chanter, Ida!

— J'aime ça, j'aime ça, pas à ce point-là, Jeanne. Tiens! Pourquoi t'emmènes pas Michel avec toi? Il est fou de tout ce qui se passe à la radio, celui-là. Pour ma part, j'écouterai tout en faisant mon repassage.

Ma mère venait de recevoir un autre dard au cœur. Rachel, la chère petite Rachel de Jeanne, avec ses yeux bruns, ses cheveux blonds, son visage d'ange. Elle qui n'avait que des garçons et qui refusait d'admettre qu'elle aurait aimé avoir parmi ses «accidents» une enfant comme celle-là. Ma mère, toujours frustrée, à qui, sans le savoir, on tournait sans cesse le fer dans la plaie.

Inquiétantes, angoissantes même, que ces années du mitant de 1940, mais pas violentes comme celles qui allaient suivre trente ans plus tard. Outre-mer, c'était la guerre, celle qui risquait de se propager jusqu'à nous, mais au Québec, c'était l'ère de la prière. Les meurtres étaient commis en moins grand nombre. On y pensait deux fois avant de tuer qui que ce soit, sauf lorsqu'il s'agissait des règlements de compte de la pègre. La peine de mort était en application et la justice, peu indulgente. Quand un crime odieux se produisait, ma mère avait le temps de suivre tout le procès par le biais des journaux et ce, jusqu'à la pendaison du coupable, avant qu'un autre forfait ne survienne. Ce qu'elle n'a jamais pu faire par la suite, quand, peine de mort abolie, les meurtres ont commencé à se commettre à la douzaine. Dans les années 40, les enfants que nous étions, pouvaient jouer dans la rue le soir, sans crainte d'être kidnappés, blessés, molestés, ou écrasés par une automobile. Les autos étaient aussi rares que le beurre. Chacun prenait soin de ses sous au cas où... et le tramway était fort populaire. Mais, il y avait quand même de ces mésaventures que tout enfant n'oublie pas, surtout quand on lui dit qu'elles sont... contre nature.

Un soir où je déambulais rue Jarry avec mon copain, Jean-Louis, un grand gars de dix-huit ou vingt ans, livreur de commandes d'épicerie sans doute, si on se fie à son triporteur et à la boîte qu'il transportait, nous accosta au coin de la rue Drolet.

— Hé! les p'tits gars, vous pouvez me rendre un service?

On le regarde, Jean-Louis et moi, on ne se méfie pas, on demande:

— Quoi?

– J'ai à livrer cette commande-là dans une maison à six logements à quelques portes d'ici. Comme le bouton de la sonnette est à l'intérieur, j'aimerais que vous veniez sonner pour moi, car je vais avoir les mains pleines.

Il n'aurait pu mieux dire!

On se regarde et, sans hésiter, on accepte de lui rendre ce service. Il fait déjà noir, mais en marchant sur le trottoir pendant qu'il pédalait dans la rue à côté de nous, je pouvais l'observer quand il passait sous un lampadaire. Grand, musclé, il portait un chandail noir à manches courtes, un pantalon noir avec un *clip* à la cheville pour éviter qu'il reste pris dans sa chaîne de bicycle, des bas blancs et des mocassins noirs aux pieds.

Il avait les cheveux bruns, bouclés comme un mouton, mais ce qui avait davantage attiré mon attention, c'est qu'il avait la face pleine de boutons. J'ai su plus tard qu'on appelait ça de l'acné. J'avoue que ça m'avait fait quelque peu hésiter, car j'avais entendu ma mère dire un jour à sa sœur: «Les gars qui ont des boutons, c'est parce qu'ils sont cochons. Ils ont le vice au corps. Tu sais ce que je veux dire?» Tante Jeanne savait ce que ça voulait dire... pas moi. Et ce n'est sûrement pas Ida qui aurait expliqué ces choses-là à celui dont elle disait qu'il avait le nez fourré partout!

Nous marchions à côté du gars qui ne semblait pas vraiment savoir où il allait. Il me souriait et me demandait: «C'est quoi ton nom, toi?» Il me souriait sans cesse, il avait l'air gentil. Il m'avait dit: «Moi, je m'appelle Johnny.» Je n'avais même pas remarqué qu'il ne s'adressait jamais à Jean-Louis. «Tiens! j'pense que c'est là», dit-il en pointant du doigt une maison à logements. On le suivit. Lui ayant ouvert la porte, on rentra avec lui et, Jean-Louis, voyant

qu'il avait les bras chargés lui demanda: «Y'a six sonnettes, c'est laquelle que tu veux?» Il laissa tomber la boîte
qui ne contenait rien, s'approcha de Jean-Louis et lui dit:
«Celle-là», tout en lui mettant la main entre les jambes.
Moi, dans ce petit portique, j'étais dans le dos du gars,
coincé entre le mur et lui. Jean-Louis, surpris, lui enleva la
main d'un geste nerveux, ouvrit la porte et déguerpit en
courant, me laissant aux prises avec le vicieux.

Incapable de m'échapper, je n'osais pas bouger. J'aurais
voulu crier, qu'aucun son n'aurait pu sortir de ma gorge. Il
me souriait... me souriait sans cesse, sans avoir l'air méchant. Il me passait la main dans les cheveux en me disant:
«Crie pas, sois fin, laisse-toi faire et je te jure que je ne te
ferai pas mal.» J'étais rivé sur place, cloué par la peur.
Comme si c'eût été ma dernière heure. Je ne pensais ni au
bon Dieu, ni à ma mère. Je ne voyais que ses yeux. Il
s'était penché et, tout doucement, m'avait embrassé dans le
cou en me disant: «C'est toi que je voulais, pas lui...» tout
en me tripotant les fesses. Puis, gentiment avec plus de
délicatesse que le docteur Lamer, il déboutonna la fermeture de mon pantalon court, en me disant que j'étais beau et
qu'il m'aimait.

Et j'ai senti ses doigts se faufiler dans mon sous-vêtement. Toujours tout doucement, pour ne pas m'effrayer. Il
flattait, avec bien en place dans la paume de sa main, ce
que mes frères n'avaient pas le droit de voir. Je n'osais pas
l'arrêter, j'avais peur qu'il devienne méchant. L'aurais-je
voulu que je n'aurais pas pu, emprisonné dans ses bras
d'acier. Tout ce que j'espérais, c'est que quelqu'un entre
dans l'un de ces logements d'où j'entendais le son de la

radio, ou en sorte. Mais comme j'étais sa proie et que je ne voulais pas me retrouver au cimetière, je le laissai faire. Je ne pleurais même pas. C'est comme si, tout d'un coup, mon corps était devenu de bois. Accroupi, il se frottait sur mon genou sans avoir ouvert son pantalon. Il me disait: «Tu vois, t'es fin, je t'aime bien, ça ne sera pas long maintenant.» Là, j'ai eu peur. Pas tellement de lui, mais de ce qu'il allait me faire, à genoux, sa tête entre mes jambes. J'ai eu peur tout comme chez le docteur. J'ai revu «l'outil» qui avait provoqué ma fuite, j'ai entendu les cris de ma mère. Oui, j'ai eu peur, mais je n'ai pas crié, je n'ai pas paniqué, moi qu'on disait atteint de la danse de Saint-Guy. J'ai juste fait un bond de côté et, vif comme l'éclair, j'ai appuyé sur un, deux, trois boutons de sonnettes, avant qu'il me retire le bras d'un geste brusque. Là, c'est dans ses yeux à lui... que j'ai senti la crainte. «T'aurais pas dû faire ça, je t'aurais pas fait mal... »

— Oui, qui est là? cria du deuxième, une voix féminine.

Il sortit rapidement en me disant: «Toi, j'vais te r'trouver, t'avais pas à faire ça!»

— Oui, qui est là? On a sonné?

Tapi dans le portique, je n'osais même plus respirer. J'aurais certes pu monter, raconter à la dame ce qui venait d'arriver, lui demander d'appeler ma mère, mais j'ai préféré attendre dans le noir que la porte du deuxième se referme tout en remontant mes culottes. Il ne fallait pas que ma mère sache ce qui venait de se passer. Je la connaissais. Jamais plus elle ne m'aurait laissé sortir le soir, sans parler de sa montagne de questions et de l'horrible drame dont son «p'tit gars» avait été victime. Quand je suis sorti de cette maison, le gars n'était plus en vue, le triporteur non plus. Je me souviens d'être sorti comme un chat et d'avoir couru comme un lièvre jusqu'à la maison. Là, j'ai attendu, je voulais reprendre mon souffle. Je ne voulais pas que ma mère s'aperçoive que quelque chose n'allait pas. Mais j'avais oublié mon copain qui, de son côté...

Jean-Louis était arrivé chez lui en pleurant, content d'avoir sauvé sa peau, sans même alerter qui que ce soit dans sa course, pour sauver la mienne. À bout de souffle, après dix minutes, il avait fini par raconter à sa mère qu'un maniaque avait voulu le *tâter,* en lui faisant la narration, entre ses soubresauts et ses hoquets, de l'aventure en question. Fort heureusement, sa mère s'inquiéta pour moi et, quand il l'avisa que j'étais encore là... avec lui, elle s'empressa de téléphoner à ma mère pour lui dire: «Madame Brisseau, Michel est coincé avec un fou!» Ma mère s'énerva, voulut appeler la police, mais Jean Pierre la pria de n'en rien faire, que ça allait alerter le quartier et qu'il irait plutôt à mon secours avec deux de ses amis. Ils m'ont cherché, mais en vain, parce que Jean-Louis leur avait dit que j'étais sur la rue Henri-Julien en décrivant la maison qui avait deux lions de ciment à la porte. C'est vrai qu'il y avait des lions à la porte, je les avais remarqués en arrivant, mais sur la rue Drolet, pas devant celle que Jean-Louis leur avait désignée dans son énervement.

Je suis rentré à la maison, seul, sans bruit et, deux minutes plus tard, Jean-Pierre revenait avec ses amis. Ma mère, rouge comme un coq, nerveuse comme une anguille, avait crié: «Dieu soit loué! Il est là!» Elle m'avait serré dans ses bras par instinct maternel sans même m'embrasser, moi son petit rescapé. Elle m'avait regardé de la tête aux pieds et m'avait demandé nerveusement: «Qu'est-ce qu'il t'a fait? Il t'a touché? Parle, reste pas là comme une statue de sel! L'as-tu déjà vu avant? Comment as-tu fait pour te sauver?»

Que de questions! Au point qu'énervé par tous les regards, je m'étais mis à pleurer. Ma mère avait certes remarqué qu'un bout de chemise dépassait de ma culotte courte. Elle avait même vu, de son œil de lynx, qu'un bouton de ma fermeture était encore détaché et que j'avais de la sueur sur le cou.

— Qu'est-ce qu'il t'a fait, cet animal-là? Vas-tu finir par parler? Tu restes là, planté comme un arbre, comme si rien s'était passé.

Je sanglotais, j'essayais de parler, elle ne m'en donnait pas la chance.

— Laisse-le tranquille, la mère, tu vois bien qu'il est encore sous le choc. Laisse-le au moins se calmer. L'important, c'est qu'il soit rien arrivé.

Je reprenais mon souffle pendant que «la grosse Ida» s'impatientait.

— Ah! Pis ton père qui n'est pas là. Jamais là quand il le faut, lui!

Assis, calmé, un verre d'eau à la main, je sentais que Maurice me dévisageait.

— Tu peux parler maintenant? me cria rageusement ma mère.

Je la regardai et je pus dénoter dans ses yeux, une colère contre le mécréant, quand j'aurais voulu y percevoir une lueur de tendresse du fait d'avoir retrouvé son enfant.

— À Jean-Pierre, m'man, c'est à lui que je vais tout dire. Rien qu'à Jean-Pierre.

— Comment? C'est moi ta mère...

– Laisse-le tranquille, la mère, c'est à moi qu'il veut parler. Viens, Michel, viens dans ma chambre, pis dis-moi tout. Après, nous autres, on va s'occuper de ce gars-là.

Et je lui avais menti. Je ne sais pas pourquoi, mais je n'avais rien révélé de ce qui s'était passé. J'avais raconté à Jean-Pierre qu'il m'avait passé la main sur la tête en me disant que j'étais beau. J'avais ajouté qu'il s'était penché pour me prendre par le cou, que je m'étais débattu, ce qui expliquait ma chemise délabrée, puis que j'avais appuyé sur les boutons des sonnettes.

– Rien que ça, Michel, il n'a pas essayé de te toucher?

– Non, qu'est-ce que tu veux dire? avais-je ajouté innocemment.

– Ben.. t'es resté au moins dix minutes avec lui dans le portique...

– Il voulait pas me laisser passer, il disait que si j'étais fin, il me donnerait cinquante cennes, pis c'est là que j'ai sonné. Il a eu peur, il est sorti en courant, pis moi, j'ai pris mes jambes à mon cou.

– Quand t'as sonné, personne n'a répondu?

– Non, j'suis parti trop vite, juste après lui, j'ai couru, couru...

Jean-Pierre donna ma version à ma mère qui en fut soulagée. Son «p'tit gars» n'avait pas été agressé.

– On devrait quand même le rapporter à la police!

– Voyons, la mère, ça va servir à quoi? Michel est là, pis y'est rien arrivé.

– Mais il peut s'en prendre à d'autres, ce fou-là?

– Tu penses que la police va s'occuper d'ça? Non, laisse faire, la mère. Avec «ma gang», on va l'trouver pis j'te jure qu'il va se rappeler d'moi.

Mon frère me demanda la description du gars, mais j'avais fait comme si je ne m'en souvenais pas. Jean-Louis, qui l'avait vu une seule minute, l'avait décrit avec exactitude. Les boutons dans la face, les bas blancs, rien ne manquait.

— Comment se fait-il que Jean-Louis s'en rappelle comme ça et pas toi qui as été pris avec lui? clama ma mère.

— Parce qu'il faisait noir dans le portique... avais-je répondu, vif comme l'éclair, même si avec *lui,* j'étais en pleine lumière.

Dans ma chambre, calme, même pas troublé pour un gamin de mon âge, Maurice qui m'observait depuis une heure m'avait finalement demandé:

— Il t'a rien fait, Michel, y'a même pas essayé?

— Commence pas à ton tour... Les Barniques!

Nous étions jeunes, Maurice et moi, mais à cette époque c'était dans les ruelles qu'on apprenait ce qu'était la vie. Précoces tous les deux, nous savions ce que les gars de douze ou treize ans faisaient entre eux. On en avait surpris plusieurs dans les buissons. On avait même vu dans un boisé un voisin de quatorze ans en train de *jouer* avec une fille. Ida pouvait garder sa pudeur pour elle, il n'y avait pas de plus belle école que la ruelle. À sept et huit ans, nous savions, Maurice et moi, à quoi servait ce que nous avions entre les jambes. Nous avions même regardé par la fenêtre d'une chambre à coucher ce qu'une Italienne de la rue faisait avec son fiancé. Ma mère pouvait aller se rhabiller avec son histoire «d'achat de bébé.» Après un seul hiver, nous avions vu «neiger» comme on disait. Pas si niaiseux qu'elle le pensait, la mère. Nous n'avions pas le droit de nous promener en petite tenue l'un devant l'autre selon sa loi, mais Ida n'a jamais su que Maurice et moi, ça faisait longtemps qu'on s'était vus sous les couvertes en se tiraillant. De plus, tout ce qu'elle nous cachait, on le découvrait en fouillant dans le «dictionnaire» des boisés du parc Jarry.

Quand ma mère mit mon père au courant de *l'affaire,* il avait dit: «Y'a des maniaques partout, Ida, tu devrais le savoir. Laisse-les plus sortir le soir.»
Rien de plus, rien de moins. Son «p'tit gars» n'était pas à la morgue, le drame s'arrêtait là et... ses parties de cartes reprenaient de plus belle.

Jean-Pierre et ses *vauriens* ont cherché le *boutonneux* pendant une semaine sans le trouver. Aucun épicier n'avait un tel type à son emploi et le triporteur de Lachapelle était bleu, pas noir, conduit par un p'tit vieux. Jean-Pierre avait joué à *Sherlock Holmes* jusqu'à ce qu'il s'en lasse. Devant son insuccès, il avait dit à ma mère:
— C'était sûrement un «bum» du bas de la ville, pas un gars du quartier. Sans ça, on l'aurait trouvé.
— J'aurais donc dû appeler la police, vociféra ma mère, mécontente de n'avoir pas écroué celui qui avait *failli* m'agresser. Conséquence de cette aventure, dossier fermé, je n'avais plus le droit de sortir le soir. Jean-Louis non plus car, selon sa mère, c'est moi qui l'avais entraîné. Elle lui avait dit: «C'est un vilain, ce p'tit gars-là. C'est comme ça quand on n'a pas de père!»

J'avais menti à ma mère, à mon grand frère, à tous, dans cette triste histoire que je garde encore en mémoire. Mais pourquoi donc? Oui, pourquoi un enfant de cet âge ment-il quand il est victime d'une agression sexuelle qui risque de lui être néfaste? Sûrement pas, dans mon cas, pour protéger ce grand gars boutonneux dont je n'avais même pas eu peur. Avec à peine l'âge de raison, encore loin de la puberté et malgré mon petit catéchisme de connaissance en la matière, j'avais menti. Tel un enfant menacé par son agresseur, ce qui n'était pas le cas. Je ne leur avais même pas répété qu'il m'avait dit: «Toi, j'vais te r'trouver!» Petit, chétif, c'est comme si j'avais voulu qu'il n'existe pas de bouclier entre ce qui m'était arrivé et ce qui risquait de se reproduire. Du sang-froid? Sûrement pas, j'avais peur d'une sauterelle et je m'enfermais dans le placard avec ma mère dès que le tonnerre grondait. Elle avait si peur des orages électriques, la mère, et moi... ça me donnait la chance d'être blotti contre elle!

De l'affection, de la tendresse, voilà ce que cherchait l'enfant que j'étais. Même de la part d'un déséquilibré! C'était la première fois qu'on m'embrassait dans le cou, comme j'aurais désiré que mon père le fasse. C'était la première fois qu'on me disait que j'étais fin, que j'étais beau, bref, qu'on se penchait sur moi... avec délicatesse. Je n'avais pas vu l'obscénité qui se déroulait, je ne sentais que l'amour que je cherchais et dont j'étais privé. La sensation de son souffle sur mon cou, la chaleur de sa main qui descendait... C'était la première fois que quelqu'un, avec gentillesse, me touchait. Pour un court instant, ce fut comme si, heureux de me sentir aimé, je n'avais pas senti l'illégalité du geste. J'avais vu *des grands* faire ça, j'avais vu pire que ça. Et la peur avait fait place à la chaleur humaine jusqu'à ce que, alarmé d'être pris en faute, j'avais sonné. Par peur de me sentir plus coupable que le... coupable! Comme si mon cœur d'enfant réalisait soudain qu'être aimé d'un étranger était un péché. Si j'ai vraiment eu peur, si j'ai frémi dans ce portique, je ne m'en souviens plus. Un enfant mal aimé est en état de choc quand le rêve fait place à la réalité. Paralysé de crainte, mais également de joie, de vivre une tendresse que ni mon père ni ma mère ne m'avaient jamais donnée. Les gestes, je ne les sentais pas... ou presque. Le mal n'était pas en moi en ce court moment. Cet homme dont je ne voyais plus les boutons avait apaisé un manque d'affection. C'était comme s'il avait pris le visage de mon père pour me dire avec gentillesse que j'étais beau, que j'étais fin, qu'il m'aimait. Jusqu'à ce que je me sente, par un geste de trop, devant le vieux docteur, avec ma mère qui détournait les yeux. Je n'ai jamais, avec le temps, avoué mon mensonge à Maurice. Terrorisé l'espace d'un instant, j'avais découvert, d'une brusque manière, que je pouvais être comme tout autre, un enfant qu'on pouvait aimer. Et j'ai toujours gardé pour moi ce secret, comme le font les enfants trop souvent grondés, qu'on oublie, hélas, d'aimer!

J'ai voulu m'en confesser, je m'en souviens, comme si j'avais commis un péché mortel. Quand on ment à sa mère, à son père, on n'ouvre pas son âme à un abbé. Avec le recul, j'en souris, ça l'aurait sûrement... ravi! Non, je n'ai parlé à personne de cette aventure, alors que, petit homme, je me doutais que le bon Dieu le savait. Devant ma petite statue du Sacré-Cœur, j'en ai sans doute causé. Qu'en sais-je? Mais quand, petit, on parle avec son cœur, on n'a pas à prononcer le moindre mot. J'avais sept ans, un visage d'ange et... *un cœur de pierre,* comme disait ma mère. Mais, dans le noir, avec *lui,* effrayé et ahuri, j'étais certain de ne pas avoir... le ver solitaire. Et, c'est peut-être ça que, malgré moi, je voulais prouver à ma mère.

Je referme ce livre de belles et de mauvaises images. J'ai cinquante-cinq ans, je suis au volant de ma *Mazda* et m'allume une cigarette. La rue Saint-Dominique s'immobilise, le temps de me rendre compte que la dame qui vient de passer n'a rien de l'allure de ma mère, jadis, avec sa tête frisée. J'ai en face de moi, bien en vue, la maison qui a abrité les plus obscurs de mes tourments. Personne en vue que je connais. Pas même le petit garçon qui descend l'escalier où habitait Jean-Louis. Une dame âgée sort de la maison voisine de la nôtre. Non, ce n'est pas la Torino. Depuis belle lurette, elle n'a plus de peau sur Les Os, celle-là. Une petite fille blonde et menue revient de l'école en sautillant. J'ai la berlue? Mais non, ce n'est pas Louise, la fille du père Quintal. *Loulou* était beaucoup plus jolie qu'elle. J'écoute la radio et c'est une chanson bien actuelle qui tourne, pas une de Jean Sablon, de Lady Patachou ou de Georges Guétary que ma mère fredonnait. Seule la maison est encore debout et elle me regarde comme pour me dire: «Je me souviens de toi, moi.» Et sur la première marche de l'escalier, je me revois, le visage dans le creux de la main, tâtant de l'autre quelque chose dans un petit carré d'herbe. C'était en plein été 1943, alors que la canicule suait dans un ciel gris.

— Michel, maudit! Touche pas à ça. As-tu envie d'mourir aujourd'hui?

Mon cœur faillit s'arrêter net au son de son cri.

— Quoi, m'man, qu'est-ce que j'ai fait? C'est quoi, ça?

— Des parapluies du diable!

– Quoi?

– Des parapluies du diable, que j'te dis. C'est poison. T'as pas mis ta main dans ça, j'espère?

– Ben... j'en ai cassé un pour voir si c'était mou. J'ai juste...

– T'as pas fait ça, viarge! Rentre vite ici que je te désinfecte!

Et ma mère de m'agripper par le collet et me traîner jusque dans la cuisine.

– Faut toujours que j'te guette, toi. T'as pas mis ça dans ta bouche au moins?

– Non, non, mais t'as pas à crier comme ça. À l'école, on appelle ça des champignons.

– Pas ceux-là, pas les parapluies du diable! Les champignons, ça se mange. Ceux-là, c'est du venin, ça vient tout droit de l'enfer. J't'ai pourtant dit l'année passée qu'il fallait pas s'en approcher. Maudite tête de cochon! T'as toujours les mains fourrées où il faut pas!

– Pourquoi c'est dans notre gazon, d'abord? Pourquoi tu les arraches pas?

– C'est à ton père de faire ça, pas à moi. J'en fais pas assez ici, non? T'as un père, tu sais. C'est pas d'ma maudite faute si y connaît même plus son adresse!

Elle déblatérait contre lui pendant qu'elle me frottait les mains avec sa laine d'acier. Si fort que j'en avais la peau des jointures arrachée. Elle frottait, fulminait contre mon père, contre moi, contre la terre entière.

– Pourquoi tu demandes pas à Jean-Pierre de les arracher? Si c'est si dangereux qu'ça, y'a d'autres enfants qui peuvent y toucher...

– Lui? avec ses bagues? Il est bien trop précieux pour ça depuis qu'il a rencontré sa Sophia. Laisse faire, je vais m'en charger, parce que si j'attends après ton père, vous avez le temps de tous vous empoisonner!

– Ça peut nous faire mourir, m'man?

– Et comment! T'en avales une bouchée pis t'es fini! Y'en a qui se tordent de douleur avant d'crever! Les parapluies du diable, ça pardonne pas!

– Mais là, j'y ai juste touché, je l'ai juste écrasé...

– Attends une semaine. Si t'as pas d'cloches ou de verrues, compte-toi chanceux!

Je n'ai jamais eu aussi peur de ma vie. J'étais agité, je dormais mal. «Un vrai paquet de nerfs», disait-elle de moi à mes frères. Il y avait de quoi! Chaque jour, je me regardais les mains et quand elles étaient moites ou que j'avais la plus petite rougeur à cause de la chaleur, je paniquais et je criais...

– M'man, regarde ce qui m'est sorti entre les doigts. C'est-tu ça?

– Ben non, c'est juste une bulle causée par la sueur. Prends le Barsalou, sèche-toi et arrête de m'énerver comme ça. Quand ce sera ça, j'te l'dirai, moi!

Je me réveillais la nuit pour regarder mes mains ou les coins de ma bouche au cas où je me serais essuyé sans m'en apercevoir. J'étais tellement nerveux que je me voyais avec les mains pleines de verrues devant le docteur Lamer avec ses piqûres.

– Arrête de grouiller comme ça. Une vraie girouette! J'pense que tu t'en es sauvé cette fois!

Enfin! Après cinq jours d'angoisse, mon auguste mère venait de me rassurer.

— Tu les as arrachés, m'man... Y'a plus de danger maintenant?

— Oui, y'en a! Les parapluies du diable, ça repousse. Les racines sont encore là. Va pas te remettre le nez là, toi!

Apeuré, craignant les parapluies du diable comme la peste, j'étais certain d'être passé à deux doigts de l'éternité. Ma mère, ma tendre mère, avait fait de moi l'enfant le plus stressé de la terre. Assez pour l'entendre un soir dire à mon père: «Conrad, je l'répète, il va falloir faire quelque chose avec celui-là!»

Chapitre 5

Deux coups de klaxon dans la rue, ma mère tire le rideau de sa porte et elle aperçoit, dans un taxi, sa sœur Jeanne qui lui fait des signes désespérés de la main. Contrariée, elle ouvre sa porte et lui crie:

— Oui, oui, Michel s'en vient. Le temps de prendre son veston...

— Dis-lui de se dépêcher, Ida, faudrait pas qu'on arrive en retard.

À côté de ma tante, sur la banquette arrière, Rachel n'ose pas bouger de peur de froisser sa robe rose bonbon et sa belle crinoline. Cheveux blonds coiffés en boudins, du «rose» sur les joues, une énorme boucle blanche dans les cheveux, elle tient de sa petite main gantée sa sacoche de paille rose ornée d'un mouchoir de dentelle. C'est le grand jour! Celui où l'on va couronner à la radio le plus bel enfant de la province!

Rachel était parmi le groupe des cinq finalistes constitué de trois filles et deux garçons. Ma mère avait vu sa photo répétée dans les journaux au fur et à mesure que les candidats restaient ou sautaient. Rachel était toujours là et ce, jusqu'à ce qu'arrive la parution du nom des cinq finalistes. J'avais crié à ma mère:

– Regarde, m'man, Rachel est en finale. J'suis sûr qu'elle va être la gagnante!

– Au rythme où ta tante se démène depuis huit semaines, ça n'me surprendrait pas.

– Regarde quand même, elle est ben plus belle que les autres. As-tu vu la maigrichonne sur l'autre photo? Pis, lui... le p'tit gros?

– Ça veut rien dire, Michel. Des fois, y sont plus beaux en personne.

Aucune joie, aucun encouragement, mais que d'envie de la part de ma mère!

Je sautillais, j'étais gâté, j'allais à la radio pour la première fois. Enfin, je pourrais voir un vrai micro, Armand Robin en personne et sa femme, Mado Laurier, de très près. En passant la porte, ma mère m'avait murmuré du portique:

– Ça s'peut-tu, dépenser tant d'argent pour *sa poupée*. Dire qu'y en a qui crèvent de faim!

À la station de radio, il y avait un monde fou. La parenté entière de chaque enfant était là. Pour Rachel, il n'y avait que ma tante et moi, car mon oncle Émile travaillait et que les plus grands, énervés, préféraient écouter à la radio. Ma mère avait dit: «J'vais écouter si rien m'en empêche», mais la connaissant, je la savais déjà... l'oreille collée à son appareil. Pour tuer le temps pendant qu'on délibérait sur le sort des enfants, on posait des questions aux parents. Ma tante Jeanne s'exprima très bien en roulant ses *r* à la française et en sortant des mots qu'elle avait pris dans le dictionnaire. Elle s'était rudement préparée, la chère Jeanne, et je riais... car je savais que ça allait faire *chier* ma mère.

J'entendais son «chions donc!» comme lorsqu'elle rencontrait une personne qui parlait avec le bec en... trou d'cul d'poule!

Tante Jeanne, me désignant du doigt, avait dit à Armand Robin que je chantais comme un merle. Il n'en fallait pas plus pour qu'il m'invite au micro pour chanter un ou deux couplets d'une chanson de mon répertoire. J'étais gêné comme ça ne se pouvait pas. J'étais rouge jusqu'aux oreilles, je ne voulais pas. Il insistait, me tirait par le bras et je sentais des fourmis dans mes jambes et des crampes dans mon estomac. Pas devant tout le monde? Pas en pleine clarté? J'étais paralysé, mais je n'avais plus le choix. Le pianiste s'informa des chansons que je connaissais et après lui avoir énuméré quelques titres dont il n'avait pas la feuille de musique, il me demanda: «Souvenirs d'un vieillard», tu connais ça?» «Heu... oui, mais pour les mots, j'sais pas si je les sais par cœur...» «Chante le premier couplet pis le refrain, ça va être juste assez pour le temps qu'on a.» J'y allai au début d'une voix chevrotante quoique claire mais, devant les regards ébahis de l'assistance, je poursuivis avec une fière assurance. Le *pour oublier, pour oublier mes cheveux blancs...* je l'avais chanté dix fois mieux que je l'aurais fait en pratiquant. Des applaudissements, des bravos, des félicitations, mais là, je tremblais. On appelait ça un trac de récupération. Je n'étais pas au parc Jarry en plein soir devant cinq cents personnes; cette fois-là, j'étais devant cinquante personnes, en plein jour, et toutes me regardaient en pleine face. C'est à ce moment-là que je me suis rendu compte que, finalement, j'étais un enfant très timide... en public. Mais dans mon cœur, j'étais content. Je savais que ma mère m'avait écouté et qu'elle avait sûrement été émue jusqu'aux larmes.

Rachel remporta la victoire au grand désappointement des autres parents et des petits perdants qui pleuraient sur les genoux de leur mère. Mais tante Jeanne, fière comme un paon, répondait aux questions des journalistes avec «sa princesse» collée à ses fesses. Les flashes des photos, le micro... Rachel était sur le point de s'évanouir tellement elle avait mal aux pieds dans ses petits souliers à pompons trop serrés. Elle avait à peine bougé sous sa crinoline et ses dentelles. Elle n'était même pas allée aux toilettes et avait gardé la tête droite devant elle de peur qu'un de ses boudins ne perde sa ficelle de satin. Mais ce qui comptait, c'est qu'elle avait gagné! Avec sa petite couronne sertie de pierres du Rhin, elle était la plus belle enfant du Québec! C'était le plus beau jour de sa vie... pour sa mère! Moi, j'étais bien content d'être son cousin, car on avait pris ma photo avec elle. Une réception suivit et les dames disaient à Jeanne: «Vous avez de quoi être fière! Une petite reine comme ça et, en plus, un artiste...» en parlant de moi. Tante Jeanne souriait, remerciait, sans préciser que j'étais son neveu, pas son fils. Un fait que je n'ai pas osé rapporter à ma mère de peur que Jeanne reçoive une autre lettre de dix pages... à avaler!

Ma tante me déposa à la porte de la maison sans même entrer, pressée de faire le tour de son quartier avec... sa poupée!
   — T'as écouté, m'man... Rachel a gagné et elle a reçu un tas d'cadeaux!
   — Oui, oui, je l'sais. Parle pas si fort, j'suis pas sourde...

– T'aurais dû voir le monde. C'était elle la plus belle, t'aurais dû voir les autres...

– Bah! tu sais ben qu'c'était arrangé avec le gars des vues...

– Qu'est-ce que tu veux dire?

– Laisse faire, j'me comprends. Comme si y'avait que Rachel sur terre...

– T'es pas contente pour elle, m'man?

– Ben oui, mais r'viens-en! Depuis l'temps que j'entends parler de ce concours-là!

Ma mère avait comme bien souvent son air bête. Surpris de ne pas entendre un plus long boniment, je lui avais demandé, pour lui arracher un sourire:

– M'as-tu entendu chanter, au moins?

– Oui, j'ai entendu, t'as bien fait ça. Mais pourquoi il t'a fait arrêter après un seul couplet, c't'imbécile-là?

– Ils avaient pas beaucoup d'temps...

– Si ta tante avait moins parlé, t'aurais peut-être pu chanter ta chanson en entier?

Rien de plus, pas un bravo, pas une caresse sauf que *j'avais bien fait ça*. Maurice qui venait d'entrer et qui avait entendu nos derniers propos avait demandé à Ida:

– Michel a chanté à la radio? Pourquoi tu nous l'as pas dit, la mère? On aurait aimé ça être là pour l'écouter...

– J'savais-tu, moi?

Tout enfant devenu adulte garde en mémoire les beaux contes de fées racontés par sa mère au temps de sa prime enfance. Des contes qui font qu'on s'endort le soir venu, avec un sourire au coin des lèvres. Pour ma mère, rien de tel, rien qui puisse apaiser notre cerveau parfois fort agité.

Ses histoires avaient plutôt le don de nous faire vivre en pleine nuit... les pires cauchemars qui soient! Pour elle, ce n'était pas *Le Petit Poucet* ou *La Belle au bois dormant,* mais *Hansel et Gretel* et *Blanche Neige* à cause des sorcières qui nous donnaient le frisson à en être à l'envers. Un peu plus tard, c'est à l'histoire des *Deux Orphelines* que nous avons eu droit parce que la Frochard «maganait» l'aveugle que sa sœur cherchait en vain. Chère Ida! Après la peur que nous causait *Le Bonhomme sept heures,* elle nous disait pour qu'on se couche au plus vite, qu'un fou évadé de l'asile se promenait dans le quartier en quête de petites victimes. Quand il pleuvait et qu'on voulait aller jouer dehors, elle nous disait très sérieusement: « Vous voyez les grosses corneilles noires sur la corde à linge?» «Oui, maman», répondions-nous, inquiets de sa réplique. «Vous savez ce qu'elles attendent sous la pluie?» «Non... maman.» Et là, elle y allait d'un trait. «Elles attendent que des petits garçons comme vous autres se montrent le bout du nez pour les enlever de leurs pattes et les amener dans leur nid. Là, fini, on n'revient plus, on r'trouve jamais son lit!» Et la partie était gagnée. On ne mettait pas le pied dehors de la journée, tout en surveillant des yeux ces oiseaux noirs qui n'étaient pas des créatures du bon Dieu. Un certain jour d'avril, alors que j'avais à peine quatre ans, j'avais enlevé ma tuque parce que le temps était doux, que c'était le début du printemps. Furieuse, elle m'avait crié: «Qu'est-ce que tu fais là? Tu l'sais donc pas que les sauvages du nord guettent les petits garçons qui ont des cheveux blonds?» «Pourquoi, maman?» avais-je demandé. «Parce que c'est avec des cheveux comme les tiens, qu'ils font des perruques pour les poupées qu'ils piquent, pour jeter des mauvais sort!» Je n'avais pas tout à fait compris et je lui demandai: «Ils les coupent les cheveux?» «Non, m'avait-elle répondu, ils les scalpent jusque dans l'fond d'la tête!» À quatre ans, je n'avais pas saisi la nature du massacre, mais inutile de vous dire que sous l'effet de la peur causée par les yeux de ma mère, je l'avais remise... ma tuque! Comme elle lisait chaque jour les reportages sur les crimes ou les meurtres, son plaisir était de nous en faire la narration avec un «choc électrique»... d'éloquence. L'histoire vécue de l'Italienne, la Sarapo, qui avait attaché son mari sur une voie ferrée où un train l'avait écrasé... nous avait fait frémir d'horreur. Le jour de sa pendaison, elle nous avait dit: «Vous savez ce qui lui est arrivé à la grosse Italienne?» Devant notre interrogation, elle poursuivait: «Quand on l'a mise au bout de la corde et qu'on a ouvert la trappe, elle était si pesante que son corps s'est détaché de sa tête!» À six ou sept ans, on garde longtemps une telle image dans ses souvenirs. Une autre fois, comble de malheur, elle nous raconta l'histoire de la pauvre femme qu'on avait enterrée sans l'embaumer alors qu'elle n'était pas encore morte. «On l'a déterrée trois jours plus tard et croyez-le ou pas, elle s'était tournée de bord dans sa tombe et s'était mangé l'bras!» De toute ma vie, je n'ai jamais oublié ce récit, et je me demande encore aujourd'hui, pourquoi, ma mère, prenait ainsi plaisir, à nous raconter des horreurs... qui nous empêchaient de dormir! Devenu père à mon tour, je me souviens d'avoir fait pleurer ma petite Sophie en lui racontant l'histoire inventée d'une poupée écrasée par une voiture. Sur mon âme, je vous le jure, j'en ai encore du remords aujourd'hui. J'avais hérité d'Ida, cette mauvaise manie, de faire peur... aux petits!

Ma mère avait également le don de prédire ou de jeter des sorts qui m'effrayaient tellement ils s'avéraient justes. Quand elle disait en parlant de quelqu'un qui l'avait offensée: «Tout se paye sur terre!» la personne tôt ou tard était éprouvée. Quand elle parlait d'un gars du voisinage qui allait se marier et qu'elle lançait: «Juste à lui voir la face, sa femme va être cocufiée!» deux mois plus tard, la jeune mariée pleurait à chaudes larmes. Son beau «Brummel» l'avait trompée.

— Maman, comment tu fais? Tu devines tout, tu ne te trompes jamais...

— J'vois tout, j'entends tout, j'sais tout.

C'était peut-être pour ça que je courais jusqu'au marché quand elle disait: «Tu veux pas y aller? O.K. j'y vais pis j'vais m'écraser!» Je la craignais, j'étais sûre qu'elle se serait écrasée... sans même faire exprès!

Une image, aussi futile fût-elle, me revient en mémoire. Nous avions depuis un an un gros chat noir, un chat de gouttière qu'on appelait Sorcier parce qu'il ressemblait à ceux qu'on découpait dans les cahiers de l'Halloween... Ma mère n'aimait pas les chats, mais elle était allée le chercher parce que Julien lui avait dit qu'il avait vu une souris dans la cave. Un gros chat, un mâle... évidemment, un outil pour la vermine. Un chat qu'on ne touchait même pas parce que, selon elle, il était plein de puces. Il était dans la cave jour et nuit. Malheur à lui s'il osait monter! Comme si l'animal qui voulait parfois sortir de son trou pouvait savoir qu'il n'était là que pour les souris! Parfois, je descendais sur la pointe des pieds et j'allais le flatter. Il se frôlait contre moi, ronronnait d'aise. C'était comme si mon cœur d'enfant avait deviné que Sorcier était, tout comme moi, un mal-aimé. Ida le nourrissait de *trimures de steak,* de restes de table, de

tout ce qui lui tombait sous la main, surtout de viande ava-
riée... qu'elle ne sentait pas. Le chat miaulait car, gros
comme il était, à certains moments, il n'en avait pas pour
sa creuse dent.

— Un vrai défoncé! J'arrête pas d'lui garrocher d'la
viande, pis y'en veut encore!

— Mais, m'man... tu lui donnes ça par bouchées... de lui
reprocher Maurice.

— Y mange à longueur de journée. L'as-tu regardé
comme il faut? Les yeux plus grands qu'la panse! J'te dis
qu'y a l'estomac défoncé, c't'animal-là!

Un soir, vers dix heures, Sorcier miaulait devant la porte
et Ida n'était pas d'humeur à se faire embêter. Sa journée
avait été dure et Conrad... n'était pas rentré.

— Y vas-tu s'fermer la gueule? Y'a mangé comme un
cochon toute la journée!

— Voyons, m'man... tu lui as donné un bout d'saucisse
au déjeuner, rien depuis...

— Qu'il attende à demain, j'ai rien pour lui, rien, pas
même du gras de porc!

— Pas toute la nuit sans manger, la mère... lui ai-je dit.
Ça n'a pas de bon sens.

— Si on l'nourrit trop, Michel, c'est pas comme ça qui
va pogner nos souris!

— Julien en a vu une, m'man, pas une douzaine? Tu vois
pas qu'il a faim ce chat-là?

Rouge d'impatience et de colère, ma mère souleva le
couvercle de sa glacière, en sortit un morceau de *forsure*
gelé, réussit, ou presque, à enlever le papier ciré qui était
resté collé, ouvrit la porte de la cave, lança le morceau qui
tomba en bas comme une roche et cria à l'animal:

– Tiens! maudit affamé, mange ça... pis crève!

– M'man... c'est gelé dur, ça s'croque même pas, c'est cru, c'est vert...

Ida ne répondit pas et ordonna qu'on aille tous se coucher en même temps qu'elle.

Deux heures du matin. Tout le monde s'était levé d'un bond, comme si le tonnerre était tombé sur la maison. Dans la cave, un bruit infernal, comme si des voleurs défonçaient les murs à coups de masse.

– M'man... as-tu entendu? J'ai peur. Y'a quelqu'un dans la cave!

Debout, enroulée dans sa robe de chambre en chenille, ma mère semblait nerveuse. Et... le père qui n'était pas là!

– Pour moi, c'est l'chat qui vient d'pogner un rat!

Jean-Pierre, le brave de la famille, avait sauté dans ses culottes et, avec un bâton de «baseball» dans la main, il avait chuchoté:

– Si c'est un voleur, la mère, laisse-le monter, je l'attends...

Ma mère s'était retirée dans sa chambre avec Cloclo qui pleurait. Peu à peu, le bruit s'amoindrissait, puis... plus rien.

– Ouvre la porte tranquillement, Jean-Pierre, mais descends pas. Si c'est un voleur, il a eu l'temps de sortir par le châssis du carré à charbon.

Jean-Pierre ouvrit, descendit une marche, puis une autre, afin d'atteindre le commutateur. Il descendit encore, une main tenant le bâton, l'autre sur la rampe. Il s'étira le cou et aperçut près de l'évier, Sorcier, étendu... raide, comme une barre... mort!

– M'man, c'est l'chat. Il est mort, on dirait qu'il s'est étouffé.

Ma mère descendit, on la suivit, et je reculai d'épouvante. Sorcier gisait dans une mare de vomissure, une flaque avec des bouts de *forsure.*

— Remontez vous coucher, vous autres! Jean-Pierre, prends une pelle pis un journal, pis mets-le dans l'«corps» à vidanges jusqu'à demain matin.

Décontenancé devant le fait, j'avais la larme à l'œil.

— C'est ta «forsure», m'man, elle était gelée. C'était pas mangeable c't'affaire-là!

— Va te coucher, tu vas réveiller le p'tit! Toi aussi, Maurice! Julien, rentre dans ta chambre!

Elle avait crié au chat: «Mange ça pis crève!...» et il en avait crevé! Sorcier, se garrochant sur les murs, était mort d'une indigestion aiguë, en souffrant le martyre. Une fois de plus, le sort qu'elle lui avait jeté s'était réalisé. À tel point qu'on se demandait si elle ne parlait pas au diable!

Par contre, le lendemain, j'ai cru sentir dans son attitude, un certain remords de conscience. Elle se faufilait, la tête basse, parlait peu, et, croisant mon regard, m'avoua:

— J'pensais pas, pauvre bête. Si j'avais su, j'aurais jamais dit ça...

Repentante, ma mère faisait peine à voir.

— C'est pas d'ta faute, m'man... tu pouvais pas savoir. Il a dû manger trop vite.

Je sentais le besoin de l'excuser, de lui faire sentir que j'étais de tout cœur avec elle. Parce qu'elle était bouleversée et que j'aurais tant voulu que, dans un pareil moment, elle se penche sur moi... tendrement. Elle n'en fit rien. Mon doux partage n'avait sans doute rien de touchant, mais j'étais content de l'avoir apaisée, car je savais que, malgré son agressivité, son manque de tact et son caractère intempestif, Ida n'aurait pas fait de mal à une mouche. J'avais de la peine pour le chat, mais davantage pour ma mère. Je la sentais malheureuse, dénudée, blessée jusqu'au fond de l'âme. Si seulement elle s'était consolée en me serrant dans ses bras. Si seulement elle m'avait dit: «Toi, t'es un bon p'tit gars!» Fallait pas trop lui en demander, mais avec le recul, je suis certain que Sorcier ne serait pas mort cette nuit-là, si... tel que promis, mon père était rentré.

Petite de taille, presque naine, comme disait Maurice, ma mère avait horreur des grandes personnes. Plus les gens étaient petits, plus elle les aimait. Parce qu'elle pouvait les regarder sans se tordre le cou. Avec ses cinq pieds, huit pouces, Jean-Pierre est devenu le plus grand de la famille avec le temps. La même taille que celle de mon père, juste assez grand pour ma mère. Pour elle, «les grandes jambes» n'étaient pas fortes. Exemple? Muguette Boutin qui en était morte. Une voisine, une Anglaise, venait parfois chez nous avec son fils unique qui s'appelait Winston. Je m'en souviens parce qu'on s'amusait Maurice et moi à l'appeler Churchill. Sa mère, pour sa part, l'appelait encore *baby* même s'il avait sept ans. Un blond frisé comme un mouton, avec un grand cou et de longues jambes. Un maigrichon qui dépassait ma mère de deux têtes à son âge. Inutile d'ajouter qu'elle n'aimait pas cet enfant qu'elle appelait *le squelette* et à qui, elle offrait un verre de Kik Cola chaque fois qu'il venait à la maison. Le petit détournait la tête, se pendait à sa mère et réclamait en anglais: *Milk, mommy!* Ce qui enrageait ma mère parce que le *squelette...* lui vidait d'un trait sa pinte de lait!

— Vous devriez arrêter de lui faire boire du lait. Il est ben trop vieux pour ça.

– Non, non, c'est bon pour la santé *Mrs.* Brisseau, de répondre la voisine.

– Ben non, r'gardez-le, il grandit bien trop vite, il va avoir les jambes faibles.

– Mais mon mari est très grand. Vous l'avez vu? *Baby* est comme lui.

– J'veux bien l'croire, mais si vous lui coupiez le lait, il grandirait plus normalement...

– Oh non! je veux qu'il soit grand et fort, mon garçon!

Ma mère, accueillant la phrase comme une insulte à ses enfants, répliqua:

– Vous voyez pas qu'il est à la veille de passer à travers le plafond?

– Comment? Winston est normal, c'est votre Maurice qui n'est pas assez grand. C'est pas dans le Kik Cola qu'on trouve des vitamines, *Mrs.* Brisseau.

– Ah! non? Ben, dans c'cas-là, si vous voulez que votre squelette soit un géant, la prochaine fois, apportez donc votre lait! J'suis tannée d'le voir vider mes pintes! Ça vous dérange pas, vous, qu'on soit en pleine guerre?

Ce fut là, la dernière visite de cette voisine et de son maigrelet. Insultée, elle avait même dit à une autre dame que ma mère avait sûrement mis du Kik dans mon biberon pour que je sois si petit. Toute une insulte, quand je pense à ma mère qui avait allaité chacun de ses gars... jusqu'à treize ou quatorze mois!

– M'man, m'man, j'ai vu pépère au coin de la rue et il m'a dit de te dire qu'il ne buvait plus de bière depuis une semaine! lui criai-je en entrant.

Sans lever le nez de son assiette, elle me lança:

– Qui a bu... boira! Rappelle-toi toujours de ça!

Depuis deux semaines, ma mère ne parlait plus à son père. Elle l'avait jeté dehors un certain samedi qu'il était arrivé chez nous ivre mort.

— Il m'a dit qu'il avait juré sur la tête de ses enfants, qu'il avait promis...

— Promesse d'ivrogne, Michel!

— Il a l'air de s'ennuyer de toi, pépère. J'pense qu'il voudrait revenir faire son tour...

— Moi, j'le manque pas! Attends, tu verras. Y peut pas s'passer d'sa bière!

— Voyons! la mère. Donne-lui au moins une chance... d'intervenir Jean-Pierre.

— Pantoute! Pour qu'il arrive un jour à sec, et le lendemain paqueté comme un œuf? J'veux pas vivre ça, j'ai assez vu ma mère pognée avec ça!

Mais sans l'avertir, pépère était revenu frapper à sa porte un certain soir.

— Ida, juste une... une p'tite vi...site... en passant...

Il titubait, il sentait la tonne. Ma mère lui ferma la porte au nez. *Maudit!* Encore une fois, la mère ne s'était pas trompée!

Le lendemain, Jeanne téléphonait à ma mère pour lui dire entre deux sanglots:

— Ida, c'est pas croyable, le père a paralysé cette nuit! Il est à l'hôpital!

— Quoi? Où ça? Les enfants... arrangez-vous avec le dîner, faut que j'parte!

Son cœur n'avait fait qu'un bond. Elle se devait d'être à son chevet. Même s'il ne l'avait jamais aimée, même s'il buvait, même s'il avait tous les défauts de la terre, ma mère dans un tel cas avait le cœur sur la main, l'émoi au bord des lèvres. Elle avait passé toute la journée à ses côtés à lui tenir la main, à l'encourager de son mieux. Je ne sais trop où l'on avait transporté pépère, mais quand ma mère est rentrée épuisée, le soir venu, elle avait dit à Jean-Pierre: «Je l'ai fait changer d'étage. Imagine-toi donc qu'ils l'avaient mis avec les consomptions!»

Paralysé du côté gauche, les médecins avaient dit à ma mère qu'il s'en réchapperait, qu'il n'allait pas perdre l'usage de la parole, que sa thrombose sans être passagère n'allait pas lui être fatale, que pépère était costaud, qu'il n'avait que soixante ans... Ce qui rassura Ida qui, pourtant, aurait pu tout à loisir lui souhaiter le néant, après tout ce qu'elle avait subi de sa part. Il est donc vrai que les enfants malmenés sont plus tard les plus reconnaissants? Ma mère ne se culpabilisa pas de son état, même si elle lui avait fermé la porte au nez la veille. Pépère avait tracé lui-même depuis des années... sa triste destinée. Elle allait le voir plus souvent qu'à son tour. Jeanne, prétextant sans cesse qu'elle ne pouvait pas laisser *sa poupée*, il fallait bien qu'un jour ou l'autre, elles en viennent aux mots:

— Tu pourrais faire ta part, Jeanne. Moi aussi, j'ai des enfants!

— J'y suis allée hier, Ida. J'peux pas être encore là aujourd'hui, j'ai la p'tite...

— Moi aussi, j'ai l'p'tit, mais j'trouve quand même le moyen. On sait ben, l'hôpital, c'est pas un poste de radio. Ah! pis, laisse donc faire...

Il n'était pas question que pépère retourne chez lui. Paralysé, tirant de la patte avec sa canne, la bouche croche, le verbe imperceptible, c'était un cas d'hôpital, pas de maison, à moins que...

— Moi, j'peux pas l'prendre ici, Jeanne. J'ai pas d'place, pas d'chambre...

— Ben, moi non plus, Ida, pis comme on peut pas l'renvoyer seul chez lui, faut lui trouver une place.

— J'y ai pensé, et j'crois que c'est la seule solution. Il a besoin de traitements, de soins particuliers, sans parler de tout le reste, tu comprends?

— Si j'comprends! As-tu une idée où on pourrait l'placer, Ida?

— Oui, à la Merci... c'est là qu'on prend ces cas-là!

L'hôpital Notre-Dame-de-la-Merci était reconnu à l'époque comme un hôpital d'où on ne sortait pas... vivant! On n'acceptait que les hommes car un autre de même acabit avait pignon à quelques rues de là pour les dames. Situé sur le boulevard Gouin, tout près de la rivière des Prairies, «la Merci» comme on l'appelait, c'était loin d'être le luxe, malgré le beau panorama. Je me rappelle la première fois où j'y suis allé avec Maurice et ma mère. Le tramway Saint-Laurent, direction nord, un transfert au terminus pour un autobus qui nous conduisait à l'hôpital sis juste en face de la prison de Bordeaux. D'un côté, les malfaiteurs derrière les barreaux et, de l'autre, des vieillards qui attendaient la mort. Bref, d'un côté comme de l'autre, on était... condamné!

Maurice avait dit à ma mère:
— C'est donc ben loin, c't'hôpital-là, la mère! On attend une heure pour l'autobus, on arrive plus, c'est....

— Arrête de chialer, Maurice, pis applique-toi avec Michel à observer le chemin. C'est quand même pas moi qui vas s'traîner ici chaque mercredi pis chaque dimanche! J'ai le p'tit pis les repas à préparer, moi!

Maurice et moi, on s'était regardés. On venait de comprendre. Si la mère nous emmenait, c'était pour qu'on sache comment s'y rendre. Ce qu'elle avait dans la tête, c'était de nous envoyer ensemble ou chacun notre tour, porter des oranges et des pommes à pépère. Ce fut comme le son d'un glas dans ma petite tête. Une autre corvée qu'elle allait nous foutre sur le dos, surtout le mien, comme elle l'avait fait de sa poche de blé d'Inde. Une autre obligation pour un pépère que Maurice et moi... n'aimions même pas!

On monta au quatrième et, à la chambre 408, ma mère poussa la porte. Quatre vieillards dans la même chambre et une odeur qui fit reculer Maurice de deux pas. Ça sentait le renfermé, la pisse, le vieux tabac, le fond de culotte! Pépère avait le lit près de la porte. Assis sur une chaise, la main morte sur son genou, la jambe raide, la bouche croche, il regarda ma mère avec une certaine joie mêlée d'un vif mépris. Son sourire hypocrite, quoi! Nous deux? à peine un regard, sans savoir lequel était Maurice ou Michel. Il avait, paraît-il, un caillot qui se déplaçait et qui lui faisait perdre la mémoire quand ce n'était pas la tête. Il parlait, mais il fallait que ma mère se penche pour tenter de le comprendre.

— J'vas-tu rester longtemps icitte? J'vas-tu en crever de c'maladie-là?

— Le docteur a dit qu'il t'avait réchappé, mais que tu devras t'aider. Y vont te soigner, te remettre sur pieds...

– Ouais, *bull shit!* Ils m'ont même pas touché depuis que j'suis icitte, pis les infirmiers sont bêtes comme leurs pieds. On mange mal, Ida, l'eau n'est pas froide...

– Peut-être, mais elle est bonne pour ta santé. C'est mieux qu'ta bière! C'est ça qui t'a rendu malade. C'est la maudite bouteille qui t'a fait paralyser!

Pépère la regardait avec haine. Ida osait lui reprocher sa bière, même dans son triste état. Elle en avait gros sur le cœur, la mère et, telle une guerrière, elle s'empressa d'ajouter...

– Avec ta bière, tu t'en allais tout droit au cimetière!

Pépère pencha la tête, la releva, la regarda droit dans les yeux et lui répondit avec toute sa tête:

– C'est c'qui aurait pu m'arriver d'mieux, verrat!

Les trois autres vieux toussaient, se dégourmaient, s'essuyaient avec leur manche de jaquette. L'un d'eux avait visé en ligne droite, un *morviat* dans son crachoir par terre. L'autre avait un bec-de-lièvre et le troisième, une jambe noire, pleine de gangrène. Maurice qui avait vu tout ça, sortit dans le couloir. Dédaigneux, il était en sueur. Je l'avais suivi par crainte de pouffer de rire...

– Bâtard, Michel! C'est pire que Clarilda ce que je viens d'voir là!

À l'intérieur de la chambre, on entendait ma mère:

– As-tu besoin d'argent, papa? Manques-tu de quelque chose?

– Pas nécessaire, y'a rien à vendre icitte... Ouais, peut-être une piastre ou deux si tu peux. Y'a un infirmier qui m'a dit qui pouvait m'vendre du tabac à pipe.

– J't'ai apporté des pommes pis des oranges...

– Fais plus ça, Ida, j'ai jamais mangé d'fruits, tu l'sais! Surtout pas d'pommes avec mon dentier qui est à veille de casser. Rapporte-les, ça va pourrir icitte. Apporte-moi rien, j'ai besoin de rien, pis imagine-toi pas que je vais crever icitte! Jeanne m'a dit que j'vais retourner chez nous dans pas grand temps...

– Aie! C'qu'a dit pis c'qu'a chie, celle-là, c'est deux! Ton logement est déjà vide!

Puis, se ravisant quand elle vit une larme sur la joue de son père, elle enchaîna:

– Si tu prends soin de toi, si tu r'trouves la santé, c'est sûr qu'on va te trouver un autre loyer. T'as pas à t'en faire, papa, tes meubles sont juste en *storage*. Faut que tu prennes soin de toi. Juste le fait de n'plus boire...

Il la fixa encore une fois, sans sourire, mais avec un rictus au coin des lèvres, lui murmura...

– Maudit qu't'es dure avec moi, Ida...

Et ma mère qui, pour une fois, avait le haut du pavé lui répondit:

– Tu trouves? Fais-moi pas parler, papa. T'es ici pour ton bien et j'ai pris la peine de tout laisser de côté pour venir te voir. Fais-moi surtout pas parler!

Pas même un baiser, pas un seul toucher sur son bras engourdi, rien, rien, sauf un «Bonjour, j'vais revenir te voir». Ida sortit de la chambre et nous prit par les bras pour nous tirer jusqu'à l'ascenseur. «Bonjour, pépère!» lui ai-je crié. Il ne répondit même pas. Tel père, telle fille?

– Vous autres, vous deux! Rire comme ça devant les malades. Si c'est pas honteux...

– Moi, je r'viens plus icitte. Ça sent l'vieux, ça pue, la mère! cria Maurice.

– J'veux surtout plus t'voir ici. Un vrai malappris, pis sans-cœur à part ça! Heureusement que Michel n'est pas comme toi, lui!

Un compliment? J'avais failli en crever de rage. J'aurais voulu mourir *drette-là!* Avec son air sournois, ma mère venait de me faire comprendre que c'était moi qui venais d'hériter... du calvaire des visites à pépère!

Chapitre 6

Ça fait longtemps que vous voulez un bicycle? Arrêtez de dire que votre père est *cheap* pis allez voir dans le hangar.

Maurice et moi, on ne le croyait pas. Depuis le temps qu'on voulait un bicycle à deux roues... Ça ne se pouvait pas! Enfin, Conrad avait pensé à ses petits gars. On se précipita, on arriva devant un bicycle usagé peint en rouge, on regarda partout.

– M'man... c'est-tu l'mien celui-là? Où est celui de Michel?

– Ben, voyons donc! Comme si on était millionnaire... C'est à vous deux que vot' père l'a acheté.

Maurice et moi, on s'était regardés, on était déçus, mais c'était mieux que rien.

– Il l'a acheté d'un de ses employés. Huit «piastres», à part ça! Plaignez-vous pas!

Elle était loin d'être belle la bicyclette du père pour... nous deux. C'était loin d'être un récent modèle, puis, une marque bâtarde à part ça. Pas même une C.C.M. Elle était rouge, mais on voyait qu'elle avait été repeinte, car là où ça écalait, on pouvait voir le vert qu'il y avait en dessous. Maurice l'essaya le premier, mais la chaîne débarqua d'un seul coup de pédale. La clochette ne fonctionnait pas et les freins laissaient à désirer.

«Pas grave, Les Os, j'vais tout arranger ça» m'avait dit... Les Barniques!

À deux, nous fîmes de notre mieux pour la remettre en bon état, mais le cadeau de notre *riche* papa était bien *miséreux*. C'était sans doute sa façon de se faire pardonner de n'être jamais là.

— M'man... y manque quelque chose. Le soir, ça prend un *spotlight*.

— Commence pas avec tes garnitures, toi. C'est assez cher comme ça, pis vous l'prendrez dans l'jour, le soir, c'est dangereux.

— J'en ai vu un à la ferronnerie pour quatre piastres, la mère. Le père voudra peut-être...

— T'oserais lui demander ça, Maurice? Penses-y pas, contente-toi de c'que t'as!

On n'osa pas demander à Conrad le fameux *spot* que Maurice avait dans la tête. On l'connaissait, il nous aurait même refusé une... *flashlight!* Mais, mon frère aux lunettes rondes, par un éclair de génie, venait d'avoir une idée.

— Quelle idée, Maurice? Où penses-tu qu'on peut trouver quatre «piastres»? Aux fraises?

— Ben non, niaiseux! Ben plus vite que ça si tu marches dans le coup avec moi.

— Un mauvais coup? Penses-y pas! La mère nous tuerait...

— Non, non, ça va marcher. Laisse-moi faire, personne va s'en apercevoir. Toi, tu peux m'aider parce que les bonnes femmes t'aiment dans l'quartier.

— J'comprends toujours pas...

Maurice revint avec une boîte de jus de tomate sur le dessus de laquelle il fit une fente, ce qui permit de vider le jus dans le canal de la rue. Il la rinça, la fit sécher, la dépouilla de son étiquette, la frotta avec du savon Rinso et une laine d'acier pour enlever la colle, prit un papier blanc qu'il enroula autour de la boîte, le colla avec la Lepage et inscrivit du mieux qu'il put... La Sainte Enfance. Ouf! tout ça d'un trait sans m'expliquer ce qu'il faisait, même si peu à peu, je prenais conscience de son plan... diabolique!

— Tu vois? Avec ça, tu sonnes aux portes, tu quêtes pour La Sainte Enfance et comme on t'aime pis qu'on t'connaît, on se doutera de rien et j'te jure qu'en une journée, on a nos quatre piastres pis not'*spot*.

— Ouais, ben, ça m'gêne de faire ça. C'est pas correct, pis c'est écrit tout croche.

— Elles verront pas ça pendant que tu leur parleras. La fente est droite, ça va pogner. On va quand même choisir nos portes; moi, j'vais t'attendre à chaque maison. J'te l'dis, Michel, on va l'avoir not' *spot*. C'est pas une cenne ou deux qui va déranger ce monde-là. Dis-leur que tu passes pour l'école.

— En plein été? T'es fou? Y m'croiront pas!

— Dis-leur que c'est pour les œuvres des p'tits Chinois. T'es capable de te débrouiller. Quand t'auras fait une porte, le reste va se faire tout seul.

— Ça m'gêne, moi, des affaires comme ça, des menteries...

— Toi, gêné? T'as chanté à la radio, tu chantes dans la rue. Voyons donc, viarge! c'est pas ça qui va t'figer. Pis tout l'monde t'aime toi, pas moi!

Il plaida si bien qu'il réussit à me convaincre. Je me demande pourquoi il n'est pas devenu avocat, Les Barniques! Faut dire que le *spotlight,* je le voulais moi aussi. On avait une piastre en réserve, trouver le reste ne devait pas être bien long. Je lui avais dit:

— O.K. ça marche, mais dès qu'on a l'montant, j'arrête!

— Ben certain, j'veux pas qu'on vole le monde. Juste le prix du *spot,* pas *une* cenne de plus!

Le fameux coup était prévu pour le lendemain et je vous dis qu'on les a choisies *nos portes.* Pas celles où il y avait des enfants de notre école, on aurait été pendus avant de lâcher la corde. De madame Raymond à madame Dugas, les choses allaient bon train. Gêné la première fois, j'étais de plus en plus sûr de moi quand je répétais: «C'est pour la Sainte Enfance, on veut aider les p'tits Chinois.» Des dames me demandaient des nouvelles de ma mère en déposant trois ou quatre cennes dans ma boîte. Un monsieur qui connaissait mon père y alla d'un «trente sous». Wow! Quand les sous étaient blancs, je me sentais millionnaire. J'avais même quêté à des maisons où on ne me connaissait pas. Je récoltais une cenne ou deux, parfois la porte au nez, mais j'avais monté des escaliers, sonné, sonné, répété ma rengaine, de dix heures le matin jusqu'à six heures le soir, après avoir mangé en vitesse mon dîner. Les Barniques se frottait les mains d'aise chaque fois qu'il entendait le bruit des sous dans sa boîte de jus de tomate. Quand un homme bourru me fermait la porte au nez, je l'entendais murmurer... «l'enfant d'chienne!»

— J'en peux plus, j'suis fatigué. Vas-y à ton tour Maurice, moi, je r'monte plus un maudit escalier.

— Attends, assis-toi. Après, on va aller compter c'qu'on a.

Cachés dans le hangar, boîte ouverte, on comptait et, avec notre piastre de réserve, il nous manquait vingt cennes. Que ça.

— J'y r'tourne pas, t'as compris? Y'a une femme qui m'a dit qu'ç'avait pas l'air catholique c'te boîte-là!

— Bon, bon, laisse faire, j'vais les trouver les vingt cennes qui manquent.

Dix minutes plus tard, il les avait. Le montant était complet.

— Où l'as-tu pris, Maurice?

— Ta gueule, pas si fort! Dans la sacoche de la mère!

— Tu l'as volée? T'as pas fait ça, Maurice? Elle va s'en apercevoir. Tu sais bien qu'elle compte ses sous, la mère?

— Pas pour vingt cennes, ça paraîtra même pas.

— Ouais, ben, attends qu'elle cherche ses pièces de dix cennes pour sa palette de chocolat.

— Ta gueule! Arrête de t'inquiéter. Elle va penser qu'elle les a perdues quelque part, parce que j'ai laissé son porte-monnaie ouvert pis que l'reste est tombé dans l'fond d'la sacoche. Pas fou, moi!

La seule maladresse de Maurice fut d'aller acheter le *spotlight* le lendemain et de l'installer sur le bicycle. Évidemment, Ida l'avait vu le premier soir.

— Tu l'as acheté? Avec quoi? Où as-tu pris l'argent, Maurice?

— On l'a ramassé cenne par cenne, la mère. On a ménagé Michel pis moi.

— Depuis deux jours? Quatre piastres? Me prends-tu pour une folle?

— J'te l'dis, la mère, on avait déjà d'l'argent d'côté!

Il était de marbre, avec un sang-froid inébranlable. Ma mère qui me regardait dans le blanc des yeux saisit mon trouble.

— Aie! vous avez pas affaire à une dinde! Parle, Michel, tu sais quelque chose, toi.

— Heu... non, non, j'sais pas, lui répondis-je en tremblant devant l'air grave et menaçant de mon frère.

— Parle ou j'appelle ton père tout de suite! T'as compris? Où avez-vous pris cet argent-là?

J'éclatai en sanglots, je reniflais, je n'osais même pas dire un mot...

— Ah! j'savais qu'il y avait quelque chose de louche là-dedans. Maurice, à ton tour, accouche!

Mon frère la fixa sans broncher et répéta:

— C'était notre argent, la mère. On l'a ramassé...

— Bon, ça va faire. J'suis sûre que vous l'avez volé. J'appelle ton père!

— Non, non, m'man... on l'a pas volé, on nous l'a donné, lui criai-je.

— Parle vite, Michel. J'te donne deux minutes... pis, mens-moi pas!

Et devant l'air ahuri de Maurice, je vidai mon sac de tous ses méfaits. Ma mère m'écouta sans m'interrompre, puis, confession terminée, elle se tourna vers Maurice pour lui dire:

— T'as fait faire ça à ton p'tit frère? C'était ton idée, pis t'appelles pas ça voler? Toi, t'es pas mieux, Michel, tu l'as fait sachant que c'était un péché.

On n'osait plus dire un mot. On attendait son châtiment.

— C'est ben simple, vous allez r'tourner tous les deux porter ça partout où vous avez quêté. Chaque maudite cenne, compris? Avant, va t'faire rembourser le *spotlight* Maurice, ça presse!

— On peut pas r'tourner aux portes, la mère. Penses-y pas! Y vont dire que Michel est un voleur. C'est lui qui a sonné partout, pas moi.

— C'est ce qu'il est... un voleur! Donc, il lui faut rendre le fruit de son vol.

Je pleurais, je disais: «Non, non, m'man, pas ça, pas ça», pendant que Maurice plus rusé ajoutait: «Si Michel fait ça, la mère, ça va r'tomber sur toute la famille. Ils vont dire que les Brisseau sont des voleurs, pis quand tout l'monde va savoir c'qu'on a fait, on va t'pointer du doigt en disant: «Regardez, c'est elle la mère des p'tits voleurs!»

Quelle éloquence! Il avait des *barniques* sur le nez mais du plomb dans la tête, mon frère. Ida n'avait pas songé aux retombées, à sa réputation, à celle de la famille. Maurice avait débité juste ce qu'il fallait pour qu'on se sauve de l'humiliation qui nous attendait. Songeuse, amère, rouge de colère, elle s'écria: «P'tits v'limeux! p'tits verrats!» Puis, se calmant...

— T'es sûr, Michel, que personne ne s'est douté que ta «Sainte Enfance» c'était pas vrai?

— Non, m'man, on m'a rien demandé. On donnait ou on donnait pas, mais personne n'a pensé que c'était pas vrai mon histoire de p'tits Chinois.

— Bon, dans ce cas-là, j'ai une autre solution. Maurice, va chercher ton argent, dis que ta mère voulait pas, dis n'importe quoi, mais reviens avec les quatre piastres.

Mon frère n'eut pas d'autre choix que de s'exécuter. Le marchand le remboursa après examen de sa marchandise et Maurice rentra à la maison avec l'argent.

— À présent, c'est à ton tour d'avoir ta pénitence, Michel. Tu prends cet argent, tu te rends à l'église, puis tu déposes le tout dans le tronc pour les missionnaires. Si votre «Sainte Enfance» ne sauve pas les Chinois, elle va faire le bonheur des petits Africains. Vas-y tout d'suite, comme ça, on aura tous la conscience en paix.

— Mais, m'man, y'avait une piastre à nous là-dedans... de s'écrier Maurice.

— Ah Oui? Tant pis! Ça servira à votre absolution. Tout dans l'tronc, j'ai dit, la piastre avec... en guise de mea culpa!

J'y allai, je déposai le tout et je revins soulagé, assuré que le bon Dieu m'avait pardonné. Ma mère nous promit de n'en rien dire au père. De toute façon et ça, elle le savait, c'est elle qu'il aurait engueulée de ne pas nous avoir surveillés.

Maurice n'osa jamais lui parler de ses vingt cennes à elle qui étaient aussi dans le tronc. Deux *Cherry Blossom* de moins pour *la grosse Ida!* Le soir, couchés tôt à cause de notre mauvais coup, Maurice m'avait dit: «Si t'avais pas été aussi peureux, j'étais après l'avoir la mère avec mon histoire.» Ce à quoi j'avais répondu: «Pis toi, si t'avais pas été aussi niaiseux, t'aurais attendu au moins deux semaines avant d'acheter le *spot*. T'es pas mal cave... Les Barniques!»

Jean-Pierre était rentré pour aller tout droit dans sa chambre pendant que nous étions tous à table. Inquiète de son grand, ma mère se leva et poussa la porte de sa chambre. Jean-Pierre était étendu sur son lit, les mains derrière la nuque, silencieux, songeur...

— Qu'est-ce qui ne va pas? Ça file pas? Tu viens pas souper?

— Non, la mère, j'veux rester tout seul. J'ai besoin d'penser... ajouta-t-il en s'allumant une cigarette.

— Ben, voyons, pense à ma pression, dis-moi c'que t'as, mon grand.

— Tu veux l'savoir, la mère? J'ai cassé avec Sophia!

— Ah! c'est ça? Qu'est-ce qui s'est passé? Ça ne marchait pas?

— Non, non... ça ferait bien trop ton affaire si c'était ça. J't'entends encore me dire: «C'est pas une fille pour toi, tu devrais... » Ah! pis laisse donc faire!

— Écoute, là, mon p'tit gars! C'est pas d'ma faute ce qui t'arrive! Viens pas dire que j'suis pour quelque chose dans ça parce que j'ai pensé que c'était pas une fille pour toi. Avec le temps, je m'y suis faite à ta Sophia. T'es peut-être en maudit, mais viens pas jeter le blâme sur moi!

— Ah! excuse-moi, la mère, j'aurais pas dû t'parler comme ça. Ce qui est arrivé, c'est d'ma faute. C'est elle qui m'a laissé parce qu'elle dit que je suis égoïste, que j'pense juste à moi, que j'fais jamais rien pour lui faire plaisir...

— Mais t'es pourtant un bon gars? Qu'est-ce qu'elle veut dire?

— Elle a peut-être raison, m'man... Tout ça a commencé hier au cinéma, parce que c'est toujours moi qui choisis le film. Sophia n'aime pas les *vues* de gangsters, de boxe ou d'horreur. Elle aime les films romantiques, les comédies musicales, pis moi, ça m'pue au nez ce genre de film-là. En plus, elle dit que c'est toujours moi qui choisis l'restaurant, qu'elle a jamais son mot à dire même quand elle n'a pas l'goût de mets chinois. J'ai eu beau lui dire que c'était moi qui payais ses sorties, elle a ajouté que je sortais avec elle juste pour faire mon frais, parce qu'elle était belle et pour pas qu'un autre gars lui fasse de l'œil. Plein de choses comme ça, m'man...

— J'veux pas prendre sa part, Jean-Pierre, mais c'est peut-être vrai dans l'fond. Tu sais, t'as tendance à être comme ton père des fois! Pis, ta Sophia, c'est pas une cloche comme moi pour tout prendre sans rien dire. Est-ce que tu l'aimes au moins?

— Si je l'aime? J'en suis fou, m'man! Pas juste parce qu'elle est belle, je l'aime parce que c'est une fille pour moi. L'aimer plus qu'ça, ça s'peut pas...

— Lui dis-tu de temps en temps?

— Ben... pas souvent. Tu sais, moi, ces choses-là...

— Oui... pareil comme ton père! Muet comme la tombe! Si tu l'aimes comme tu me l'dis, il faut le dire à elle, Jean-Pierre. Elle est sensible cette p'tite fille-là. De nos jours, les filles sont romanesques. Faudrait peut-être que tu changes d'allure avec elle. Fais au moins un *deal* avec elle. Laisse-la choisir une fois et choisis la suivante. À ce compte-là, j'suis certaine que ça marchera. Faut faire des compromis dans la vie. C'est pas parce que tu payes ses dépenses qu'elle doit te suivre comme un p'tit chien. Les filles d'aujourd'hui sont pas comme celles de ma génération, Jean Pierre. Elles sont plus dégourdies, plus exigeantes, moins tartes que nous... dans l'temps!

Nous avions tout entendu de la cuisine et ça m'avait brisé le cœur d'apprendre que Sophia ne voulait plus de mon frère. Moi qui étais si fier quand mes copains me demandaient... «Ton frère, là, sa blonde, c'est-tu une actrice?» Jean-Pierre semblait triste, mais fier et blessé dans son orgueil, il ne savait que faire pour renouer le lien. On sentait qu'il souffrait, qu'il craignait qu'elle soit dès le lendemain au bras d'un autre. Tous les gars du quartier n'attendaient que ça. Sophia Vanelli, c'était la fille que tous les gars voulaient marier. Même le fils de l'avocat Duquette qui était dix fois plus riche que mon frère. Jean-Pierre avait juste la chance d'être plus beau que lui. Une cigarette n'attendait pas l'autre et ma mère s'alarmait pour son grand.

— Appelle-la, Jean-Pierre. Si t'as eu tort, explique-toi, excuse-toi.

— J'saurais même pas quoi lui dire, la mère. Pis, si elle raccroche?

— C'est ben simple. Écris-lui, je peux t'aider si tu veux...

— Non, non, mêle-toi pas d'ça, la mère, j'vais m'arranger avec mes troubles. Débarrasse la table, j'mangerai pas, j'ai pas faim.

— Fais ce que tu voudras, t'es assez vieux pour régler ton cas, mais une chose, une dernière, arrange-toi pas pour être aussi borné qu'ton père!

Ce n'est pas parce qu'elle la portait dans son cœur, la Sophia, que la mère voulait arranger les choses. Voir son Jean-Pierre sans souper, s'en faire comme ça, c'était comme si on lui avait coupé le bras. Son grand, son beau grand, qu'une fille avait laissé tomber. Ça ne se pouvait pas! D'un autre côté, ça l'avait arrangée cette histoire-là, parce qu'elle avait eu la chance, une fois de plus, de jeter tout le venin qu'elle avait dans le cœur face à mon père. Direct dans la tête de Jean-Pierre, sachant que nous écoutions de la cuisine. C'est tout juste si elle n'avait pas admis qu'il ne l'avait jamais aimée. Je sentais qu'elle aurait voulu, elle s'était retenue. C'eut été nous dire qu'elle avait été dupée dès le premier jour. Elle aimait bien qu'on la plaigne, ma «sainte mère», mais pas au détriment de sa fierté. Elle avait préféré s'attirer notre sympathie avec... ses migraines!

Jean-Pierre ne téléphona pas à Sophia ce soir-là et on ne le vit pas prendre la plume. Écrire n'était pas *son fort,* surtout quand il avait tort. «La nuit porte conseil», lui avait dit ma mère et, le lendemain, il s'était levé de bonne heure pour sortir et revenir avec un disque qu'il avait acheté rue Saint-Hubert. Il m'avait fait venir en cachette dans sa chambre pour me demander: «T'irais-tu l'porter à Sophia, après dîner? J'veux que tu fasses attention, casse-le pas, c'était l'dernier. Fais juste lui remettre ça d'ma part. Cache-le, j'veux pas qu'la mère le sache. Pis toi, fais-le pas jouer, ça pourrait l'égratigner. Je dois partir, mais promets-moi d'y aller sans l'dire à personne.»

J'avais promis, j'avais juré mais, dès qu'il avait passé la porte, curieux comme j'étais, j'étais descendu dans la cave où Julien avait son phonographe. J'avais regardé le disque et c'était *I Apologize* de Billy Eckstine. Je ne connaissais pas la chanson, mais je savais que c'était le chanteur préféré de Jean-Pierre et de Sophia. Prenant mille précautions, j'avais mis le 78 tours sur le phono pour écouter tout bas: *If I made you cry, I apologize, I'm sorry...* Après un couplet, j'avais arrêté. C'était une chanson triste, je l'avais senti, même si je ne comprenais pas l'anglais.

J'avais remis le disque dans son enveloppe puis dans le sac. Après dîner, tel que promis, et à l'insu de Maurice qui me suivait partout, j'étais allé chez Sophia en tenant prudemment le disque pour ne pas l'échapper. C'est elle qui m'avait ouvert la porte. Surprise, elle avait quand même eu un beau sourire pour moi. J'étais gêné, ça paraissait. Je lui avais remis le sac en lui disant: «Ça vient de Jean-Pierre, il m'a dit que c'était fragile.» J'étais reparti vite, car sa mère épiait, et moi, juste à la voir... je fondais!

Je ne sais pas quel effet cette chanson a eu sur Sophia, mais le lendemain Jean-Pierre et elle s'en allaient *aux vues* main dans la main. Il avait l'air heureux, content de son coup. Il lui avait même apporté une épinglette en forme de cœur pour le col de sa robe. Comme Jean-Pierre m'avait fait jurer de me taire, je n'ai jamais parlé à ma mère ni à mes frères de ce qu'il avait fait pour la reconquérir. Ma mère avait dit: «Pour moi, c'est elle qui l'a rappelé. Ça joue les indépendantes, mais Jean-Pierre, c'est le genre dont les filles peuvent pas se passer.» Pauvre mère! Encore la victoire du mâle sur la femelle! Que ses gars, ou du moins, que son gars... comme si tous les autres gars de la rue étaient des pingouins et les filles des tas de foin. Un fait subsiste. Il avait certes trouvé la bonne manière, mon grand frère. Pas de téléphone, pas de lettre... mais un disque. Fallait pas qu'il soit bête. C'est à Billy Eckstine qu'il devait d'avoir retrouvé son Italienne adorée. Désormais, Jean-Pierre était à ses genoux pendant que ma mère pensait que c'était elle... qui s'pendait à son cou!

– M'man, m'man, regarde dans le ciel, y'a au moins cinquante oiseaux qui volent ensemble. Est-ce vrai qu'ils s'en vont dans les pays chauds pour fuir l'hiver?

– Pas au mois d'août, voyons, la cigale chante encore.

– C'est quoi alors? Pourquoi tous ensemble en file comme ça?

– C'est un mariage d'oiseaux, Michel. C'est un jour de noces.

– Tu veux dire que les oiseaux se marient aussi? Ça s'peut pas, m'man...

– Ah! non? Alors, ils viennent d'où tous les p'tits oiseaux du printemps? D'une feuille de chou? C'est en se mariant que les oiseaux ont des petits. Tout comme les mamans ont des enfants.

– Pourquoi tu m'disais qu'on les achetait les enfants?

– Parce que t'étais trop jeune pour comprendre. Astheure que tu l'sais, que Julien t'a dit que ça venait des mères, j'vais pas continuer à t'bourrer la tête.

– Oui, j'sais que les enfants viennent des pères et des mères, mais Julien m'a rien expliqué sur la façon de les faire.

– Compte pas sur moi pour ça! Tu l'sauras ben assez vite avec le temps. Tiens! Pourquoi tu l'demandes pas aux oiseaux? ajouta-t-elle en riant.

Ce qu'elle ignorait, la mère, c'est que je savais comment se faisaient les enfants. Je n'avais pas attendu d'avoir l'air d'un épais, d'autant plus que la mère de Jean-Louis n'avait plus son *ballon* et qu'on entendait pleurer le nourrisson né à la maison. Un après-midi, en plein boisé du parc Jarry, j'avais croisé deux gars de l'âge de Jean-Pierre. L'un d'eux, en me voyant, m'avait demandé en me montrant sa cigarette: «Tu veux une touche, ti-cul?» J'avais dit oui et je m'étais étouffé raide avec ma première bouffée. Les gars riaient à s'en tordre le ventre. J'éternuais, je mouchais, et l'un d'eux ajouta: «On te donnera une autre *puff* quand t'auras du poil en dessous des bras.» Moi qui ne voulais rien laisser passer, sachant que j'avais affaire à des *bums,* j'osai leur demander:

— Aie, les gars, vous l'savez comment ça s'fait des enfants, vous autres?

Ils éclatèrent de rire et le plus grand de me répondre:

— C'est pas avec toi qu'on peut t'montrer ça. Va chercher ta sœur, le p'tit!

— J'ai pas d'sœur, j'veux juste savoir comment ça s'fait. Pourquoi vous me l'dites pas?

— T'es curieux en maudit pour ton âge, toé! C'est ben simple, tu trouves un belle fille, tu la déshabilles pis tu lui rentres ta queue dans l'trou!

Ils étaient partis en riant pendant que, bouche bée, je venais de saisir... mon cours primaire d'anatomie. C'était pas tout à fait clair mais, à huit ans, je savais au moins comment on faisait des enfants. Ida, ma mère, avait fini de m'avoir avec ses histoires de bébés achetés. Je me sentais comme un grand.

Finies pour moi les menteries et les histoires de «bonhomme sept heures». Quand j'avais joué à l'innocent, quand je lui avais demandé comment ça se faisait un bébé et qu'elle m'avait dit que je le saurais bien assez vite, je voulais juste la faire parler, la niaiser! Je savais depuis un bon bout de temps ce qu'elle refusait de m'apprendre. «Oui, c'est vrai, la mère, que j'étais un petit sacripant, mais j'en avais assez d'être pris pour un navet. Ta cigogne, le bébé acheté, le mariage d'oiseaux, tes contes de fées, *d'la marde!* Comme si je ne savais pas que tes seins, c'était pas juste pour remplir tes brassières!»

En cette fin d'août, Ida ne filait vraiment pas. En plus de ses migraines, elle avait mal à l'estomac et se frottait souvent le ventre du côté droit. Avec un médecin à trois portes, ce n'est pas un petit cinq «piastres« qui la dérangeait. Le médecin l'ausculta de tous les côtés puis, fier de son savoir, lui lança:

— J'ai bien peur que ce soit une pierre au foie, madame Brisseau.

— Ben, voyons docteur, j'mange pourtant pas gras...

— Là n'est pas la question. Ça se forme de bien des manières, ces pierres-là. J'aimerais que vous passiez «un» rayon X le plus tôt possible.

— Un rayon X? Et si c'est ça, ça veut dire l'opération?

— Franchement, madame Brisseau, ce serait la seule solution. Y'a pas de remède miracle pour des cas comme ça. Une convalescence de deux mois et...

— Pensez-y pas, docteur, j'irai pas, j'tiens pas à être coupaillée!

— Alors, pourquoi venez-vous me consulter dans ce cas-là?

— Pour être sûre que c'était pas autre chose que ça. Je l'savais qu'c'était le foie, j'arrête pas de me faire de la bile avec tout c'que j'ai sur les bras. Hier, j'ai pris un médicament en gelée pour digérer et je suis sûre que ça ne m'a pas aidée. Ça m'est tombé dans l'estomac comme un... *gum drop!*

— Allons, faut pas négliger ça, madame Brisseau. Le foie, on ne joue pas avec ça.

— Merci docteur, mais j'vais m'arranger avec mon problème. Y'a personne qui va m'coupailler. Moi, j'veux mourir avec tous mes morceaux!

— On peut retarder encore si vous le désirez, mais faudra surveiller de près ce que vous mangez.

— C'est d'la bile, docteur, rien que d'la bile! Ça va partir comme c'est arrivé.

— Avec une prière, je suppose?

— Non, docteur, avec une bonne tasse d'eau chaude remplie de graines de lin!

Septembre 1944. La rentrée des classes! C'est curieux, mais c'était toujours avec joie que je voyais ce jour s'annoncer. J'aimais l'école, j'aimais apprendre et cette fois, en troisième année, j'aurais droit à un maître et non plus une maîtresse comme pour les bébés. Conrad avait été obligé d'aller creux dans sa poche. Maurice et moi avions besoin d'un nouveau sac, de cahiers et crayons, sans parler de souliers, chemises et pantalons. Maurice était en rogne. Il détestait l'école. Ça s'expliquait, il était passé à deux doigts de couler l'an dernier. Et le maître qui l'attendait en quatrième année était le plus sévère de Saint-Vincent-Ferrier. Moi, j'avais de la chance. Avec 90 % de moyenne toute l'année, j'allais être dans la classe du *père* Curotte. Petit comme monsieur Quintal, c'est lui qui, chaque année, avait la tâche du sifflet pour qu'on prenne notre rang dans la cour. On disait qu'il était ferme, qu'il n'avait pas le sourire facile, qu'il utilisait sa règle de bois pour les doigts, mais ce qui me rassurait, c'est qu'il avait une préférence pour les élèves intelligents. Pour eux, il avait même des passe-droits. Et comme j'étais de ceux-là, j'étais certain de pouvoir l'amadouer comme je l'avais fait de mademoiselle Gagné.

La Librairie Leblanc était bondée de mères et d'enfants qui achetaient leurs effets scolaires. Ida, fuyant la foule, avait effectué ses achats dans un *Bargain Store* de la rue Saint-Laurent. Les mêmes cahiers, les mêmes crayons... à moitié prix. Elle avait même acheté deux sacs d'école dont les bretelles étaient décousues. À rabais, bien entendu, mais pour quinze cennes, le cordonnier les avait remis à l'état de neuf. Conrad lui avait dit: «Achète-leur de bons souliers, Ida, pour qu'ils durent toute l'année.» Vous pensez? C'est au Yellow Sample Shoe Store que ma mère nous avait chaussés. Deux paires pour le prix d'une, même si, après un mois, les semelles étaient trouées. Le cordonnier, toujours le cordonnier qui, pour dix cennes parce qu'il la prenait en pitié, doublait la semelle pour une autre douzaine de... marches à pied!

Ce matin-là, j'étais prêt, sac au dos, pendant que Maurice tirait encore de la patte. Dans la classe de monsieur Curotte, j'étais assis dans la première rangée parce que je figurais parmi les plus petits. J'avais senti dès la première journée que mon professeur, malgré son air austère, avait déjà ses préférés. Le petit Gignac et moi, les deux meilleurs élèves de mademoiselle Gagné. Notre réputation nous avait précédés. J'étais content d'avoir un maître d'école. J'avais l'impression d'avoir un «père» devant moi. Un père qui allait s'occuper de moi, un père qui me sortirait enfin de l'emprise de ma mère. Maurice ne l'avait pas eu comme professeur l'an dernier parce qu'il était en troisième C avec les faibles. Moi, on me classait en troisième A, parmi les forts. La journée s'écoula fort bien et je rentrai heureux à la maison.

— Comment tu l'trouves ton professeur, Michel? me demanda ma mère.

— Y'a pas une grosse façon, mais je pense que je vais apprendre beaucoup avec lui.

— Pis toi, Maurice, le tien?

— Un gros plein d'marde... avec un paquet d'poils dans l'nez!

Tout allait bien et, après un mois, j'étais le premier de la classe pendant que Maurice se classait vingt-septième sur trente élèves. J'avais un beau bulletin et j'en étais fier. J'étais moins nerveux, moins agité, plus studieux que jamais. À l'école, je n'étais plus le même petit gars. On m'appréciait, on m'encourageait et j'obtenais de bons résultats. Tout ça, parce que Ida, ma chère mère, n'était pas là pour me stresser jusqu'à la moelle épinière. Délivré d'elle, je devenais comme un ange à qui on aurait posé des ailes. Un soir que je montrais mes bonnes notes à ma mère, elle ne regarda même pas, frotta son chaudron et me lança: «Oui, oui, on l'sait qu't'es bon!» Jean-Pierre qui était au bout de la table s'emporta:

— Sacrement! la mère, regarde au moins ce qui t'montre!

— Quoi? Qu'est-ce que tu as dit là, Jean-Pierre? Sacre plus jamais comme ça. T'as compris? Aucun blasphème dans la maison! C'est pas parce que tu vas avoir dix-huit ans que tu vas t'comporter comme un *bum*. Tiens-toi-le pour dit!

Ma mère pouvait prendre un *mange de la marde* ou *va donc chier,* mais elle n'acceptait pas que ce qui avait trait au bon Dieu soit employé dans un langage. Sacrer devant elle, c'était commettre la pire des gaffes.

Un ami de Jean-Pierre avait osé dire un soir qu'il faisait chaud en ciboire... et elle l'avait foutu à la porte... cul pardessus tête! Mon père n'avait jamais sacré de sa vie et, pour Ida, ce n'était pas Jean-Pierre, son préféré, qui allait se permettre une telle manie. Pas devant elle, *over her dead body* comme elle disait quand elle employait ses termes anglais. On parlait peut-être comme on marchait dans cette maison-là, mais avec Ida, on ne sacrait pas. Jean-Pierre accepta la semonce, ce qui ne l'empêcha pas d'ajouter:

— C'est toi qui m'fais sacrer, la mère. Michel fait tout pour te faire plaisir et t'as même pas assez d'cœur pour lui faire un sourire.

— J'suis malade, Jean-Pierre. Tu comprends pas? Ça fait des mois que ça file pas. J'm'en plains pas, mais j'suis malade comme un chien. J'suis rendue au coton! Je m'lève à six heures, pis j'me couche à minuit. Toute seule pour tout faire, tu devrais l'savoir, non? J'ai pas d'mari pour m'aider, moi! J'suis rendue au bout d'ma corde...

Jean-Pierre était confus. Ma mère avait claqué la porte de sa chambre et on pouvait l'entendre pleurer dans sa chaise berçante. De rage... ou de désespoir, mais elle braillait à fendre l'âme. N'empêche qu'elle n'avait même pas trouvé un mot pour s'excuser de m'avoir ignoré. Elle avait détourné l'attention sur elle pour l'éloigner de moi. Elle était sans doute malade, mais il aurait suffi d'un tout petit sourire pour qu'à huit ans je ne me sente pas aussi misérable. Jean-Pierre, mal à l'aise, était sorti rejoindre Sophia et j'en profitai pour aller sur la galerie avec Maurice.

– Est-tu si malade que ça, la mère? de s'inquiéter Maurice.

– J'sais-tu, moi? Faudrait le demander au docteur Lamer. Comme c'est là, j'suis sûr qu'elle va encore dire que c'est moi qui la rends à bout d'nerfs!

En effet, le soir venu, alors que le père était là pour une fois, j'avais entendu le mot «pensionnaire» sans savoir qu'elle parlait de moi. Elle avait ajouté:

– J'en peux plus, Conrad. J'ai un mal de tête qui part pas, j'ai le foie malade...

– Tu penses que ça t'aiderait, que ce serait la solution?

– On pourrait au moins essayer. Un de moins, ce serait déjà ça de pris. Après, on verra pour l'autre...

– Écoute, Ida, j'sais que c'est pas facile pour toi, mais moi, il faut que je reparte si tu veux qu'on mange encore gras. Fais ce que tu veux, trouve-leur un pensionnat. J'suis prêt à débourser...

– J'ai plus l'choix, Conrad! Ça m'fend l'cœur, mais si j'agis pas, j'me retrouve à l'hôpital ou je vais faire comme mon père et paralyser drette-là! Tu te vois pris avec les enfants?

– J'te fais confiance. T'as raison, faut qu'ça change, que tu t'remettes en forme.

Le salaud! N'importe quoi pour ne rien changer à sa vie. Un vrai Ponce Pilate! N'importe quoi pour continuer à faire des sous, loin d'elle, loin de nous. Je ne savais pas ce qu'elle manigançait ma «sainte mère», mais je frémissais. J'étais sûr que le «un de moins», c'était moi, et que «l'autre», c'était Maurice. Pensionnaire! J'étais pas fou, je savais que ça voulait dire le collège, mon père venait de le dire à mots couverts. En cachette, j'en avais parlé à Maurice. J'avais répété tout ce que j'avais entendu. Il avait ajusté ses barniques avant de me chuchoter à l'oreille:

— Toi, peut-être, mais pas moi! Elle a besoin de s'lever de bonne heure, la mère, pour me placer!

— Mais j'te dis que le père est d'son côté...

— Tu penses que ça m'énerve? Lui aussi, j'suis à veille de l'envoyer... chier!

C'est à partir de ce moment-là que ma mère m'a *eu* lentement, tranquillement, comme un petit méné qu'on tient au bout d'un hameçon. Elle m'avait peint en rose un nuage qui allait crever pour me faire vivre... le pire orage de ma jeunesse. J'avais commencé par lui dire:

— Non, j'y vas pas, j'veux rien savoir. J'ai déjà commencé l'école, j'veux pas changer d'place. Pis, pourquoi moi? Pourquoi pas Maurice?

— Parce que t'es plus raisonnable que lui, parce que t'es meilleur en classe et parce que toi, tu l'sais, que ta pauvre mère est malade...

— C'est où déjà que tu veux m'envoyer?

— Au collège Notre-Dame-de-Grâce, un bel endroit tenu par les religieuses.

— Des sœurs? Des pisseuses? Pourquoi c'est pas des frères?

— Parce que t'es trop jeune pour aller là. Plus tard, peut-être...

— Aïe! le p'tit Dagenais a mon âge, pis il est à Yamachiche chez les frères.

— Peut-être, mais c'est jamais comme le collège Notre-Dame-de-Grâce... Tu devrais voir ça, Michel. Le matin, on sonne une cloche et tous les enfants descendent en courant et en riant pour déjeuner. Il y a une cour de récréation, des balançoires, une patinoire l'hiver et même des *vues* comme à Youville tous les samedis. J'ai jamais rien vu d'aussi beau qu'ça! De bons repas parmi lesquels tu choisis des tartes au caramel ou de la crème à' glace. Pis des amis, des congés, la visite des parents le dimanche...

— Parce qu'on sort pas les fins de semaines?

— Non, pas quand on est pensionnaire. Les enfants sortent à Noël, à Pâques, pis pour les longues vacances d'été. Moi, j'te l'dis, une fois rendu là, c'est toi qui voudras plus t'en aller!

— Pis, Maurice, y reste ici avec «sa gang» lui?

— Si t'aimes ça, il va te rejoindre. Tu l'connais? Ça va dépendre de ce que tu vas lui dire. Essaye au moins pour un bout d'temps, Michel. Fais ça pour ta pauvre mère. Si à Noël, Maurice et toi n'êtes pas contents, je vous reprends. Penses-tu que je vous laisserais dans un endroit que vous n'aimeriez pas? Tu sais, comme ça va là, j'ai plus d'santé, et avec un bon repos, vous allez m'garder. Autrement, j'devrais pas dire ça, mais j'en ai plus pour ben longtemps...

Tout au long de ce boniment plus qu'émouvant elle m'avait passé la main dans les cheveux, sur la joue, joué avec mon collet de chemise. Le ton était doux comme celui d'une mère épuisée que moi seul pouvais encore sauver. J'avais le *motton* dans la gorge, j'avais envie de pleurer. J'avais de la peine de m'en aller, mais j'en avais encore plus de la voir si malade, prête à paralyser. Ida n'ordonnait pas, elle suppliait. Comme elle seule savait le faire devant son rideau de scène. Elle m'avait plus ému que la vieille dans *Cœur de Maman*. J'avais les larmes aux yeux juste à penser que j'allais quitter mon école et le brave monsieur

Curotte, mais la vie de ma mère en dépendait. Et puis...un gars, ça pleure pas!

J'avais fini par dire oui, mais j'avais braillé toute la nuit. Maurice qui me regardait, navré pour une fois, m'avait dit:
— Vas-y, mais j'te jure que moi, a m'aura pas!
— Comme tu voudras. Fais-la mourir, Maurice...
J'avais emprunté le ton de ma mère et ça l'avait secoué. D'un côté, il avait pitié de sa mère et, de l'autre, il était triste de voir partir son p'tit frère. Moi, tout en m'essuyant les yeux, je repensais aux paroles de ma mère. «Un beau collège, se lever en riant, des amis...» C'était peut-être là que je serais le mieux. Je n'étais pas chagriné de quitter Ida. Ses cris, ses maux de tête, c'était devenu mon choléra. «Peut-être que je serai mieux là?» me disais-je, en imaginant dans ma tête, son fabuleux... conte de fées! Oui, peut-être que ce serait la solution pour ne plus avoir de comptes à lui rendre tout comme Jean-Pierre. Ça se pouvait même que je n'aie plus envie de revenir? Tout allait être si beau, selon elle, et là, j'aurais au moins de l'affection, des marques de tendresse. Une bonne sœur, c'était peut-être mieux qu'une vraie mère? Je faisais tout pour me convaincre dans mon cœur d'enfant malheureux... mais, d'instinct, je me méfiais. J'avais peur que son *royaume* ne soit qu'un... *château de cartes!* Et dans ma petite tête de huit ans, cette nuit-là, je m'étais fait mon cinéma. Une séance sur une grande scène où on me donnait de l'or et non des épingles à linge. Un monde imaginaire, le faste, la gloire tout comme sur les images anciennes, en oubliant dans mon rêve d'enfant que ma mère était plus que jamais... très près de ses cennes!

Chapitre 7

T' es sûre que j'peux pas aller le visiter, le collège, avant d'y entrer?

— Non, Michel, je te l'ai dit trois fois. Aucun enfant n'est admis même pour une visite à moins d'en faire partie.

— Si on allait faire un tour, juste passer devant, m'man... voir la cour de récréation.

— Et me faire voir par les sœurs comme si j'étais une écornifleuse? Non, Michel!

— Mais ça fait trois fois que tu y vas toi, m'man...

— Pour les arrangements, Michel, pour voir ce que ça t'prend comme vêtements...

Nous étions à deux jours de mon entrée au collège. Mon dernier samedi à la maison avec Maurice, Julien, Jean-Pierre, Cloclo... J'avais le cœur gros!

C'était comme si on allait m'enterrer, comme si j'allais partir pour toujours... comme Muguette Boutin. La veille, à l'école, monsieur Curotte m'avait dit:

«Ça me fait de la peine, je perds mon meilleur élève. Bonne chance mon p'tit gars!» Les copains allaient me manquer. Ma bataille de premier de classe avec Gignac, l'église Saint-Vincent-Ferrier où j'allais allumer mes lampions. Le dernier que j'avais allumé, je ne l'avais même pas payé. Je n'avais pas dix cennes sur moi. J'avais dit au bon Dieu: «Pardonnez-moi, j'ai pas d'argent, j'vous l'remettrai, mais je l'allume devant votre mère, la Sainte Vierge, au cas où elle pourrait faire changer d'idée à la mienne.» J'avais pleuré dans ce banc d'église. Tellement qu'une paroissienne qui faisait son chemin de croix m'avait demandé si je m'étais... *écarté!* Non, je connaissais mon chemin, mais c'était le fait d'être à l'écart de ma famille qui se voulait la raison de mes pleurs. Je faisais tout pour me mettre en tête que j'allais être bien, du moins, j'essayais, mais dans mon cœur... j'en doutais. «Si tu m'avais vu ce jour-là, maman, en larmes dans un banc du milieu, tout petit, sans défense, effarouché, je me demande si tu aurais eu le courage de me placer. Je ne voudrais pas être méchant, mais je pense que oui! Parce qu'avec toi... un gars, ça pleurait pas! Mais je pleurais, maman, parce que tu n'étais pas là pour me voir et que mon cœur avait autant de peine que tu pouvais avoir de bile dans ton foie. Je regardais les dames qui faisaient leur chemin de croix et je souhaitais que l'une d'elles me prenne dans ses bras pour me consoler, pour me réconforter. J'étais de ton sein, mère chérie, mais ce jour-là j'aurais souhaité, tout comme un petit garçon de ma classe, être un enfant adopté. Parce qu'il avait été choisi, lui, parce que sa mère le dorlotait et qu'elle venait l'attendre à la fin de la journée. Je le regardais partir et j'enviais son sort quand je voyais sa mère déposer un baiser sur sa joue en l'entourant de ses bras. Sans l'avoir mis au monde, il était son univers, ce petit. Je l'ai envié ce jour-là d'avoir une mère aimante qui ne lui avait même pas donné la vie. Je l'ai envié... à en pleurer davantage, quand, reprenant le chemin de la maison, j'imaginais ton visage de martyre avec une serviette sur le front. Une image qui me faisait frémir, qui me faisait pâtir, parce que je n'ai jamais su si tu étais vraiment malade ou si c'était là, ta façon de me faire sentir plus misérable. À huit ans, sans enfance, sans rire ni sourire, il me fallait être «un homme» et faire face à la vie et à ses intempéries. Et tout comme toi, quand tu étais petite, je pleurais à fendre l'âme, mais moi j'essuyais vite mes yeux avant de me faire dire qu'un gars... Comme si le destin t'avait chargée, maman, d'engendrer sans amour un enfant qui devait en silence... souffrir à son tour.

J'étais allé chez Jean-Louis lui dire qu'on ne se reverrait pas avant Noël. Sa mère qui n'était pourtant pas folle de moi m'avait dit:

— Tu vas nous manquer, mon p'tit Michel. Jean-Louis va s'ennuyer de toi.

Puis, elle avait ajouté sans vouloir me blesser:

— Comment se fait-il que c'est juste toi que ta mère place? Maurice continue à la p'tite école, lui?

— Il est supposé me rejoindre un peu plus tard, c'est ce que ma mère m'a dit.

— Tiens! comme c'est drôle... Pourquoi pas en même temps que toi?

Je n'ai pas su quoi lui répondre, car ça me faisait mal de savoir que j'allais partir et que Les Barniques allait rester à la maison avec, pour lui tout seul, la bicyclette pour laquelle j'avais tant sué. Je trouvais ça tout à fait injuste mais, dans ma tête d'enfant, je ne comprenais pas ce qui avait poussé ma mère à ne jeter son dévolu que sur moi. Ce qui était bon pour l'un aurait dû l'être pour l'autre? Et pourquoi pas Julien chez les frères? Je n'étais pas encore parti que j'en voulais déjà à ma mère. Le soir précédant mon départ, j'étais si nerveux que je m'en rongeais les ongles. Ma mère, au lieu de me rassurer, m'avait crié: «Michel, lâche tes ongles, viarge, sinon tu vas t'rendre jusqu'au coude!»

Je n'avais pas dormi de la nuit et, à six heures du matin, j'étais debout en même temps qu'elle. Elle se pomponnait, préparait ma valise, fuyant sans cesse mon regard.

– J'veux pas y aller, maman, j'veux rester ici avec toi... Et j'éclatai en sanglots.

– Aie! commence pas ça, toi! On en a assez parlé, pis j'ai un mal de tête à vouloir en crever. Ça va m'prendre tout mon p'tit change pour me rendre jusque-là.

Un prétexte, un mensonge, qui m'avait fait arrêter de brailler d'un coup sec. Je la regardais, elle avait l'air en pleine forme. Avec son mal de tête, ma mère aurait été incapable de prendre son fer et de se friser. Nous étions partis en tramway tous les deux, avec la grosse valise. Pas même en taxi. Jean-Pierre qui était déjà debout me regardait sortir d'un air triste... parce qu'il savait, lui, ce qui m'attendait. On aurait dit qu'il souhaitait que je reste, que la mère change d'idée, mais celle-ci, pressée de partir, lui avait crié: «J'reviens tout d'suite après. Prends soin des autres, mon grand. T'es ben fin d'avoir pris ta journée *off* pour me rendre ce service.»

Un long trajet avec deux transferts. Des rues que je ne connaissais pas. J'aurais semé des cailloux blancs que je n'aurais jamais pu retrouver ma route. Nous avions fini par arriver et étions descendus à l'angle de la Côte Saint-Luc. Les gens parlaient l'anglais dans la rue. Je me serais cru n'importe où sauf dans ma ville. Bien loin du parc Jarry en tout cas. Nous avions marché un coin de rue pour enfin nous retrouver devant une grande bâtisse. Tout était gris, les murs comme le pignon. Gris comme ce lundi d'octobre où le soleil avait, pour mieux me rendre triste, caché tous ses rayons. Nous étions devant la porte, elle et moi. J'hésitais, j'avançais, je reculais, puis, regardant la devanture, je pus lire en grosses lettres incrustées dans le ciment, l'inscription de l'établissement. Je reculai d'un pas, je m'accrochai à ma mère, puis, tremblant, je m'écriai en sanglotant:

– Maman, c'est pas un collège, c'est un ORPHELI-NAT! Tu m'as menti... regarde, c'est écrit là!

– Ben non, c'est un titre qui date de cent ans. Ça veut rien dire, c'est devenu un collège depuis l'temps. Vite, avance, ta valise me casse les reins!

Nous étions entrés et j'avais pu sentir, odorat d'enfant, le triste parfum d'un sanctuaire. Pas un bruit, pas un mot, pas le moindre signe de vie. Où donc étaient les cris de joie des enfants dont me parlait ma mère? J'avais l'impression d'être dans un presbytère tellement j'avais croisé des cierges et des fougères.

– J'aime pas ça, m'man... j'veux plus être pensionnaire.

Elle ne m'avait pas répondu, elle m'avait même un peu serré le bras pour me faire taire, car une bonne sœur s'était élancée à notre rencontre.

– Bonjour, madame Brisseau, vous allez bien?

Puis, avant que ma mère puisse répondre, elle enchaîna:

– C'est lui, votre petit Michel? Comme il a l'air d'un enfant sage!

Elle m'avait souri, elle avait l'air d'être gentille, je lui avais souri... et ma mère n'avait encore rien dit.

– Vous avez là tous ses effets? Laissez-nous cela, madame Brisseau, on va s'occuper de votre petit ange. Viens avec moi, Michel, on va te conduire à ta salle.

Là, j'avais paniqué. Vite comme ça? J'entendais ma mère lui dire:

– Vous êtes bien bonne. J'ai laissé les autres aux soins de mon plus grand. Il n'a pas l'habitude, vous savez. Je lui ai promis de revenir d'un pas pressé.

J'avais senti que tout était arrangé d'avance entre la sœur et elle. Plus vite ce serait fait, plus vite ma mère aurait sa... délivrance!

– Tu t'en vas pas tout d'suite, m'man? Tu montes au moins avec moi? Tu m'laisses pas là comme ça...

Je pleurais, pleurais, je m'accrochais à sa robe. Elle me retirait la main comme si je lui faisais honte en me disant:

– Voyons, Michel, un grand garçon de ton âge! T'es rendu maintenant et la bonne sœur va s'occuper de toi. T'as pas à t'en faire puisque je reviendrai dimanche...

La sœur m'arracha à elle, gentiment... mais fermement. Elle me retenait contre elle et disait à ma mère:

– Vous pouvez partir maintenant. C'est normal, c'est sa première journée.

Ma mère avait pris sa sacoche, ses gants, s'était levée, m'avait regardé et avait maladroitement tenté de me rassurer...

– T'en fais pas, Michel, maman reviendra vite. Tu verras, dès demain, c'est toi qui voudras plus jamais partir. Vous saviez, ma sœur, qu'il a fini le premier de sa classe en septembre? C'est un vrai petit homme que vous avez entre les mains!

Plus sournoise qu'elle, il n'y avait que la panthère.
Pendant que la sœur me félicitait, elle passait vite la porte
en me disant:

— Faut pas que j'manque mon tramway. Sois sage.
Michel... et montre vite aux sœurs que t'es un p'tit gars
bien élevé!

Je n'avais rien pu ajouter, elle était déjà partie. La bonne
sœur qui avait perdu le sourire m'indiquait une chaise:

— Reste-là jusqu'à ce qu'un élève vienne te chercher.

De la fenêtre, par un petit carreau, je voyais ma mère
qui marchait à grands pas. Comme quand son mal de tête
était... soulagé! Un petit gars de mon âge s'approcha de
moi pour me dire:

— C'est toi l'nouveau? Prends ta valise et suis-moi.
Sœur Baribeau t'attend en haut.

Ma mère avait tourné le coin de la rue et... je ne la voyais
plus. Je me sentais angoissé. J'avais du fiel dans la gorge
comme si on m'avait mis du poison dans le cœur et là, une
image avait surgi. Ma mère n'était plus là, je ne pouvais
plus la frôler ni la toucher. Elle s'était, j'en ressentais l'effroi, coupée de moi... comme d'un *parapluie du diable!*

«Monte plus vite que ça, faut que je retourne en classe,
moi!» s'écria le petit gars. Je le suivis sans rien dire, ce qui
n'aurait pas été le cas si Maurice avait été à ma place. Ma
valise était lourde, trop grosse pour moi et ce petit maudit-
là ne m'aidait même pas. Deux étages à grimper et c'est
tout essoufflé que j'arrivai dans un grand dortoir où les lits
étaient collés les uns aux autres. Une sœur s'était avancée,
elle était jeune et très jolie. C'était elle, sœur Baribeau. Un
sourire, un vrai, enfin!

– C'est toi, Michel Brisseau? On va bien s'occuper de toi, sœur Patry et moi. Ici, c'est la salle des «petits moyens», c'est-à-dire les garçons de ton âge. Pour l'instant, vide ta valise sur le lit du fond, le tout dernier là-bas, puis je reviens t'aider avec tout ça.

Le petit gars était parti et j'étais seul dans ce grand dortoir où il y avait au moins cent lits cordés en rangs d'oignons en six sections. Trois rangées faisaient face aux trois autres et un passage en plein centre les séparait.

Des lits avec des barreaux de fer et des draps blancs. Sans doute comme ceux des prisons, pensai-je, quand j'ai senti que le matelas était creux et plein de bosses. Je me sentais très mal, j'avais le cœur en miettes. Je pensais à Maurice, à Jean-Pierre, à mon ami Jean-Louis, tout en déballant ma valise qui contenait du linge que je n'avais jamais vu. Sœur Baribeau revint, sortit des bas de ma valise et me dit: «Enfile-les et porte ensuite ce pantalon.» De grands bas *drabes* comme ceux des filles? Ça ne se pouvait pas!

– Mais j'ai jamais porté ça, moi... j'en avais pas à la maison.

– Ici, c'est autre chose, tous les garçons portent ces bas. Fais ce que je te dis et ne perds pas de temps si tu veux être au réfectoire avec les autres pour le dîner.

– Au quoi?

– Au réfectoire. C'est l'endroit où l'on mange. D'après ce que je vois, ta mère ne t'a pas renseigné sur nos termes et nos coutumes. Il va donc falloir tout t'apprendre?

Elle était jolie, elle semblait fine, mais elle avait quand même l'air sévère, sœur Baribeau.

– Ma mère m'a rien dit. J'savais même pas comment c'était ici.

— Tu vas l'apprendre très vite. Tu n'auras qu'à regarder les autres agir. Et puis, tu parles trop. Ici, c'est en silence que ça se passe. Quand on veut la parole, on demande la permission.

— Est-ce que je peux vous poser une ou deux questions?

— Oui, mais il faudra faire vite. Ensuite, tu t'habilles et tu rejoins les autres.

— Est-ce un orphelinat ici, ma sœur?

— Bien sûr, ta mère ne te l'a pas dit?

— Non... et dans ce cas-là, j'ai pas l'droit d'être ici. J'ai des parents, moi.

Sœur Baribeau me regarda drôlement puis, me lança... le dard que je n'attendais pas.

— Je sais que tu as une mère, mais on accepte les orphelins de père...

— Mais j'ai mon père aussi!

— Bon, ça suffit, là, je ne veux plus t'entendre. Maintenant, c'est le silence. Viens que j'attache ton grand bas pour cette fois. Demain, tu pourras le faire toi-même. Regarde, tu montes ton bas jusqu'à la cuisse et tu le serres avec la pince. Là, enfile ton pantalon court et ta chemise à manches longues. J'oubliais, as-tu gardé ton sous-vêtement?

— Oui, celui que j'ai mis ce matin...

— Alors, on recommence à neuf car, à partir d'aujourd'hui, c'est celui-là que tu porteras. On te le change une fois par semaine.

Et, d'un geste adroit, elle me lança une culotte de toile grise, raide comme une barre, reprisée au derrière. Une culotte passée à l'eau de Javel qui allait m'échauffer les cuisses à en marcher... les pattes croches!

Elle m'avait eu, la mère! Un orphelinat! Pas un collège de bon aloi, mais un endroit où l'on prenait... les orphelins de père! Je ne savais pas comment elle s'y était prise, mais je me jurais de dévoiler à tous que j'avais un père qui s'appelait Conrad et qui était bel et bien vivant! Pour moi, du moins je le croyais, c'était ma seule porte de sortie. Quand on apprendrait qu'elle n'avait pas dit la vérité, c'en serait fini pour elle. Son plan tomberait à l'eau et je me retrouverais à la maison, même si j'allais l'avoir encore sur le dos. J'étais en maudit, j'aurais même sacré, mais d'après ce que je voyais, c'était le silence absolu dans cette *prison*. Il fallait même parler très bien selon la sœur qui me reprochait de manquer de vocabulaire pour un premier de classe. Dans mon cœur, je ne pleurais plus. Ma mère m'avait trompé! *Grosse Ida, maudite vache...* avais-je murmuré pour ensuite demander au bon Dieu de m'excuser d'avoir insulté ma mère. J'entendis une cloche sonner, et c'est deux par deux et en silence que les orphelins regagnaient le dortoir. Pas en riant et en sautant, comme dans le livre d'images de ma mère. Première désillusion! On me regardait, on me montrait du doigt et je me sentais encore une fois comme *celui de trop* dans ce troupeau.

Le garçon qui avait le lit voisin du mien s'était risqué à me demander mon nom tout en chuchotant: «Moi, c'est Guimond.» Je tentai de lui poser des questions mais il me fit taire par un «chut» avec un doigt sur la bouche tout en susurrant entre ses dents: «Sœur Patry s'en vient. Silence!» Une sœur très grande, très vieille, s'approcha et me regarda.

— C'est toi, Brisseau? Prends ton rang juste en arrière du frisé, tu es juste un peu plus grand que lui.

J'avais faim, j'avais à peine déjeuné. Je m'endormais, je n'avais pas fermé l'œil de la nuit.

– Qu'est-ce que tu as? Tu es bien pâle? Es-tu malade?

Comme pour attirer sa pitié, j'avais répondu... «oui.»

– Qu'est-ce que tu as? Qu'est-ce qui ne va pas, Brisseau?

– Ma mère dit que j'ai la danse de Saint-Guy...

Elle fronça les sourcils, hocha de la tête et me répondit d'un ton brusque:

– On va te guérir de ça, ici. Tu ne fais pas pipi au lit, j'espère?

– Non, ma sœur, jamais.

– Parfait. Un problème de moins avec toi! Viens, suis les autres!

Au réfectoire, c'était tête baissée, presque en rampant qu'on prenait sa place. La sœur m'avait indiqué la mienne entre Guimond et Letarte, un épais qui portait des... *barniques!* C'étaient des petits gars qui passaient le pain, qui servaient la soupe, pendant qu'une sœur se chargeait du gros chaudron contenant le plat de... résistance! C'était le silence total, parce que pendant qu'on mangeait les sœurs priaient à haute voix. J'ai appris très vite que si on voulait très peu de ce qui s'offrait, il fallait lever le petit doigt. Si on en voulait beaucoup, il fallait avoir le pouce en l'air. Une grosse sœur, assise au bout de la table, nous observait. J'ai mangé toute ma soupe même si elle goûtait l'eau de vaisselle. Je me suis bourré avec mon pain même s'il était sec, mais quand est arrivé le plat principal, j'ai levé le petit doigt car j'avais vu l'assiette du voisin. Il s'agissait de morceaux de bœuf dans une sauce épaisse. Des morceaux de bœuf à *spring* avec du gras d'un pouce d'épais de chaque côté. J'ai tâté dans mon assiette, j'ai mâché les morceaux les plus maigres et j'ai laissé de côté ceux qui me faisaient lever le cœur. La pire chose à faire avec une grosse sœur qui nous avait à l'œil. J'avais beau être le «p'tit nouveau» qu'elle ne se gêna pas pour venir jusqu'à moi.

— Qu'est-ce que tu as, toi? Tu n'as pas plus faim que ça?

— Non, c'est parce que je n'aime pas le gras. Chez nous...

— Chez vous? Voyez-vous ça! Un petit capricieux à ce que je vois...

Sans m'avertir, elle piqua le bœuf de sa fourchette, m'ordonna d'ouvrir la bouche et me fourra dans le fond de la gorge les trois morceaux que j'avais repoussés. J'avais failli vomir en mastiquant dans le gras dur et froid. Tellement, que je l'avais avalé tout rond. Les enfants me regardaient, aucun d'eux ne riait. Eux savaient ce qui allait m'arriver quand elle s'était levée de sa chaise... pas moi. Les larmes me coulaient sur les joues. J'avais des haut-le-cœur, un hoquet, je me retenais pour ne pas cracher le dernier morceau que je ne parvenais pas à avaler. Par la suite et, je m'en souviens encore, chaque fois qu'on nous servait des cubes de bœuf, je distrayais Letarte et pendant qu'il regardait ailleurs, je lui refilais le gras dans son assiette. Myope comme une taupe, voyant à peine sous ses verres épais, il mangeait tout... le pauvre petit gars. Mais je n'avais pas le choix et lui, habitué à manger de la *marde*, ne vomissait pas le gras. Affamé sans doute, il ne s'apercevait même pas qu'il avait le double de sa portion dans son assiette, car même devant cette cochonnerie-là... Letarte levait le pouce! Comme dessert, une cuillerée de confiture aux fraises, un autre morceau de pain et, pour breuvage, pas du lait, mais une tasse de thé ou, devrais-je plutôt dire, une tasse d'eau tiède avec du lait en poudre. Pour un premier dîner, je venais d'être étrenné. Mon Dieu que j'en voulais à ma mère... en m'essuyant la bouche. Je n'avais qu'une idée en tête, me venger. De l'enfant soumis que j'étais, j'avais dès lors décidé de devenir un monstre pour qu'on me jette en dehors de cet orphelinat. Dans mon esprit, c'était réglé, mais mon cauchemar ne faisait que commencer...

C'était toujours le soir que mon angoisse prenait de l'ampleur. Ce grand dortoir, tous ces petits inconnus qui frémissaient dès qu'une sœur les croisait. Des orphelins, des enfants de mon âge, à la merci des religieuses... jusqu'à ce que le temps passe. Mon Dieu qu'on doit avoir hâte d'être grand, quand on est enfant et qu'on traverse de peur le couloir de sa jeunesse. Comme ceux de cette guerre qui, au loin, tremblaient sous le fracas des bombes. Dans ce «collège», la plupart des enfants étaient des Canadiens français. Il y avait quelques jeunes Iroquois ou Sioux, je ne sais trop quoi à cause de leur nom bizarre, et un ou deux Italiens. Des enfants sans père ni mère. Des enfants qui avaient fait leurs premiers pas dans une crèche avant d'échouer dans cet orphelinat. Des enfants qui n'avaient pas eu la chance d'être adoptés et dont personne ne voulait parce que rendus, selon la morale du temps, à l'âge ingrat. Et moi, au milieu d'eux, avec un père et une mère! Si je n'avais pas appris les mystères de la vie de la bouche des grands, j'aurais cru qu'on «achetait» vraiment les enfants pour ensuite les revendre aux sœurs... à rabais. «Ah! chère mère! Si tu savais comme j'ai pleuré ce premier soir, alors qu'on m'indiquait mon lit après m'avoir fait prier à genoux pour remercier le ciel de la «marde» qu'on nous avait fait avaler pour le souper.»

Dans ce lit de fer, le dernier près d'une petite boîte carrée avec une fenêtre, je tremblais. J'avais le cœur gros, je me sentais loin de Maurice et de Cloclo, seul dans ce grand cachot. Guimond qui m'avait vu me coucher et rouler ma *couverte* jusqu'au cou, m'avait chuchoté: «La sœur n'aimera pas ça...» Je ne comprenais pas ce qu'il voulait dire, mais je l'ai su très vite. Sœur Patry qui faisait sa ronde s'approcha de mon lit, déroula ma *couverte* jusqu'à la taille et me fit placer mes mains jointes sur l'oreiller. «C'est comme ça qu'on dort ici. Pas de mains en dessous des couvertures, compris?» Je me demandais bien pourquoi et ça m'a pris des mois pour le savoir. Comme si, à huit ans, un enfant pas encore pubère... se masturbait chaque soir. J'étais mort de fatigue, je m'endormais, mes mains retrouvaient leur position première et elle me réveillait en sursaut en me criant: «Tu as la tête dure, toi! Les mains sur l'oreiller, j'ai dit!» Comme si on pouvait changer sa façon de dormir du jour au lendemain. Chères religieuses! Comme si les enfants de mon âge n'avaient pour tout joujou que ce qu'ils avaient entre les deux jambes! C'était sans doute elles que ça excitait, pas nous! Et en voyant du mal partout, elles semaient, ces bonnes sœurs, un bel éveil en nous. À force d'être réveillé de la sorte je ne parvenais plus à m'endormir. La nervosité, l'angoisse de la journée, le mensonge de ma mère, tout ça m'avait rendu aigri, amer. Je remarquai que la petite fenêtre de la pièce était éclairée d'une lampe. Assis dans mon lit, j'osai jeter un coup d'œil et je surpris une sœur, la tête chauve, en train de se déshabiller. Figé que j'étais parce qu'elle était laide à en faire peur, elle eut le temps de me surprendre. Bonnet sur la tête, elle sortit en furie pour me crier: «Attends à demain, toi, petit voyeur. Tu vas payer cher ta curiosité!» Guimond, réveillé par le bruit, l'avait entendue me menacer. Il me chuchota tout bas: «Pas la Clouâtre? Avec elle, t'as pas fini, Brisseau!»

J'étais en sueur, j'avais peur, je ne sentais plus mon cœur battre. Juste à lui voir les yeux, j'avais senti que j'étais pas mieux que mort. Je m'endormais, je me réveillais. Je faisais d'horribles cauchemars. Une nuit comme il n'est pas permis d'en faire vivre une à un enfant. Je revoyais le visage de ma mère, son air hypocrite, sa fuite, et dans les sanglots de ma rage, la tête enfouie dans l'oreiller de brique, je lui disais: «T'as pas d'cœur, m'man... quand on l'aime, on fait pas ça à son enfant!»

Le réveil fut brutal. Pas une petite clochette avec des chansonnettes comme l'avait dit Ida, mais la grosse lumière en pleine face avec des claquements de mains sèches et le cri infernal de: «Tout le monde debout... à genoux pour la prière!» Il ne fallait pas penser à s'étirer et comme j'avais réussi à m'assoupir à quatre heures du matin, deux heures plus tard, c'était comme si Hitler venait d'assaillir l'orphelinat! Ayant peine à sortir du lit, sœur Patry me tira par la jambe et je me retrouvai au sol, à genoux, les mains jointes sur le bord du lit. Une interminable prière, même si la plupart des enfants avaient... envie *d'pisser!* Je ne savais même plus où j'étais. C'était comme si je sortais d'un mauvais rêve. Mais, là, par terre, la réalité me revint de plein fouet. Nous étions finalement allés aux toilettes mais il nous fallait faire vite, car il n'y avait que cinq urinoirs pour tout le dortoir. Ce n'était pas le temps d'avoir *ses gros besoins,* et notre lit se devait d'être vite fait. On m'a fait recommencer le mien trois fois, parce que je ne réussissais pas les coins du drap. La Clouâtre sortit de sa boîte carrée, me regarda, se rendit compte qu'elle ne me connaissait pas et alla s'informer auprès de sœur Patry pour savoir qui j'étais. Elles chuchotèrent ensemble, la Clouâtre revint et me dit: «Comme tu es nouveau, pour cette fois, pas de déjeuner, mais tu ne perds rien pour attendre!» Puis, avant de déguerpir, elle s'arrêta pour ajouter: «Compte-toi chanceux de ne pas être chez les «grands moyens»... toi!»

L'orphelinat était divisé en quatre sections. «Les petits», six ans, première année, «les petits moyens», sept et huit ans, deuxième et troisième années, «les grands moyens», neuf ans, quatrième année, et «les grands», dix ans et plus, ceux qui doublaient leur quatrième année et qu'on gardait un ou deux ans de plus avant de les transférer dans un autre orphelinat avec les frères. J'avais une faim de loup, mais pas de déjeuner parce que j'avais, par mégarde, vu le crâne rasé de la Clouâtre. On m'ordonna de rester assis sur mon lit jusqu'à ce que commencent les classes. C'est là que j'ai eu droit à la vision d'horreur de ma vie. Une quinzaine de petits gars déambulaient en rang avec leur drap sur la tête. C'était les «pisseux», comme on les appelait, les incontinents aurait-on pu dire si les sœurs avaient eu plus de charité chrétienne. Tels des fantômes, ils faisaient le tour du dortoir avec leur drap mouillé de pisse sur la tête. Ça m'avait donné un coup au cœur. De tout petits garçons qu'on punissait de cette façon pour n'avoir pas de retenue comme les autres. Un châtiment des plus humiliants, un acte abominable de la part de celles que le bon Dieu leur avait données pour... mères! Le pire, c'est qu'il fallait les fuir comme la peste, les «pisseux!» Ils étaient tellement habitués à ces sévices quotidiens qu'aucun d'eux ne pleurait. C'était un rituel pour eux que de «parader» pour demander pardon... d'avoir une maladie. De plus, ils devaient prier en marchant, la tête sous le drap qui sentait l'urine. Par la suite, après vingt minutes de cette putride absolution, ils devaient eux-mêmes laver leur drap, laver leur corps et leur tête de leur urine et se passer de déjeuner à chaque fois. Quelques-uns, les plus réguliers, n'avaient que la peau sur les os à force d'être privés de déjeuner. J'entendais les autres qui leur criait: «Les pisseux! les pisseux!» avec le consentement des sœurs afin de les humilier davantage. J'aurais voulu leur casser «la gueule», les battre tous et arracher la *capuche* des sœurs tellement ces enfants faisaient pitié. Et c'était le seul moment où je pouvais voir de loin la Clouâtre... avec un sourire. Je me sentais à pic, j'aurais voulu défoncer le mur, tapocher sur les sœurs, leur mettre mon pied au cul! En vingt-quatre heures, j'étais devenu plus agressif... que Les Barniques!

Arrivé enfin dans ma classe, j'eus l'agréable surprise de constater que l'enseignante n'était pas une sœur, mais une maîtresse d'école comme mademoiselle Gagné. Petite de taille, jupe serrée, blouse blanche, souliers à talons hauts pour se grandir, cheveux plutôt longs, elle n'était pas belle sans être laide, mademoiselle Brabant. De prime abord, elle semblait un peu plus jeune que ma mère, mais je n'ai jamais su son âge. Affable sans être accueillante, elle me désigna mon pupitre sans se rendre compte que, ventre creux, on entendait mes tripes crier famine. Voyant mes notes rapportées du *père* Curotte, elle m'avait dit: «J'espère que tu seras aussi brillant ici.» Ce qui ne fut pas le cas, car une école de quartier n'est pas celle d'un orphelinat. Ce n'est pas qu'elle n'enseignait pas bien, c'est moi qui, dans ma révolte, avais décidé de dévier de mon fier chemin. Tout pour sortir de là! Un mauvais bulletin rendrait sûrement ma mère songeuse... Sans faire le moindre effort, je périclitais d'un jour à l'autre. Je n'avais plus de motivation, je n'avais que de la vengeance dans mon encrier. Mon cœur de guimauve se durcissait comme de la pierre. Ida allait payer cher l'affront de m'avoir placé dans un orphelinat. Dans une première dictée, je fis volontairement douze fautes. En arithmétique, j'avais obtenu un zéro. Mademoiselle Brabant ne comprenait pas. Elle me disputait, me claquait les doigts sans savoir que j'allais m'en plaindre à ma mère. Avec les orphelins, elle était assurée d'aucune retombée. Personne pour venir s'en plaindre. Non, mademoiselle Brabant ne comprenait pas ma dégringolade. Elle ne se questionnait même pas. On ne tentait pas d'être psychologue dans ce temps-là. Surtout pas quand on était payé pour enseigner... dans un orphelinat!

Au dîner, j'avais l'estomac rendu dans les talons. J'imaginais «les pisseux» à qui le traitement était de rigueur chaque jour. J'avais mangé mon plat de macaroni en montrant haut le pouce cette fois, même s'il avait collé au fond du chaudron et que la sauce blanche et froide goûtait la colle. Une tranche de pain entière, sans beurre évidemment, sèche comme pour les prisonniers et, pour dessert, un blanc-manger fade, sans sucre, avec des *mottons!* J'avais tout mangé comme un cochon, comme un enragé, comme Sorcier le jour où il est mort dans le fond de la cave. Mais, moi, je n'en avais pas crevé de ce repas infect. Je n'avais pas eu cette chance-là. J'avais le ventre plein, mes tripes ne criaient plus et je pouvais roter toutes ces écœuranteries! Je me rendais compte que tous les enfants avaient des tâches domestiques. Le dortoir, le réfectoire, la chapelle, le parloir... En un mot, les sœurs ne faisaient rien d'autre que de se rassembler afin de se consulter sur de nouvelles punitions à nous infliger. On m'avait affecté au dortoir. Ce qui voulait dire que l'époussetage, la vadrouille et le nettoyage de tous les barreaux de lit, ça nous revenait de droit. Et nous n'étions que deux pour faire tout ça. Guimond et moi! Mais c'était quand même mieux que le réfectoire où il fallait laver la vaisselle des trois repas, les mains dans le gros savon pendant des heures pour les petits garçons. Croisant sœur Baribeau qui me semblait la plus aimable, je lui avais demandé:

— Pardon, ma sœur, ma mère n'a pas téléphoné?

— Non, c'est interdit ici, à moins que tu sois malade et c'est nous qui l'avertissons dans un tel cas. Pour l'instant, tu la verras dimanche, Michel, pas avant.

Chienne de semaine! Pas un signe de vie, pas un visage de la famille, comme si j'étais dans un camp de concentration. Oh! que je lui en voulais. Ah! que j'avais hâte de l'avoir devant moi, cette mère dénaturée. J'en avais tellement sur le cœur que je ne savais plus ce que j'allais lui dire en premier. Mais je l'attendais avec «un char de marde», ça, je pouvais le jurer. Je n'en voulais même pas à mon père d'avoir été placé là avec ou sans sa bénédiction. Dès que je m'étais vu pris à l'orphelinat, c'était comme s'il avait cessé d'exister pour moi. Je n'ai su que beaucoup plus tard comment ma mère s'y était prise pour me flanquer là. Elle avait dit aux sœurs en braillant qu'elle était séparée, que son mari l'avait abandonnée avec ses enfants.

Peut-être n'en a-t-il jamais rien su, mais qu'est-ce que ça aurait changé! Ça se voyait bien qu'il les avait «dans l'cul» ses enfants, Conrad! Les sœurs n'avaient pas tout à fait tort quand elles me répétaient que mon père était mort. Dès le jour de mon entrée, quand je m'étais rendu compte où j'étais, je l'avais... enterré! J'en voulais un peu à Jean-Pierre d'avoir laissé la mère me faire ce coup-là. J'étais sûr qu'il le savait. Je lui avais vu l'air... le matin de mon départ. Mais lui, c'était vraiment pas de sa faute. Il m'avait souvent défendu devant ma mère. Il avait toujours pris ma part. Elle avait dû l'avoir son grand, avec de belles paroles et des «chiennes de menteries» tout comme elle m'avait eu... moi! Julien, je m'en foutais, c'était une ombre dans la maison, mais Maurice, Les Barniques, n'allait pas s'en tirer comme ça. Si moi, je n'avais plus de père, il n'en avait plus lui aussi! J'attendais ce premier dimanche avec impatience. J'allais sortir de là, je me le jurais ou, si j'allais y moisir, Les Barniques moisirait avec moi! En une semaine, une seule semaine, l'agneau le plus sensible de la famille était devenu une bête féroce. Ida allait s'en rendre compte et ce n'est pas avec des oranges et des pommes qu'elle allait m'avoir, la mère. Je me préparais à la regarder avec la même face que... pépère!

Je comptais les jours, les heures, les secondes. Il arriva le fameux moment de notre rencontre et je l'attendais de pied ferme, *la grosse Ida*. Une semaine qui m'avait paru un mois, un siècle même. Seul dans cette cage à rats où je ne m'étais pas fait d'amis, sauf le pauvre Letarte de qui j'avais pitié, j'étais prêt pour le combat. Quand la sœur vint me dire que ma mère était au parloir, je descendis les marches quatre par quatre.

Elle était là, avec sa tête frisée, sa robe à pois, son visage rouge... de pression. Cloclo était avec elle et comme il me tendait les bras, je lui souris avec tendresse. On sentait qu'il avait manqué son grand frère, lui, qu'il s'était ennuyé de moi. Je lui avais fait une caresse, je l'avais serré contre moi... sans même regarder ma mère

— T'as l'air bien, Michel, on dirait que t'as engraissé...

— Non, m'man, j'suis pas bien pis j'veux sortir d'icitte au plus vite!

— Tu l'fais exprès, hein? Les sœurs m'ont dit que tu t'étais pas plaint...

— À elles? Pour manger une volée? Me prends-tu pour un cave, la mère?

— Dis donc, t'es ben effronté tout d'un coup. Tu m'as jamais parlé comme ça...

— Tu m'as menti, m'man, c'est pas un collège ici, c'est un orphelinat!

— C'est la même chose, c'est le même traitement, c'est même mieux...

— Pas vrai! Sais-tu ce qu'on mange ici? D'la marde, m'man...

— Chut! pas si fort, les sœurs vont t'entendre...

— J'm'en fiche, j'veux partir tout d'suite. Sais-tu c'qu'on fait aux enfants, m'man?

Croyant l'attendrir, je lui parlai des «pisseux», des culottes grises qui m'échauffaient les cuisses, du gras qu'on m'avait fait avaler de force, du déjeuner dont j'avais été privé, de la Clouâtre, de mes corvées, de la *soupane* avec de la pelure dessus qu'on nous servait le matin... Je n'oubliais rien, rien, moins que rien, et rien qu'à penser qu'elle avait eu le cran de me dire que j'avais engraissé...

Elle ne broncha pas. Je sentis qu'elle ne me croyait pas.

– Tu vas quand même pas m'laisser ici, m'man? J'ai des parents, j'suis pas un orphelin, moi. Pourquoi les sœurs m'ont dit que l'père était mort?

– C'est une erreur, Michel, elles avaient mal compris. À propos, ton père m'a dit...

– Parles-en pas, m'man... j'veux plus rien savoir de lui!

– Qu'est-ce qui t'prend? T'es donc bien méchant aujourd'hui?

– J'suis pas méchant, j'suis écœuré, j'veux m'en aller!

Ida sortit son mouchoir, fit mine de s'essuyer les yeux, sachant qu'une religieuse l'observait. Le geste qu'il fallait pour avoir l'air plus pitoyable.

– Écoute, Michel, j'suis sous les soins d'un spécialiste. C'est grave ce que ta pauvre mère a. On parle même de m'rentrer à l'hôpital...

– Qu'est-ce que t'as, m'man? Qu'est-ce qu'il t'a dit le docteur?

– Que si ça continuait comme ça, j'me rendrais pas... à cinquante ans!

Son grand départ, son éternel départ pour l'au-delà. Avec son air de chien battu, elle venait de m'avoir encore une fois. Je m'étais juré d'être comme un lion et buvant ses paroles, mon cœur redevenait celui d'un mouton.

– J'veux ben comprendre, m'man, mais y'en a d'autres collèges? As-tu écouté au moins tout c'que j't'ai dit qui s'passait icitte?

– Pense pas que j'ai pas essayé de te placer ailleurs, Michel, mais y'avait plus de place nulle part en ce temps-ci de l'année.

— Pourquoi tu m'as pas envoyé à Yamachiche? Y'en avait là!

— À trente piastres par mois, j'pouvais pas, pas pour les deux... Ici, c'est dix-huit piastres par mois, c'est déjà cher pour nous. Ton père n'est pas un millionnaire...

— Au fait, où est Maurice? Y'a pas voulu venir me voir, Les Barniques?

— Pas si fort, la sœur t'écoute. Tu sais qu'il faut très bien parler ici...

— Tu n'as pas répondu, m'man... Où c'est qu'il est Maurice?

— C'est à propos de lui que je suis venue te parler. Écoute, Michel, il faut que tu m'aides. J'ai bien de la misère à le convaincre de te rejoindre parce que la grande gueule de Julien lui a dit que c'était un orphelinat. Mais là, j'ai presque réussi. Il sait que je suis presque à l'agonie, qu'on veut m'rentrer à l'hôpital, pis là, y'est plus jongleur. Il m'a dit: «Si Michel me dit qu'il aime ça, qu'on est bien dans c'te place-là, j'irai, la mère. Mais si c'est un trou, j'y vas pas!»

— Ça veut dire que c'est pas aujourd'hui que je sors d'ici, moi...

— Michel, il reste deux mois avant Noël. Sois charitable, fais-ça pour ta mère. Après les Fêtes, si vous aimez pas ça, vous ne reviendrez pas, mais donne-moi au moins une chance jusque-là...

— Qui te dit qu'il va vouloir rentrer icitte, Les Barniques?

— Ça dépend de toi, Michel, que de toi. J'ai obtenu des sœurs une visite privée pour demain. Tout est arrangé. Maurice va venir avec moi pis, il va te questionner. Si tu lui dis la même chose que moi...

— Les mêmes menteries que tu m'as contées à moi?

— Parle pas comme ça à ta mère, c'est très impoli. Si les sœurs t'entendaient, elles seraient pas fières de toi. C'était pour ton bien, pour ma santé. Il fallait que je mette ça un peu plus beau que c'était...

— C'est pas l'mot, la mère, c'est l'jour pis la nuit, c'que tu m'as dit...

— T'es plus un bébé, Michel, tu devrais comprendre. Tout ce que je veux te dire, c'est que si tu sais comment t'y prendre, Maurice va te rejoindre dès mercredi. Si tu commences à t'plaindre, c'est fini, pis toi, tu vas rester tout seul ici.

Une menace, un odieux chantage, encore une fois. C'était nous deux... ou moi tout seul. Je sentais bien que je ne sortirais pas de là, que mon «chez-moi» désormais, c'était l'orphelinat. Ida ne s'était même pas inquiétée de mes mauvaises notes. Elle se doutait bien que je lui tenais tête. Qu'on mange mal, qu'on dorme mal, qu'on ait mal au ventre... à force de pleurer, ça ne la remuait pas. Un de moins, c'était déjà un coin du paradis; deux, ce serait le ciel en entier et, selon elle, j'avais l'air en bonne santé. Pas même un baiser sur la joue. Pas même sa main dans la mienne. Elle me parlait comme à une grande personne, moi, son petit homme... de huit ans. Et elle n'avait pas l'air malade, *la grosse Ida,* sauf sa pression et ses migraines. Elle ne parlait même plus de son mal de foie. Hourra... pour la graine de lin! J'étais pris comme un rat dans sa trappe et je sentais... qu'elle avait le pied dessus. Cloclo jouait dans les fougères et maman ne me parla même pas de pépère ni de Jean-Pierre.

— Regarde, je t'ai apporté des pommes, des oranges pis des palettes de chocolat!

Je ne lui avais pas fait la face de carême de pépère... à cause du chocolat. Quand on ne peut pas prendre son enfant par les sentiments, on l'a... par l'estomac. Les visites étaient terminées et je n'avais pas d'autre choix que de remonter. J'avais perdu ma cause, mais dans ma tête il s'en brassait des choses. J'avais même pensé lui dire avant qu'elle n'arrive, que je me pendrais si elle ne me ramenait pas. J'avais laissé tomber. Je ne voulais pas que ce soit vrai... qu'elle meure avant d'avoir cinquante ans! Je lui en voulais, mais je l'aimais, ma mère. Sans elle, si petit, je me voyais ici pour la vie. Elle allait revenir le lendemain? Maurice allait être avec elle? Il n'en tenait qu'à moi pour qu'il accepte de me rejoindre? Elle pouvait compter sur moi! Tant qu'à être en cage sans pouvoir en sortir, je n'allais pas *moisir* tout seul ici. Révolté comme je l'étais, mesquin comme je le devenais, j'avais maintenant assez *d'gueule*... J'allais, à mon tour, lui raconter un très beau conte de fées. Si beau qu'il n'en croirait pas ses oreilles. Plus rien à perdre! Fallait qu'il rentre... Les Barniques!

Chapitre 8

Le lendemain, à deux heures pile, ma mère revenait avec Maurice. Pour cette réunion fort spéciale, j'avais été dispensé des cours et les sœurs avaient mis à la disposition de ma mère un tout petit bureau privé. J'étais descendu, sourire aux lèvres, ce qui avait rassuré Maurice qui me le rendit. Ida me regardait... se demandant si j'allais bien jouer mon rôle. J'avais envie de lui dire: «T'en fais pas, la mère, j'manquerai pas mon coup!» Maurice insista pour qu'elle sorte, il voulait être seul avec moi. Elle voulait rester, mettre la main à la pâte, mais il lui avait dit: «J'te connais, la mère. J'veux rester seul avec Michel. Sors ou moi... j'm'en vas!» Elle sortit en me lançant un regard suppliant. J'étais devenu malgré moi le complice de celle qui m'avait enfermé. Dans le fond, ça me faisait de la peine de faire ça à Maurice, mais la raison l'emportait sur le cœur: «Y'était pas pour être gras dur pendant qu'j'étais dans la marde!»

— Pis, comment t'aimes ça icitte? Ça sent drôle dans c'te place-là!

— On est ben, Maurice, tu peux pas savoir! La première journée, j'ai trouvé ça dur parce que j'étais tout seul, mais là, j'ai des amis, j'ai du *fun,* on mange ben, pis j'ai plus la mère sur le dos. J'me sens comme un homme icitte, pas un enfant.

— Pis, les sœurs, les pisseuses? Elles sont correctes avec les pensionnaires?

— Fines comme ça s'peut pas! On fait c'qu'on veut, on n'a pas à sortir pour aller à l'école, on a des récréations, des bonbons tant qu'on en veut...

— Aie! aie! charrie pas, Les Os! C'est un orphelinat icitte!

— Ben non, la plupart des gars ont un père ou une mère et même les deux. T'aurais dû voir ça hier, à l'heure des visites. C'était *l'fun* noir!

— Tu t'es pas ennuyé d'la maison?

— Pas une miette! J'suis content que t'as demandé à la mère de sortir du parloir, parce qu'à toi, j'peux l'dire, c'est elle qui me tombait sur les nerfs!

Il me regardait, il se méfiait, il cherchait la bête noire...

— Dis-moi pas qu'on porte des grands bas pis des souliers comme t'as?

— Bah! c'est rien ça. Tous les gars sont habillés pareils. Personne te remarque.

— T'es sûr qu'on mange bien, que ça lève pas l'cœur?

— Écoute, t'as trois choix à chaque repas. Hier soir, j'ai pris du pâté chinois pis y'était meilleur que celui d'la mère...

— On doit être toujours à l'église icitte? On doit prier sans arrêt...

— Tu parles de la petite chapelle? Juste pour la messe du dimanche, Maurice. Quand ça te tente pas, tu dis qu't'as mal au ventre. J'en ai vu un qui a fait semblant hier.

— Tu dors où? As-tu ta chambre?

— Pas une à moi tout seul, une pour trois. Mais les deux qui sont avec moi sont des maudits bons gars. C'est même moi qui fais le plus d'bruit le soir. On s'amuse comme des fous...

— Les sœurs te punissent pas?

— Ben non, pas un mot plus haut qu'l'autre. Elles auraient bien trop peur qu'on s'plaigne à nos parents. Pis à l'école, c'est des maîtresses. Celle qui enseigne la quatrième est aussi belle que Sophia...

— Ouais! j'sais pas... T'as l'air d'aimer ça, mais on dirait qu't'as changé...

— Certain! Parce qu'on n'est pas traité comme des bébés icitte. Si tu viens, on sera pas dans la même salle, mais on va s'voir à chaque récréation.

— Ça veut dire que j'serai pas avec toi?

— Non, parce que ça marche par âge et que toi, tu vas être ben mieux qu'moi. Plus t'es grand, mieux t'es traité. Moi, j'ai hâte à l'année prochaine pour être dans l'autre salle.

— Tu veux dire que tu vas revenir une autre année?

— Certain! La mère, ses migraines, ses maladies, j'suis plus capable! Elle fait d'son mieux, mais icitte, j'fais c'que j'veux pis j'suis ben moins nerveux.

— C'est vrai qu't'es moins grouillant, moins fatigant...

— En tout cas, si j'avais le ver solitaire, icitte, j'l'ai chié, Maurice!

On avait éclaté de rire tous les deux, à s'en tordre les côtes. Mon Dieu que je jouais bien mon rôle. La farce que je venais de dire, c'était pour camoufler le fou rire que je retenais depuis le début, juste à le voir, barniques sur le nez, bouche ouverte, à gober tout ce que je lui disais en me regardant en pleine face!

– J'peux pas rester plus longtemps, car j'vais manquer la récréation pis qu'j'ai gagé avec Guimond que je l'battrais aux cartes aujourd'hui.

– C'est qui, lui?

– Guimond? Mon meilleur ami! Avec lui, je joue aux cartes, aux dames, au parchési. Il m'a appris un tas de trucs, même de magie. Faut que je r'monte Maurice, mais viens-t'en vite. J'ai hâte que tu sois là, qu'on aie du *fun* ensemble. La maison, j'y pense même pas, mais toi, tu m'manques. Tu vas venir, hein? Tu changeras pas d'idée? J'suis déjà là, moi. J'ai tu l'air magané?

– Ouais... j'pense ben te rejoindre. C'est vrai que la mère est malade. Elle t'a dit qu'on parlait d'la rentrer à l'hôpital?

– Oui, pis j'voudrais pas m'sentir coupable, si son cas devenait pire qu'y est là!

Plus hypocrite qu'elle, il n'y avait que moi ce jour-là. J'ai senti que l'affaire était... dans l'sac. Quand ma mère avait pu nous rejoindre sur l'ordre de Maurice, je lui avais tapé un clin d'œil pendant qu'il avait le dos tourné. Elle m'avait souri et pour mettre encore plus d'éloquence sur tout ce que j'avais dit, j'avais déjà la main sur la rampe de l'escalier.

– Tu te sauves vite comme ça, Michel? On a encore dix minutes... me dit-elle.

– J'sais, m'man, mais Guimond m'attend pour jouer. Bonjour, m'man, salut Maurice! Quand t'arriveras, demande à m'voir pis j'te ferai tout explorer!

Ma mère, éberluée, surprise, sentait que je l'avais *eu* comme elle m'avait *eu,* que la partie était gagnée. Moi, j'en

étais sûr. Il n'y avait pas que Maurice qui savait livrer des...
plaidoyers! En remontant l'escalier, je riais sans arrêt. Un
rire nerveux, agité, méchant même. Je m'imaginais la tête
des barniques quand il verrait le grand dortoir, les «pisseux» pis les cubes de bœuf avec du gras aux deux bouts.
Dans ma hargne contre ma mère... je riais comme un fou!

Je savais que Maurice était entré ce matin-là à l'orphelinat. Sœur Baribeau me l'avait dit. Je ne l'avais pas vu de la
journée car nous n'étions pas dans la même salle. Pas plus
au réfectoire, nous n'avions pas les mêmes heures. Et son
dortoir était du côté sud, à l'opposé du mien. Le lendemain,
je m'imaginais sa face et je riais dans *ma barbe*. Insolent,
vengeur, je n'avais même pas songé à son tourment. Tout
ce qui comptait pour moi, c'est qu'il était là, pris dans la
trappe à rats, tout comme moi. Et ça me consolait, ça me
suffisait. À présent, on allait être deux à en vouloir à notre
mère. Deux au bout de la corde à voir Ida... tirer le bras!
J'aurais pu le croiser, j'ai tout fait pour l'éviter. Je voulais
que le temps passe, qu'il découvre tout seul comme moi,
les misères d'un orphelinat. Et je riais comme un hystéri-
que juste à penser qu'il était chez les «grands moyens»
avec la Clouâtre! J'imaginais sa face et c'était plus drôle
que tous les *cartoons* que j'avais pu voir à Youville. Un
tour pendable! Une ruse parfaite! Tout comme le manège
d'Ida quand elle m'avait eu avec ses sornettes. Il a dû les
chercher la chambre à trois, le menu des trois choix... pis le
jeu de cartes! J'étais devenu si mesquin que je souhaitais
qu'il en arrache encore plus que moi. Pas pour lui, mais
pour me venger davantage de ma mère qui aurait à endurer
de lui ses sacres et ses colères. Privé de caresses, de tendresse, de l'amour d'une maman, je jure sur mon âme

qu'un enfant devient... dément! Le vase avait débordé, il pleuvait du fiel dans mon cœur et c'est comme si je m'en protégeais avec... un *parapluie du diable* sur la tête!

Je l'ai revu le lendemain soir, Maurice, de l'autre côté d'une vitre. Il portait ses grands bas *drabes,* ses barniques au bout du nez, l'air en furie, me cherchant désespérément des yeux. J'étais sorti de ma cache comme un coucou sort de l'horloge. Quand il m'a aperçu, il est devenu vert de rage et tout ce que j'ai vu, c'est son poing fermé qu'il se promettait de me mettre sur le nez. Crampé en deux, je riais, riais... en lui faisant la grimace. Il était si en colère, si en maudit, que j'ai pu lire sur ses lèvres: «T'as pas fini avec moi, Les Os!» Ce à quoi j'ai répondu de la même manière, sans prononcer les mots: «Va chier... Les Barniques!»

Ce même soir, je m'étais endormi paisiblement, sans le moindre remords. Je n'avais peut-être pas la conscience en paix, mais j'étais fier de moi, dans mon cœur devenu de pierre. La mère allait en avoir pour ses dix-huit piastres avec son effronté, quitte à avoir, pour ma part, son poing sur la gueule. Lui aussi était coincé dans cet orphelinat. Lui aussi allait manger de la *soupane* pis d'l'eau de vaisselle. Encore chanceux qu'il pisse pas au lit! C'est sur lui que je m'étais vengé de ma mère. Mon propre frère, mon meilleur ami d'hier. C'était comme si, par un mystère, le cœur m'était sorti du corps. Pourtant, je l'aimais bien, Maurice, je ne lui voulais aucun mal. Mais j'étais incapable de le plaindre. À chacun sa misère. La mienne était aussi la sienne. Et là, pour mieux poursuivre ma course folle d'enfant damné, j'avais décidé de m'en prendre aux sœurs, de devenir plus dur que... l'effronté! Tout pour que ma mère me sorte de là ou qu'on me jette dehors avec... ou sans lui!

Le samedi, on s'était croisés dans la cour. L'air menaçant, il s'avança vers moi.

— Ça prend un écœurant! Maudit menteur, paquet d'os, t'étais complice avec la mère, hein? Tu l'savais qu'on mangeait d'la marde icitte...

— Si tu m'touches, j'appelle Sœur Baribeau!

— J'te toucherai pas, p'tit morveux, p'tit baveux, mais t'as été chien de m'faire ça!

— C'est la mère qui m'a forcé, Maurice! Si je l'avais pas fait, j'étais pour pourrir tout seul icitte. Moi, j'aimais mieux que tu sois là. T'es plus grand, plus fort, tu pourras me défendre. C'est à la mère qu'il faut t'en prendre, pas à moi. Tu vois pas qu'elle a voulu se débarrasser d'nous? Les «deux de trop» qu'elle avait sur le dos... toi pis moi. Elle est peut-être malade, mais pas autant qu'tu penses. Pis, y'avait des collèges, pas rien que des orphelinats? Moi, j'suis arrivé tout seul icitte pis j'ai braillé pendant trois jours. J'ai tout fait pour sortir mais, avec elle, c'était un «penses-y pas!» Tant qu'à moisir icitte, j'voulais au moins être avec toi. J'voulais qu'tu vois ce qu'elle m'avait fait. Sans ça, Maurice, tu m'aurais jamais cru. Elle t'aurait dit: «Tu vois bien qui s'pense encore caché derrière notre radio à s'faire des programmes!»

Je l'avais attendri, je l'avais ému, Les Barniques! À tel point qu'il avait oublié sa vengeance contre moi pour s'en prendre aux sœurs.

— As-tu vu la face de singe de la Clouâtre? Bête comme ses pieds, la vache! As-tu vu c'qu'elle fait aux «pisseux?»

C'est pas normal, ça. Pis on fait travailler les enfants comme des «beus!» Même si y'en a qui sont gros comme des allumettes...

— On t'a affecté à quoi, Maurice?

— Au réfectoire, viarge! J'lave d'la vaisselle sans arrêt, j'vide la marde des assiettes.

— Moi, j'suis au dortoir. J'ai mal dans l'dos à force de polir des barreaux d'lits.

— As-tu goûté à la tête à fromage? J'ai manqué d'renvoyer dans mon assiette!

— Pis, quand on s'lève le matin, c'est assez raide, tu trouves pas?

— Tu sais ce qu'elle a fait, la Clouâtre, à matin? Elle en a garroché un contre le mur parce qu'il dormait comme une marmotte. Y'avait l'mollet enflé pis elle l'a fait mettre à genoux pareil pour la prière. Une vraie sorcière, c'te sœur-là!

— Tu sais, le premier soir, je l'ai vue sans capuche, la tête rasée...

— Pas vrai! Maudit qu'a doit être laide! T'as pas eu peur d'la voir comme ça?

— Pis, Maurice, l'autre sœur, comment elle est?

— Sœur Caisse? Pas pire, un beau sourire, mais n'empêche que chez les «grands moyens», on est pris avec «la Caisse» et «la Clouâtre.» C'est comme ça qu'on les appelle. Pis, tes sœurs à toi, elles sont comment?

— Sœur Baribeau, tu sais, celle qui est jeune et belle? Elle est fine celle-là. Sœur Patry, la vieille, elle est pas trop méchante, mais j'lui fais moins confiance.

— Ça s'peut-tu, des culottes grises comme ça? J'ai l'moineau au vif, moi!

On éclata de rire et je sentis que, d'ennemis, on était devenus complices. Maurice avait apprécié que je lui demande de me défendre. Mais je sentais que sa haine était beaucoup plus axée sur les sœurs que sur la mère. Comme s'il avait décidé d'être le justicier des enfants mal aimés. Il avait réussi le *transfert,* lui, pas moi! Mais malgré nos comportements différents, c'est à deux qu'on l'attendait le lendemain... *la grosse Ida!* Maurice avait même ajouté: «Elle dira ce qu'elle voudra, mais nous autres, on sort de là!»

Comme elle était revenue le mercredi, ma mère ne se présenta pas au parloir le dimanche. Supposément au lit, elle avait demandé à Jean-Pierre de venir nous porter des friandises et voir comment ça allait. Elle redoutait la réaction de Maurice et elle n'avait pas tort, car il l'attendait avec une brique et un fanal, la mère! La visite de Jean-Pierre avait été d'assez courte durée. Le temps de s'informer de notre bien-être, le temps d'entendre nos jérémiades et les blasphèmes de Maurice, et il était reparti en nous passant la main sur la tête tout en nous disant:

— Encore quelques semaines et ce sera Noël. C'est pas la mer à boire!

— Ça paraît que c'est pas toi qui es icitte, le grand! lui avait rétorqué Maurice, rouge de colère.

Jean-Pierre avait fait de son mieux pour nous encourager en ajoutant que notre «sacrifice» avait allégé les maux de tête de la mère. Comme si notre départ équivalait à une *Madelon* ou bien une *Sedozan!*

— Elle va être là dimanche prochain, mais faites-la pas damner. Ce serait assez pour qu'elle ne revienne pas avant un mois.

Maurice et moi étions remontés avec notre sac de provisions sous le bras. Que pouvions-nous faire? À huit et neuf ans, à la merci de cet odieux calvaire! J'avais remarqué que sœur Baribeau s'était montré le bout du nez à trois reprises pendant la visite de Jean-Pierre. Lui, ne l'avait même pas regardée. Revenu dans ma salle, elle m'avait demandé:

— Qui était le jeune homme qui est venu vous visiter, Michel?

— Mon frère, Jean-Pierre. Il est bijoutier, vous savez...

— Ah! oui? Il est marié? Il a des enfants? C'est le plus vieux, je crois...

— Oui, il a... vingt-trois ans, mais il n'est pas marié. Il reste à la maison.

Pas fou le petit gars que j'étais. Je voyais dans les yeux de sœur Baribeau qu'elle l'avait trouvé de son goût. J'avais vieilli Jean-Pierre qui, en réalité, n'avait que dix-huit ans, sachant que la jeune sœur était dans la vingtaine. Je n'avais pas dit qu'il avait «une blonde», qu'elle était belle comme une actrice. Sans pudeur, menteur, opportuniste face aux faveurs, j'avais même ajouté comme si c'était vrai:

— Il y a quelque chose que ça me gêne de vous dire, ma sœur...

— Allons, ne sois pas timide, dis-le-moi si ce n'est pas offensant.

— Ben... mon frère a dit qu'il vous trouvait ben belle!

Elle avait rougi, détourné la tête, puis m'avait répondu très mal à l'aise:

— Allons, faut vite aller te changer maintenant, range ton sac dans ton armoire.

Elle n'avait rien ajouté de plus, mais je sentais que mon pieux mensonge allait porter fruit. C'était par les *menteries* que j'allais désormais obtenir des privilèges. Mais il fallait vite que j'en parle à Jean-Pierre pour qu'il joue le jeu, pour qu'il m'aide un peu...

J'ai su plus tard que, ce soir-là, en rentrant, Jean-Pierre avait dit à ma mère:

— Ça n'a pas de bon sens, m'man, de laisser des enfants dans une place comme ça! Ils faisaient pitié tous les deux. Moi, ça m'a crevé l'cœur de les voir là!

— Commence pas toi aussi, rends-moi pas plus malade que je l'suis!

Ce que je ne savais pas, c'est que ma mère avait été plus humaine pour Maurice que pour moi, avant de le rentrer là. Après mon plaidoyer, elle s'était entretenue longuement avec la sœur supérieure, la suppliant de le prendre avec douceur, celui-là, qu'elles obtiendraient tout de lui avec une paire de *gants blancs*. Elle s'était fait aller *la gueule* au point que, une semaine après son arrivée, Maurice était élu président du collège! J'étais en verrat, en beau maudit. Je me doutais que ma mère était derrière tout ça. Lui, le pire de la famille, lui, *son effronté*, serait peut-être traité comme un roi tandis que moi... Oh! comme je la détestais de ce passe-droit, mais ça n'avait rien changé à l'amertume que Maurice avait dans le cœur et de sa haine envers les sœurs. Il avait droit à quelques sorties avec elles, à quelques privilèges comme celui de faire des courses pour elles, mais ça ne l'emballait pas. Il avait même eu l'insigne honneur de déjeuner un matin avec elles dans leur jolie petite cuisinette. Au lieu d'être fier d'avoir bien mangé pour une fois, il était venu me dire dans le creux de l'oreille: «Sais-tu ce qu'elles mangent les sœurs pendant qu'on a de la soupane pleine de mottons? Des œufs, du bacon, des toasts, des buns à la cannelle et des confitures aux fraises, des vraies! Avec du café à part ça, pas de l'eau chaude! C'est-tu pas écœurant de s'bourrer l'cul comme ça pendant qu'les orphelins mangent de la marde?» Non, ce n'était pas avec un œuf tourné des deux bords qu'on allait acheter mon frère. Pour lui, les sœurs, c'était juste bon pour... les cimetières. Traité plus favorablement, il les détestait plus que moi, ces femmes qu'on disait mariées... au bon Dieu!

Avec son titre de président, Maurice s'était fait plusieurs amis chez les «grands moyens.» Des téteux qui, par son entremise, espéraient quelques faveurs de la part des bonnes sœurs. C'était à son tour d'être le *chouchou.* Pas de la classe comme je l'étais du temps de mademoiselle Gagné, mais de l'orphelinat. Sœur Caisse l'aimait bien mais, malgré l'influence de ma mère auprès de la supérieure, la Clouâtre ne l'avait pas en odeur de sainteté! Elle a souvent voulu lui arracher les lunettes parce qu'il lui répondait, mais la Caisse l'en empêchait. Je pense que ma mère la «graissait» celle-là, pour qu'elle soit si indulgente avec mon frère. En classe, il faisait des progrès pendant que je dégringolais. Parfois, et c'était cocasse, il lui arrivait de me revenir cinq jours plus tard avec une menterie de ma part qui lui revenait à l'esprit.

— Toi, tu mériterais que je te laisse maganer, maudit menteur!

— Quoi, qu'est-ce que j'ai dit?

— Que ma maîtresse était aussi belle que Sophia. Une grande maigre avec des cannes de quêteux. Une autre «gare Windsor!»

Puis, il éclatait de rire en ajoutant:

– Tu m'as bourré comme une valise, mais j'vais te r'mettre ton coup, Les Os!

«Les Brisseau, Guimond, Faubert, Chouinard, Bastien... tous chez sœur Jolicœur! C'est à votre tour aujourd'hui» criait d'une voix d'enfer... la Clouâtre. Notre tour, ça voulait dire la coupe de cheveux. On s'y rendit pour se retrouver face à face avec une sœur pas plus grande que la mère et aussi grosse qu'elle. «Encore une naine!» lança Maurice, boutade qui me fit pouffer de rire même si tous les autres étaient sérieux. Rire... quand le mot d'ordre était: Silence! Un crime odieux dans un orphelinat. La sœur me regardait avec de gros yeux sans toutefois me réprimander. Grimpée sur un tabouret, elle nous plaçait un bol à soupe sur la tête et en faisait le tour avec son *clipper*. Elle avait deux bols, un petit et un plus grand pour les grosses têtes. En moins de dix minutes, son rôle de barbier était terminé. Maurice et moi, nous nous regardions dans le miroir. C'était affreux, ça ne se décrivait pas. «Bâtard! c'est pire que les rase-bol de Plamondon sur la rue Jarry!» me chuchota Maurice. En effet, nous avions l'air de six champignons avec nos cous... en guise de tiges. Encore des champignons, même s'ils n'étaient pas du diable, ceux-là. Décidément, j'allais être obsédé sans merci par ces... *parapluies* de ma mère. Maudit, qu'on faisait dur! Et dire que c'est du dernier cri pour les jeunes d'aujourd'hui. On paye même le gros prix pour cette coupe-là! Dans notre temps, avec sœur Jolicœur, ils l'auraient tous eue... *su'l bras!*

Si Guimond et Letarte étaient devenus mes meilleurs amis, Maurice avait trouvé le sien en Charles, un garçon dont je ne me souviens que du prénom. Et pour cause, c'était un petit Indien de la réserve des Abenakis. Tout comme Maurice, c'était un fier-à-bras. Un bon petit gars que les sœurs malmenaient parce que personne ne venait jamais le voir. Un endurci qui n'avait pas de parents à qui se plaindre, lui. Maurice partageait même son sac de friandises avec lui. Parlons-en de ce fameux sac! Une fois par jour, à l'heure de la récréation, c'était la Clouâtre qui avait le mandat de nous donner notre collation. Elle prenait un sac, criait le nom inscrit sur le devant et quand on s'approchait, elle nous demandait ce qu'on voulait dedans. C'était à mon tour, celui qu'elle n'aimait pas depuis l'histoire de... sa tête rasée!

— Qu'est-ce que tu veux dans ton sac, Brisseau?

— La palette de chocolat, ma sœur, s'il vous plaît.

— Ah! oui? Voilà! Et elle me tendait une orange.

«Maudite grande laide!» que je pensais. J'ai essayé de la déjouer un jour en lui demandant «l'orange» et j'ai eu... l'orange! Nous n'avions pas tous, hélas, des sacs de friandises qui venaient d'un père, d'une mère ou d'une parente. Les autres, les sans-famille n'avaient rien du tout, mais on les forçait à assister «la langue pendante» à nos petites gâteries. «Maudites sœurs pourrites!» comme disait Maurice. «Ça s'peut-tu leur manger ça au nez? Y'ont pas d'cœur ces capuches-là?» Elle le faisait exprès la Clouâtre, pour que les orphelins soient témoins de nos collations. En me donnant un fruit, elle me demandait: «Tu partages aujourd'hui?» Évidemment, je répondais «oui» et elle invitait un enfant à tendre la main. Et c'est toujours à l'autre qu'elle remettait mon chocolat. J'étais content pour lui, mais moi, je ne l'avais pas. De plus, après trois jours d'un tel partage, notre sac était vide. Un jour que je me plaignais à ma mère de ne jamais avoir ce que je demandais, elle me répondit:

«Laisse faire, dans l'fond, une pomme ou une orange, c'est ben meilleur pour la santé!» Choqué de voir qu'elle ne prenait jamais ma part, je lui avais dit:

— Toi, toi... t'aurais fait une maudite bonne sœur, m'man!

— P'tit ingrat, me dire ça. Moi qui t'gâte comme un p'tit roi! C'est ben simple, je vais l'régler ton cas, j'en apporte plus d'chocolats!

L'hygiène à l'orphelinat, c'était à peu près comme... à la maison. Le bain une fois par semaine, une cérémonie aussi étrange qu'humiliante. Tous en rang dans des culottes de lin, nous attendions notre tour. Il y avait deux bains, donc deux rangées de garçons. J'avais toujours le don de tomber sur celui de la Clouâtre. On passait chacun son tour dans ce bain, debout, les deux mains derrière le dos. Là, c'était la sœur qui nous lavait de la tête aux pieds avec l'eau du fond de la baignoire qui devenait de plus en plus crasseuse. Sans gants, elle nous nettoyait le cou, le torse, le dos, les bras, les jambes et, en dernier, savon dans sa main nue, elle se faufilait dans notre culotte tout en regardant en l'air... pour nous laver la queue, les gosses et le derrière! Je dis bien «sans regarder», mais n'empêche qu'on sentait ses doigts glisser partout entre nos jambes. On sentait même qu'elle prenait encore plus de temps avec les plus grands, ceux de onze ou douze ans. Certains sortaient du bain en érection. Ça se voyait dans leur petit pantalon. Et je me suis toujours demandé si, dans la main de la Clouâtre, une fois le gars lavé, il n'y avait que... du savon! Je n'ai rien su, je n'ai rien vu, mais c'était là une drôle de façon de procéder avec des petits gars assez grands pour se laver tout seuls. Mais, juré craché, en toute vérité, elles en ont eu... *plein les mains,* les bonnes sœurs, à l'heure des bains!

Ma mère était venue nous voir, sourire fendu jusqu'aux oreilles. Ils étaient bien *ses p'tits...* sous une aussi bonne tutelle! Maurice était enragé comme ça ne se pouvait pas.

— Tu m'as eu la mère, comme tu l'as eu lui, mais pas pour longtemps. Si tu penses que j'vais crever icitte, t'as menti! M'as-tu vu la coupe de cheveux?

— Voyons, Maurice, les sœurs t'ont nommé... président!

— Président, mon œil! J'vais l'dire au père ce que tu nous as fait. Y'a peut-être plus d'cœur que toi, lui. On n'est pas des chiens, la mère, on est tes enfants!

— Pas si fort, viarge! tu vois pas qu'ma pression monte? C'est vous autres qui m'avez rendue malade. Pis ton père, parles-en de ton père! On l'a pas vu depuis un mois. Si tu penses que ça l'fatigue que vous soyez au pensionnat...

— À l'orphelinat, m'man, pas au pensionnat. Une place pour les abandonnés!

Moi, je ne disais rien, je le laissais se défouler. Je savais qu'il finirait par faire pleurer Ida et je ne voulais pas être mêlé à ça. Je commençais même à m'habituer à cet endroit-là. Pour moi, c'était pas pire que d'être avec elle. Tant qu'à ne pas être aimé, tant qu'à être de trop, je préférais être dans le tas des orphelins plutôt que d'espérer en vain, qu'un jour, elle me prenne la main. Rebelle, je l'aimais encore ma mère. Je ne savais pas pourquoi mais, malgré mes efforts, je ne parvenais pas à ne plus l'aimer. C'était comme si je souhaitais encore qu'elle puisse me regarder, s'amender, me donner un tout petit baiser. Et elle savait ce qu'elle disait en criant à Maurice que Conrad ne viendrait pas. Durant les deux ans qu'on a été là, on a eu la visite de beaucoup de monde, sauf la sienne. Mon père n'est jamais venu une seule fois, une seule minute au parloir... pour nous voir.

Du dortoir, on m'avait affecté à la chapelle avec Guimond. C'était la tâche la moins ingrate, celle que tous les enfants souhaitaient. Nous avions été choisis par sœur Luguet qu'on avait vite surnommée «la sœur pas d'nez!» Vieille, rabougrie, parlant à la française quand elle donnait des ordres, elle avait le visage défiguré comme si un camion l'avait écrasé. J'ai su plus tard qu'elle était une grande brûlée. Une explosion dans le visage, sans doute, puisque sa peau était pendante, pleine de rougeurs et de marques, et qu'à la place du nez elle n'avait que deux trous. Tout ce qui lui restait de ses narines! Elle faisait peur à voir, mais elle était douce comme un agneau, celle-là. On l'avait sans doute cloisonnée là de peur que des parents la voient. Même entre *elles,* la charité n'existait pas. Comme elle était sans cesse à la chapelle et que, là, les sœurs devaient porter une mante avec capuchon par-dessus leur capuche à cornette, elle avait si chaud, sœur Luguet, qu'on aurait dit que sa peau fondait sous le feu des lampions. Une *brûlée* avec, autour d'elle, des rosaires de bougies allumées. Du feu devant les yeux sans arrêt. Il ne fallait pas être trop catholique pour l'avoir affectée là! Guimond et moi, nous devions épousseter les bancs, le confessionnal, le jubé, changer les lampions, mettre de l'encens, préparer l'eau et le vin du prêtre qui venait dire la messe, etc. Un dur ouvrage, mais nous étions bien parce que nous n'étions que deux, pas six ou dix, à la chapelle. À l'insu de la sœur, on jouait ensemble dans le confessionnal. Je faisais le prêtre, lui le pénitent et vice versa. On avait un *fun* noir à s'inventer des péchés, à se confesser diaboliquement d'avoir craché dans la face de la Clouâtre! Mais il m'arrivait aussi de me recueillir, de prier devant la statue du Sacré-Cœur, de lui demander d'intervenir auprès de ma mère pour qu'elle me reprenne, et même de pleurer... parce que la statue ne me répondait pas. Dans mes moments de cafard, je récitais des dizaines de chapelet devant la Sainte Vierge, pensant avoir plus de chance avec elle. D'une mère à une autre... je pensais que la mienne comprendrait. Je vivais là l'angoisse et l'anxiété d'un homme... dans le cœur d'un enfant.

C'est à la chapelle que j'avais fait la connaissance du père Proulx, l'aumônier des orphelins, qui venait dire la messe pour nous. Gras, joufflu, ce dominicain était fort aimable avec les enfants. Pas trop propre, il sentait la sueur et sa soutane n'était pas toujours impeccable. Mais il était fin le père Proulx. On avait l'impression d'avoir un papa, un vrai père avec nous. Toujours souriant, farceur à ses heures, on sentait qu'il aimait les enfants. À confesse, ses pénitences étaient légères. Absent bien souvent, tout comme mon père, quand il venait, il s'occupait au moins de nous. Un bon souvenir parmi les mauvais, quoi! Mais quand il arrivait après le souper pour nous jaser, taquin comme toujours, Maurice me disait:

«Oublie ta fricassée, Michel, voici... le porc frais!»

Un autre de mes bons moments s'est écoulé avec sœur Magnan. Boulotte mais très gentille, elle m'avait entendu chanter dans la cour de récréation.

«Quelle voix que celle de cet enfant!..» avait-elle dit à sœur Baribeau.

Comme c'était elle qui touchait l'orgue et qui s'occupait du chœur de chant des élèves, elle m'avait pris sous son aile. Avec elle, j'ai appris tous les chants en latin que j'interprétais en solo durant la messe. J'étais sa «trouvaille», sa «découverte». À défaut de ne pas avoir été un artiste de la radio, j'étais devenu le... *pinson de l'orphelinat!* Pour elle seule, je chantais *Le ver luisant* ou *Le rêve passe*. Elle était troublée par mon talent. Elle m'avait même dit un certain jour:

— Michel, c'est toi qui chanteras *Minuit, Chrétiens* à la messe de minuit.

— Je ne pourrai pas, je serai sorti. J'ai mes parents, moi, ma sœur...

— Quel dommage! Dans ce cas-là, dimanche prochain, devant le père Proulx et un Monseigneur, j'aimerais que tu chantes *l'Ave Maria*.

Et je l'ai chanté. Celui de Schubert, son préféré. D'une si belle voix que l'évêque en visite s'était retourné pour voir le chantre dans le jubé. Après la messe, il m'avait fait demander et m'avait dit:

— Toi, mon petit gars, tu as une voix qui vient du ciel. Le petit Jésus t'a gratifié et, toute ta vie, il faudra que tu t'en souviennes.

Je l'avais répété à ma mère devant Maurice qui était maussade ce jour-là.

— C'est lui le plus tannant, le plus énervant, pis c'est lui qu'on dorlote. Tu devrais le voir avec la sœur Magnan pis le père Proulx. Y'a peut-être une belle voix, mais y'a des tours dans son sac, Les Os! J'sais pas c'qui lui a fait, mais le père Proulx le regarde comme un petit génie. Liche-cul jusqu'ici!

— Sois pas jaloux, Maurice, t'es président, toi... ajouta ma mère.

— Président d'quoi? De mes culottes pis d'mon cul, la mère!

Chapitre 9

Juste en face de notre orphelinat, de l'autre côté de la rue, il y avait celui des petites filles. Maurice avait eu l'occasion d'aller y faire une course pour sœur Caisse et il était revenu me dire: «Tu devrais voir les orphelines, Michel. J'ai l'impression qu'elles sont encore moins bien traitées que nous. Les sœurs ont encore plus le dessus sur elles parce qu'elles sont sans défense. Tu aurais dû les voir me r'garder, j'pense qu'elles n'ont jamais vu un gars de leur vie. Des maigres, des grosses, mais pas reluisantes de propreté. On dirait qu'elles ont peur de leur ombrage, les p'tites. Y'en avait même une qui avait pas plus que six ans, à genoux, la face contre le mur.»

Il m'était arrivé d'en apercevoir une ou deux de ma fenêtre, mais dès qu'elles me voyaient, elles se cachaient derrière le rideau. Je suis certain que les sœurs leur avaient dit que nous étions des voyous, des méchants loups. Je me suis toujours demandé comment elles avaient réagi plus tard, une fois sorties de l'enclos, dans les bras du premier gars.

Jean-Pierre était revenu nous voir avec la mère et j'avais recommencé mon stratagème visant à l'intéresser à sœur Baribeau. Une fois de plus, la jeune et jolie religieuse était passée à deux reprises pour le voir, prétextant saluer ma mère. Jean-Pierre l'avait regardée cette fois. Il lui avait souri et j'ai senti qu'elle avait légèrement rougi.

— J'sais pas dans quoi tu m'embarques, Michel, mais une sœur, t'es fou, non? Sophia aimerait ça venir vous voir avec moi un de ces dimanches...

— Pas tout de suite, Jean-Pierre... avais-je répondu. J'ai dit à sœur Baribeau que t'avais pas de blonde.

— Tu lui as dit ça? Une sœur, Michel! Ça va pas? J'peux quand même pas la *flirter* pour te faire plaisir.

Maurice qui suivait la conversation avait dit *au grand* de la mère:

— Va pas l'trahir, Jean-Pierre. Depuis qu'elle a un *kick* sur toi, elle est ben fine avec lui. Elle lui accorde des permissions et lui donne des bonbons à l'occasion. Y'a assez d'moi qui es pris avec la Clouâtre. L'as-tu vue avec sa face d'homme, celle-là?

Ma mère qui semblait bien renseignée sur sœur Baribeau grâce à sa complicité avec sœur Caisse avait ajouté:

— Je me suis laissé dire qu'elle était devenue religieuse... après une déception d'amour.

À bien y penser, ma mère s'était entichée du «coup de foudre» de la sœur pour mon frère. Je dirais même qu'elle aurait préféré voir son grand avec une défroquée... plutôt qu'avec son Italienne!

C'était vrai que sœur Baribeau était de plus en plus fine avec moi. Elle ne me parlait pas de Jean-Pierre, mais je ne manquais jamais une occasion de mettre l'accent sur lui pour qu'elle ne l'oublie pas...

— On l'a approché pour être un acteur de cinéma, ma sœur!

– C'est vrai? J'avoue qu'il en a l'allure, ton grand frère.

Un autre jour, je lui avais menti, histoire de raviver la flamme...

– Il veut se présenter pour un concours d'hommes musclés à la plage Idéale l'été prochain. J'ai une photo de lui en costume de bain, vous voulez la voir?

– Non, ce n'est pas nécessaire. Viens, Michel, on a autre chose à faire...

Je sentais que je jouais avec «ses nerfs.» Ce n'était pas bien de ma part, mais ça me sauvait de plusieurs petites misères. Un jour que sœur Patry voulait me punir pour avoir parlé au réfectoire, sœur Baribeau s'était interposée en lui disant: «N'en faites rien, c'est moi qui lui ai posé une question.» Pieux mensonge, mais grâce au *grand,* j'avais une alliée de premier plan.

Mais comme si mon manège avec sœur Baribeau n'était pas suffisant pour m'attirer des faveurs, je m'étais lié d'amitié avec Édith Cormier, une Acadienne de dix-huit ans que les sœurs engageaient deux fois par semaine pour le grand ménage. Une fille sans famille qui avait passé sa jeunesse dans les pensionnats. Elle travaillait fort la pauvre Édith, avec ses vitres à laver et ses parquets à cirer mais, sa journée terminée, elle retrouvait son petit appartement situé non loin de l'orphelinat. Je l'avais remarquée parce qu'elle n'était pas laide avec ses cheveux blonds remontés sur le dessus de la tête. Avec du maquillage, elle aurait pu ressembler à Betty Grable, une actrice dont Jean-Pierre avait le portrait dans sa chambre. Pas jolie comme Sophia, bien entendu, mais assez mignonne pour me suggérer un bon plan. Comme ma mère me donnait parfois des sous que les sœurs déposaient dans un compte en banque... dont elles tiraient les intérêts, il était impossible de sortir le moindre cinq cennes de ce compte à moins d'une grande occasion. Alors, j'en cachais dans mon tiroir. Pas beaucoup, juste dix ou vingt cennes au cas où... J'avais un jour demandé à Édith si elle pouvait m'acheter du chocolat en revenant travailler le lendemain.

— Es-tu fou, toi? Si les sœurs l'apprennent, je vais perdre mon emploi.

— Pas si tu me le donnes en cachette et que je le mange dans les toilettes...

— Non, non, c'est trop risqué. Sans emploi, j'saurais plus où aller, moi.

— Je te l'ai pas dit, mais mon grand frère te trouve de son goût...

— Quel grand frère? Comment a-t-il pu me voir, je ne travaille pas le dimanche.

— Il est venu un jour de la semaine porter un papier important, pis il t'a aperçue...

— J'te crois pas, Michel Brisseau. T'as même pas de grand frère.

Je sors une photo de Jean-Pierre, torse nu, en costume de bain et je la lui flanque sur le nez. La photo que je voulais montrer à sœur Baribeau et que j'avais prise dans le portefeuille de Jean-Pierre à son insu. J'ai vu les yeux d'Édith devenir grands comme des cinquante cennes!

— Il a quel âge, ton frère?

— Heu... vingt ans, pis y'a pas d'blonde. T'aimerais ça l'rencontrer?

— J'dis pas non, mais j'suis ici juste la semaine.

— Viens faire un tour dimanche au parloir. Juste cinq minutes pour le voir.

Mon plan marcha. Jean-Pierre la regarda et Édith, sûre de son intérêt pour elle, lui offrit son plus joli sourire. Elle s'était maquillée, elle s'était mise sur son trente-six!

— C'est qui celle-là, elle n'arrête pas de me regarder...

— C'est Édith, la fille du ménage. Je lui ai dit que tu la trouvais belle...

— Maudit! Michel, arrête ça! J'l'ai jamais vue de ma vie cette fille-là.

— Arrête tes menteries, Michel... ajouta ma mère. Une fois, ça va, mais là, t'ambitionnes sur le pain béni!

— C'est juste pour le *fun* Jean-Pierre. Ça dérange quoi? Moi, ça va me donner des passe-droits. Elle est venue exprès pour te voir...

Jean-Pierre était très mécontent mais Maurice riait de bon cœur.

— Y'en a pas un comme Les Os pour monter des bateaux, ajouta... Les Barniques!

N'empêche qu'Édith m'achetait maintenant du chocolat que je mangeais en cachette. Elle m'apportait même de la gomme qu'elle payait de sa poche. De la gomme à la menthe qui me permettait de digérer la viande hachée que Maurice appelait... *la viande à chier!* Édith était folle de mon frère. Elle en rêvait la nuit et continuait de me combler de gâteries. Jusqu'à ce que, un certain dimanche, revenue écornifler au parloir, elle voit Jean-Pierre avec Sophia. J'étais en furie! Je l'aimais bien Sophia, mais je ne voulais pas qu'elle vienne à l'orphelinat. Sa visite fit chuter mon plan et ce fut la fin de mon règne avec Édith. Elle m'avait dit en colère: «Il a une blonde et tu me l'as même pas dit! Parle-moi plus jamais Michel Brisseau!» Elle ne m'a pas rapporté car elle savait qu'en se vengeant elle perdrait *sa job!* Fort heureusement pour moi, une de perdue, une de sauvée, car le jour où Sophia était venue, sœur Baribeau était en visite à la maison mère. Ouf! je l'avais échappé belle, parce que si la sœur avait vu Sophia, moi, je r'tombais... en enfer!

Les repas laissaient de plus en plus à désirer et on avait hâte au dimanche pour manger ce qu'il y avait de plus savoureux au menu de la semaine, de la saucisse et du... *baloné!* Là, tous les pouces se levaient bien haut, c'était le festin... des rats! La plupart des victuailles étaient fournies gracieusement par des chaînes de magasins alimentaires, ce qui voulait dire... les restes de leurs étalages. C'est pourquoi le pain était toujours sec et quand, une fois par semaine, on avait droit à du vrai lait... il goûtait *l'sur!* Il fallait avoir faim, avoir envie de survivre pour manger une soupe aux pois tiède... sans pois! Maurice qui avait ses entrées à la cuisinette des sœurs les voyait se gaver de *T-bone steaks* pendant que nous, on essayait avec notre fourchette d'enlever la pelure de caoutchouc de notre boudin. Une fois, de temps en temps, les sœurs nous faisaient des cornets de crème glacée mais ce n'était qu'un substitut, une espèce de *blanc mange* congelé. De plus, elles déduisaient cinq cennes de notre compte en banque pour chaque cornet et en appelaient de «notre charité» pour en payer à deux ou trois orphelins qui n'avaient pas un rond à leur nom. Une façon adroite et rapide de nous vider notre compte d'épargne! Le soir venu, nous avions droit à trente minutes de récréation avant d'aller à la prière. On invitait un petit gars à venir devant la salle nous raconter une histoire drôle issue de son imagination. Je n'ai pas ri une seule fois. C'était l'avant-garde des *stand up* d'aujourd'hui. Aussi plates, aussi... débiles! Si au moins, on avait pu lire pendant ce temps-là, mais non. Si on n'aimait pas les histoires de l'idiot à qui c'était le tour de faire le pitre, il fallait repasser ses leçons ou lire dans le petit catéchisme. Pas même un *comic* de Tarzan. Imaginez! Il était presque nu... ce primitif!

Décembre s'amena enfin et Maurice et moi comptions les jours pour sortir de cette *cage*. Il avait neigé tôt et les élèves avaient tapé la neige dans la cour pour en faire une patinoire. Mais comme il fallait compter sur le bon vouloir des pompiers pour venir l'arroser et qu'ils étaient très occupés, la neige avait le temps de fondre trois fois avant qu'on puisse chausser nos patins. Je me rappelle avoir joui de cette patinoire pleine de bosses une ou deux fois en cinq mois d'hiver. Les sœurs qui aimaient épater le père Proulx, le Monseigneur et quelques bienfaiteurs montaient des pièces de théâtre, c'est-à-dire, des séances de basse-cour. Maurice et moi avions été choisis pour jouer dans *Le malade et le docteur* d'après un scénario de sœur Caisse. Une pièce stupide dans laquelle je jouais le malade pendant que Maurice interprétait le docteur. Mon rôle était de tomber sans cesse par terre pendant que le docteur cherchait ma maladie pour enfin s'apercevoir que j'avais les deux jambes dans la même jambe de mon pantalon. Hilarant... n'est-ce pas? Et sœur Caisse qui était si fière de son chef-d'œuvre! D'un autre côté, j'étais heureux d'être sur *les planches*. Je me sentais comme l'acteur que je souhaitais que Jean-Pierre devienne. Une autre fois, un peu avant les Fêtes, les sœurs avaient monté le tableau des *Enfants de Fatima*. Que le tableau, sans un mot à prononcer. Une image vivante, quoi! Au lieu d'aller chercher des petites filles de l'autre côté de la rue, on avait choisi Guimond et moi pour être Lucie et Jacinthe et un plus petit gars pour incarner François. La Vierge, de bleu et blanc vêtue, était jouée par Édith Cormier qui me regardait d'un air bête juste à l'idée de... m'apparaître! Un beau tableau de trois minutes que le père Proulx et les parents avaient fort apprécié.

Noël approchait et nous allions bientôt quitter pour les vacances. Les sœurs décidèrent de monter un tour de chant pour les parents. Sœur Magnan eut l'ingénieuse idée de former un duo avec Maurice et moi pour chanter *D'où viens-tu, bergère...* Naturellement, plus petit, plus mignon que lui, c'était moi... la bergère! Durant les pratiques, tout allait assez bien même si je trouvais que Maurice chantait faux. Le soir de la représentation, devant tout le monde, ce fut différent. Je ne sais trop si c'est parce que j'étais nerveux ou fatigué, mais quand j'ai eu à répondre à la première question du berger, chantée par mon frère, j'ai pouffé d'un rire qui s'est propagé dans l'assistance parmi les enfants. Sœur Magnan semblait en colère et Maurice, contrôlant son malaise, poursuivait avec *Qu'as-tu vu, bergère, qu'as-tu vu?* Encore une fois, à la première note de ma réponse, j'éclatai d'un fou rire. Maurice me regarda, éclata à son tour et nous étions là, *crampés,* pendant que les sœurs s'arrachaient la «capuche.» Je riais tellement à le voir avec sa perruque et ses barniques que j'en avais pissé par terre. Maurice qui avait vu la mare d'urine se tordait de rire, et là, nous étions partis comme deux fous derrière le décor où la Clouâtre nous attendait avec sa... face de chien!

«Toi, t'as pas fini avec moi!» me cria-t-elle. «Faire ça devant le père Proulx et les visiteurs. Ta mère a raison quand elle dit que t'as la danse de Saint-Guy!» Maurice riait encore, tentant à travers ses larmes de me demander la raison de mon écart de conduite; la Clouâtre jurait qu'elle allait avoir ma peau... et je lui riais, riais au nez, pour ensuite me mettre à pleurer. Ma mère, très mal à l'aise, avait dit aux sœurs que de tels excès m'arrivaient dans mes crises de nervosité, que j'étais malade, épuisé. Pour une fois, la mère m'avait sauvé d'une sévère punition. Elle avait dit à sœur Magnan: «Ne les faites plus jamais chanter ensemble. Vous voyez bien que ça sonne faux? Michel chante comme un rossignol, Maurice comme une grenouille! C'est un peu de votre faute ce qui est arrivé. Séparez-les! Arrêtez de toujours les braquer ensemble!»

Séparez-les! Elle aurait voulu, Ida, que Maurice fût loin de moi. Comme si le fait d'être séparés de la famille n'était pas un drame assez intense pour nous. Séparer! Placer! Des verbes familiers dans la bouche de ma mère, mais là, en ce 22 décembre, elle allait nous reprendre pour les Fêtes. «Plus de sursis, Ida! Veux, veux pas, on arrive, la mère!»

Chapitre 10

Ma mère avait préféré nous attendre à la maison et c'est Jean-Pierre et Sophia qui étaient venus nous chercher à l'orphelinat. Dans l'auto neuve de mon frère, nous regardions partout, Maurice et moi, les gens comme les vitrines des magasins, comme si nous descendions tout droit de la lune. Les sapins garnis, les bonshommes de neige dans les fonds de cour, les enfants qui jouaient, les chiens qui sautaient. C'était comme si nous retrouvions la liberté après avoir été écroués. J'imagine que c'est ce que ressentent les prisonniers qui redécouvrent la rue après avoir été incarcérés. Je tentais de saisir le parcours, de me le rappeler, mais tout comme des cailloux blancs, les flocons de neige disparaissaient sous les roues des voitures. J'ai reconnu l'environnement quand Jean-Pierre a bifurqué par le marché Jean-Talon. Tout me devenait familier, je rentrais dans l'univers que j'avais quitté. Rue Saint-Dominique, tout était illuminé pour cette féerie des Fêtes. À la porte de notre maison, ma mère avait accroché sa couronne rouge de papier glacé ornée d'une bougie. La même depuis qu'on était tout petits. Le temps était frisquet, il neigeait, il poudrait. Durant le trajet, pas un mot ou presque. J'étais parti dans une rêverie et j'évitais de regarder derrière moi, de peur que l'orphelinat nous suive. Il faisait déjà presque nuit quand, à l'heure du souper, nous étions enfin rentrés... chez nous! Ma mère nous attendait avec un sourire, sa soupe, son tablier. Pas la moindre caresse, sauf: «J'suis bien contente de vous voir, les p'tits!»

Julien qui n'était pas venu nous voir une seule fois nous avait accueilli par un «Salut!» plutôt froid et, sans poser de questions, était retourné à son clavier. Cloclo était joyeux, excité, gêné même, de retrouver ses grands frères. Conrad, mon père, assis dans le salon, ne s'était même pas levé de son fauteuil pour nous accueillir. Il nous avait regardés et lancé à la dérobade: «On dirait que vous avez engraissé, les p'tits gars!» Ce à quoi Maurice avait répondu avec beaucoup d'amertume dans la voix: «As-tu déjà vu des cochons maigres, le père?»

C'était «ça» l'amour dans notre famille. Des sentiments... sur la défensive. Ma mère était heureuse de nous voir manger son ragoût de boulettes avec appétit. Maudit! qu'c'était bon... après tout ce que nous avions avalé de force depuis trois mois! Ida était fière, elle nous avait... par le ventre! Comme des chats égarés qui retrouvent leur plat après avoir failli crever. J'aurais tant voulu qu'elle me serre dans ses bras, ma mère. J'aurais tant souhaité sentir la chaleur de ses mains dodues autour de mon cou. L'aurait-elle désiré qu'elle n'aurait jamais osé. Pas devant le père! Pas de caresses... à des gars! S'était-elle retenue? Mon Dieu que j'aimerais lui accorder le bénéfice du doute, mais je ne crois pas. Ce qu'elle trouva de mieux à me dire voyant que je dévorais avec avidité mon repas... «Mange pas si vite, Michel, tu vas avoir le hoquet!»

Et Conrad qui nous regardait de loin comme si nous étions des enfants que ma mère avait hébergés pour le temps des Fêtes. Il jeta un coup d'œil à sa montre et il partit pour son boulot après avoir dit à Ida: «Ça s'peut que je sois ici demain.» Nous avions retrouvé notre chambre au grand désappointement de Julien qui devait retourner dans celle de Jean-Pierre. Comme il avait dû se prélasser, seul, dans notre lit double, pendant que nous couchions dans un dortoir! Tous ses effets étaient sur notre bureau. Il s'était emparé de notre petit coin de vie comme si nous étions partis pour... l'éternité! Cher Julien... qui se permettait encore d'avoir le bec fin devant les tourtières de la mère. Je lui aurais volontiers enfoncé dans la gorge un cube de bœuf avec du gras, celui-là! Maurice avait bien dormi, pas moi. Les yeux grands ouverts, je regardais le plafond et je ne pouvais pas croire que le retour n'était que provisoire. À peine arrivé, j'angoissais déjà face au retour en cage. Mon père était parti et j'en étais content, soulagé, tout autant que ma mère. Sa présence me gênait. Si, pour lui, nous étions des intrus, il était devenu pour nous... un étranger. J'avais très mal dormi entre l'amour et la haine que j'avais dans le cœur. Mal dormi entre le filet de joie et le malaise de l'âme, entre l'enfant qui avait un pied chez lui, et l'autre... encore ailleurs!

Le lendemain, 24 décembre, c'était l'euphorie dans la maison. Les préparatifs, le sapin qu'on décorait, tante Jeanne qui téléphonait pour s'informer de nous. Cette chère tante qui n'était pas venue nous visiter avec sa petite *poupée*. Maurice avait rejoint ses amis et moi j'avais couru chez mon copain Jean-Louis. J'en avais long à lui raconter, même si ma mère m'avait demandé de ne pas parler des sœurs. Sa mère, curieuse d'en savoir plus long, m'avait invité à dîner. Ida ne s'était pas objectée, mais m'avait chuchoté au bout du fil: «Oublie pas, tu es dans un collège, pas un orphelinat!»

Assis à table avec Jean-Louis, sa sœur Aline et sa mère, cette dernière me demanda, alors que je me régalais d'un second morceau de tarte:

— Est-ce vrai, Michel que tu es dans... dans... un orphelinat?

— Heu... qui vous a dit ça?

— Madame Raymond, le docteur Lamer et bien d'autres encore. Tu sais, le collège dont parle ta mère, je l'ai pas trouvé dans le livre de téléphone.

Jean-Louis savait déjà, lui. Je lui avais tout raconté la veille. Tout, sur les sœurs comme sur les «pisseux» et les cubes de bœuf. Gêné par la question de sa mère, il regardait ailleurs, comme pour éviter mon regard...

— Oui, c'est dans un orphelinat qu'on est placés, Maurice pis moi!

Je venais de *lâcher le morceau* malgré la mise en garde de ma mère. Ida Brisseau n'allait pas s'en tirer comme ça. Faire croire à tous qu'on était dans un bon pensionnat pendant qu'on mangeait de la *marde* dans un orphelinat? Non! Ce serait à son tour d'avoir honte, car je l'avoue, je ne l'ai pas épargnée ce jour-là. À défaut de tendresse, j'étais en quête de sympathie, de compassion. Et, sans retenue, j'avais raconté à la mère de Jean-Louis, tout ce que Maurice et moi avions vécu, en multipliant les détails, bien entendu. Tout et encore plus, pour que ma mère soit mal vue par tous les gens de notre rue. J'avais même exagéré certains faits et je la sentais frémir. À la fin de mon récit, elle m'avait dit: «Pauvre petit, j'comprends pas ta mère. Moi, je serais incapable de faire ça à Jean-Louis!» Ida avait semé? Elle allait récolter! Il aurait suffi d'une caresse, d'un mot tendre et gentil pour que jamais, je ne dévoile son secret. Je n'ai rien eu? Je ne l'ai pas ménagée! Je regrettais un peu d'avoir tout dit, d'avoir exagéré, mais mon cœur n'était plus qu'un outil dans mon corps d'enfant insoumis. «Voilà ce que tu avais fait de moi, maman, au moment le plus important de ma vie, à l'âge où un enfant a soif... de sentiments!»

Obsédé par le retour éventuel, je ne me souviens même plus du cadeau que j'avais reçu à Noël. Ce qui prouve que le tourment l'emporte sur les joies. Maurice était également songeur et nous n'étions là que depuis vingt-quatre heures. J'ai souvenance d'avoir assisté à la messe de minuit à Saint-Vincent-Ferrier et d'avoir entendu Julien nous dire qu'il avait vu le Père Noël à quelques coins de rue. Comme si nous étions encore aux couches, Maurice et moi! Comme si après le *gars aux boutons,* l'enfer de l'orphelinat, je croyais encore au bonhomme vêtu de rouge avec sa barbe et ses rennes. Pauvre idiot! Pauvre Julien qui ne réalisait pas que ses «p'tits frères» étaient devenus des hommes en moins de trois mois dans une baignoire avec des grosses culottes de lin. Pauvre Julien qui jouait si bien Chopin dans la cave sans savoir que nous avions exploré le monde des... immondices. Julien qui savait peut-être moins que nous à quoi servait ce qu'on avait entre les deux jambes!

– La mère! Sophia et moi, on se fiance au jour de l'An!

Ida faillit tomber à la renverse. Elle devint livide, les paupières battantes...

– Voyons, Jean-Pierre, pas à dix-huit ans! T'es pas sérieux, c'est une farce...

— Non, non, j'ai déjà sa bague. T'en fais pas, m'man, on fait pas d'*party*. Des fiançailles, c'est juste une promesse. On se mariera pas avant deux ans.

— Mais t'en as pas connu d'autres, mon grand, donne-toi une chance...

— C'est elle que j'aime, la mère. On se fiance et ses parents sont d'accord avec l'idée.

— Ses parents, ses parents... pis moi, j'ai pas mon mot à dire là-dedans?

— Non, m'man, parce que ça servirait à rien. J'travaille, j'paye ma pension, j'ai mon char, pis j'l'aime. J'pense pas avoir besoin de permission.

— En as-tu parlé avec ton père au moins?

— Lui? C'est le dernier de ses soucis. De toute façon, il l'aime bien, Sophia.

— On sait ben, en autant que c'est pas une femme comme moi...

— Commence pas ça, m'man, pas dans l'temps des Fêtes, au moins. Pis, laisse-moi vivre ma vie.

— Fais donc c'que tu voudras, mais viens jamais brailler dans mes bras...

— Comme si j'l'avais déjà fait! Ah! pis, on arrête ça là, o.k. m'man?

Ma mère n'ajouta pas un mot. Elle le bouda pendant une heure pour ensuite ne plus se retenir de lui dire:

— On dirait que t'as hâte de sacrer ton camp d'la maison, toi...

Jean-Pierre, sans lever les yeux marmonna...

— Ça s'peut, la mère, ça s'peut... pour un maudit paquet d'raisons!

Au souper du jour de l'An, Jean-Pierre arriva avec sa Sophia, *crêtée* comme une actrice pour l'occasion. Plus belle qu'elle, *ça s'pouvait pas!* On aurait dit Maureen O'Hara en personne dans *Sinbad le Marin*. À son doigt, on pouvait voir scintiller le diamant que Jean-Pierre lui avait remis dans un écrin de velours rouge. Toute la famille était réunie pour le banquet. Tante Jeanne, son mari, ses enfants, mon père également. Ma tante félicita Sophia en regardant sa bague pendant que ma mère détournait la tête comme si de rien n'était. Sophia était mal à l'aise, mais Jean-Pierre la rassura d'un clin d'œil affectueux. Mon père prenait un verre avec mon oncle Émile, et nous, on parlait avec le cousin Normand et la cousine Ginette, des sœurs, puis de l'orphelinat. On avait que ça dans la tête, Maurice et moi. Ma mère, embarrassée, nous avait crié: «Vous n'avez pas d'autres sujets de conversation que ça, vous deux?» «Ben non, m'man...» aurais-je pu lui répondre. Pas quand un cauchemar est une réalité et qu'on appréhende le second volet d'un bien mauvais pied. Conrad avait dit à Jeanne: «Vois comme ils sont gras, les p'tits!» Maurice l'avait regardé avec tant de haine dans les yeux que j'ai cru un moment qu'il allait lui sauter au visage. Moi, c'est ma mère qui m'obsédait. Lui, c'était le père qu'il haïssait. Son allergie à l'endroit de Conrad avait la même densité... que celle qu'éprouvait ma mère.

— Michel, viens voir le nouveau voisin.

— Qu'est-ce qu'il a, j'le vois, j'l'ai vu hier.

— C'est une «moumoune» un «fifi...»

— Pourquoi tu dis ça, tu l'connais même pas.

— Niaiseux, réveille! C'est un patineur de fantaisie!

Voilà comment le grand Raynald, un frisé de vingt ou vingt-deux ans était perçu alors parce qu'il faisait des pirouettes sur la glace avec des patins de fille de couleur noire. Pour Janine, la patineuse aux patins blancs, ça allait, mais pas pour lui. Il était, et je m'en souviens, la risée de toute la rue. En 1944, les patineurs de son calibre n'étaient pas des espoirs olympiques, mais des «tapettes.» Dure époque pour ces pionniers qui, de nos jours, sont des sportifs, des médaillés d'or ou d'argent. Raynald en a sué... dans le temps. J'égarai mon frère de son jugement, de son mépris des gens et lui demandai:

— Le temps passe, Maurice. Y penses-tu, des fois?

— J'ai rien qu'ça dans la tête. Je jongle, j'ai pas envie de r'tourner là.

— Moi non plus, mais qu'est-ce qu'on pourrait faire?

— J'sais pas encore, mais moi, j'rentre pas. Rien qu'à y penser, le cœur me lève.

— Pourquoi qu'on s'pousse pas chez tante Jeanne? Peut-être qu'elle nous garderait, elle?

— Ben non, elle est même pas venue nous voir. Elle a toujours «sa poupée» qui s'accroche à son cul!

— Moi, j'suis certain que la mère de Jean-Louis me prendrait si je lui demandais...

— Tu penses que la mère te laisserait faire? T'as un tarot d'fêlé, Michel?

— À moins que la mère de Sophia...

— Non, non, arrête de rêver, j'vais lui dire en pleine face à la mère qu'on y r'tourne pas. Si ça marche pas, moi, j'crisse mon camp d'icitte!

— Aie! une chance qu'elle t'entend pas. T'as sacré, Maurice...

La mort dans l'âme, je sentais qu'une autre bombe venait de s'amorcer.

Par un curieux hasard, le lendemain, comme si elle s'en doutait, ma mère était tombée malade. Une migraine, une piqûre, la main sur le foie, les pets qui sortaient de sa gaine comme des pétards... Un cas pour le docteur Lamer! Était-ce une simulation parce que le délai se terminait? Était-ce parce que son grand s'était fiancé et qu'elle sentait qu'elle le perdrait? Était-ce parce qu'elle était sans nouvelles de mon père depuis quatre jours? Qu'en savions-nous, sinon que c'était toujours quand elle se retrouvait seule avec sa marmaille que ma mère avait des maladies... subites! Comme pour jeter de l'huile sur le feu, Maurice lui avait dit:

— Julien a une blonde, la mère. Il la tenait par la main.

— Qui ça? Je la connais?

— Tout ce que j'sais, c'est qu'elle s'appelle Philomèna...

— Viarge! Pas encore une Italienne?

— Ça s'peut bien avec un prénom comme ça. C'est Sophia qui a tout arrangé ça qui m'a dit...

— Elle! elle... pis, ça change quoi? Y'a même pas quinze ans, Julien. Lui, y'a l'temps d'changer d'idée, au moins!

Moi, j'étais allé au coin de la rue, au restaurant Quintal, pour acheter des bonbons et en profiter pour voir la petite Louise qui était encore plus belle avec ses cheveux longs. Elle m'avait souri et je lui avais dit: «J'viens plus aussi souvent parce que j'vais au collège, maintenant.» Elle m'avait répondu en rougissant: «Je l'sais, Michel, ma mère me l'a dit.» Ça n'arrangeait pas mon cas de m'être vanté de ce collège à Louise que j'avais dans l'œil, parce que j'avais pas du tout envie d'y retourner. Le temps approchait et Maurice n'avait pas osé en parler à la mère parce qu'elle était souffrante. Plus les jours avançaient, plus elle était malade. Au point de prendre le lit le 4 janvier, à deux jours de la fête des Rois. On n'avait même pas eu droit au gâteau avec la fève et le pois cette année-là. Je ne me rappelle même pas qu'on se soit souhaité la Bonne Année. On n'avait eu d'yeux que pour la bague de Sophia... et le cœur à quelques pas de l'orphelinat.

— Maurice, y reste trois jours. T'as pas encore parlé à la mère...

— Bâtard! Elle est au lit. C'est pas l'temps de jouer avec ses nerfs!

— Ça veut dire qu'on y retourne, qu'on rentre...?

— On a-tu l'choix? Pour l'entendre dire qu'on est après la faire mourir?

— Ça va s'passer, sa maladie. Elle peut quand même pas dire que c'est de not' faute, cette fois. On n'a rien fait par la faire damner. Moi, j'ai pas l'goût de retrouver les sœurs pis le dortoir. J'veux plus rentrer là, Maurice...

— Moi non plus, viarge! On aurait dû lui dire avant, pas attendre qu'elle retombe dans son coma. On aurait dû lui dire en arrivant. Là, j'sais plus quoi faire, moi...

Seul dans ma chambre, je pleurais comme un veau. En cachette, à l'insu de tous. Je ne voulais pas retourner à l'orphelinat. Dernière chance, ultime espoir, j'allais lui écrire une lettre. Comme un condamné à mort l'aurait fait au roi George VI pour éviter l'exécution. Un papier, une plume qui *grichait,* et mon cœur s'était ouvert pendant que des larmes coulaient dans l'encrier.

Chère maman,

*Je sais que tu es malade et ça me fait beaucoup de peine.
J'ai prié la Sainte Vierge pour qu'elle te guérisse et elle
m'a dit qu'elle le ferait. Si tu étais fine, maman, tu nous
garderais avec toi, Maurice et moi. On pourrait te soigner,
prendre soin de toi. On s'occuperait aussi de Cloclo. On
sera tranquilles, on te le promet. On va tellement t'aider
que tu ne seras jamais plus malade. On ne veut plus aller
chez les sœurs, maman. On n'est pas bien traités là et
Maurice voulait te le dire. Parce que tu es malade, il n'ose
pas t'en parler, mais je sais qu'il pense comme moi. Garde-
nous, maman, s'il vous plaît. Pendant ta maladie, on pourrait aller chez ma tante Jeanne et revenir après si tu aimes
mieux ça. On ira à l'école comme avant et il y a juste toi
qui peut arranger ça. Tu peux tout faire toi, quand tu veux.
Garde-nous maman, s'il vous plaît. On est tes enfants et on
t'aime beaucoup. On va prendre soin de toi autant que
Julien. Garde-nous avec toi et la Sainte Vierge va te guérir,
elle me l'a promis dans ma dernière prière.*

Ton petit garçon, Michel.

Je m'étais appliqué dans cette lettre conjuguée à tous les
temps, le présent comme le futur mêlés à l'imparfait.
J'étais un premier de classe en composition, en dictée. Il
me fallait le lui prouver. Je l'avais recommencée trois fois.
Je ne voulais pas faire de fautes, je regardais dans ma
grammaire. Je voulais lui arracher le cœur et j'en mettais!
À huit ans, j'écrivais comme un grand, comme un gars de
treize ou quatorze ans. Monsieur Curotte m'avait même dit
que j'avais un don, que j'étais précoce, qu'un jour, j'écri-
rais des romans. Et, tout comme elle quand elle écrivait,
j'avais opté pour une certaine forme de chantage en me

servant de la Sainte Vierge. Tout pour ne pas perdre. Le cri d'un enfant qui réclame, à défaut d'amour, un brin de paille de tendresse. J'aurais pu lui dire que j'avais pleuré en écrivant mes mots, mais ça m'aurait tué. *Un gars, ça ne pleure pas!* Il ne restait que deux jours avant l'inévitable retour et un consentement de sa part aurait changé le cours de notre vie. Je m'étais glissé dans sa chambre pendant qu'elle dormait et j'avais déposé ma lettre pliée en deux sur l'oreiller inoccupé de mon père. J'étais retourné me coucher sans parler à Maurice de ce que je venais de faire. Je voulais lui réserver la surprise au cas où ça marcherait. Dans mon cœur, j'y croyais, j'en doutais, mais je m'accrochais. «Vous souvenez-vous, Seigneur, à quel point j'ai pleuré cette nuit-là, agenouillé devant votre statue? J'ai même touché du doigt, le cœur que vous aviez entre les mains!»

Le lendemain matin, c'est la gorge serrée que je me suis réveillé. Sans doute étouffé par les sanglots de mon angoisse. Ma mère allumait son rond de poêle à gaz en se tenant la tête à deux mains. Maurice la regardait d'un air inquiet. Elle évitait mon regard, mon interrogation. Je savais qu'elle avait lu ma lettre. Je le sentais, j'en étais sûr, mais elle n'en parlait pas. Avec une serviette sur le front, elle nous avait dit comme si de rien n'était: «Vous seriez ben fins d'aller voir pépère à ma place, avant d'rentrer au collège demain.» J'avais figé! Je venais de recevoir un dard en plein cœur!

Maurice et moi étions dans le tramway, en route pour voir pépère, avec des pommes et des oranges dans un sac.
— T'as entendu la mère, Michel? On rentre demain...
— Oui, je l'sais, mais...
Et je m'étais mis à pleurer.

– Qu'est-ce qui te prend? Qu'est-ce que t'as? Arrête, tout l'monde te r'garde!

Je m'essuyai les yeux de ma manche avant de lui répondre...

– J'pensais pas qu'elle nous renverrait là. J'pensais qu'on aurait une chance...

– Pourquoi tu dis ça?

– Pour rien, juste comme ça...

Pépère avait encore la bouche croche et la chambre sentait la pisse. L'homme à la jambe noire était mort et un autre, aussi misérable, était à sa place. Pépère leva les yeux, nous regarda, puis après un moment nous dit:

– Ah! c'est vous deux? Vot' mère ne vient pas?

– Non, elle est malade, pépère... de lui répondre Maurice.

– Le mal imaginaire! Pour pas voir son père... Moé, j'suis malade, pas elle.

– Elle a son mal de tête, elle est au lit...

– Ouais... dis-moi pas qu'elle m'envoie encore des fruits? J'en veux pas, maudit! Une vraie tête de cochon, la Ida. Même les autres vieux en veulent pas. Elle t'a pas donné d'argent pour mon tabac?

– Heu... non, juste le sac.

– Rapporte-le, dis-lui que j'en veux pas! Ça s'peut-tu traiter son père comme ça?

Il vociférait contre elle sans même s'informer de nous. Je pense qu'il ne le savait même pas, pépère, que nous étions dans un orphelinat. Maurice et moi n'avions pas moisi là. Ça puait, ça crachait, mon frère se bouchait le nez. Nous étions sortis en riant avec le sac entre les mains. Pépère nous avait dit d'aviser Ida de venir elle-même la prochaine fois. Vieux rabougri! Pépère de malheur, va!

Après le long trajet qu'on venait de faire pour lui. Ce que j'avais retenu, c'était que ma mère avait «le mal imaginaire.» Je ne savais pas ce que ça voulait dire, mais c'était peut-être aussi mystérieux que... mon ver solitaire! En longeant le couloir de l'hôpital, nous avions croisé un infirmier qui, en passant, m'avait serré le cou en me disant: «T'es venu voir ton grand-père, mon beau p'tit gars?» Maurice qui le dévisageait m'avait demandé nerveusement un peu plus loin:

— Aie! c'est pas lui l'gars qui voulait t'attaquer l'année passée?

— Non, pourquoi?

— T'as pas remarqué? Y'a la face pleine de boutons!

Interminable trajet, long retour, et c'est épuisés que nous avions remis le sac de fruits à ma mère. «Vieux maudit! La prochaine fois, d'la marde!»

Fait étrange, ma mère n'avait plus sa serviette sur le front. Elle semblait même assez pimpante pour une femme à l'agonie quelques heures plus tôt. Le souper était prêt et Julien avait déjà terminé son dessert. Maurice la regarda, me regarda et, dans le doute, lui demanda:

— T'es plus malade, la mère?

— J'suis mourante, viarge! Ça paraît pas? Faut que j'me tienne debout quand même. Ça fait deux piqûres que j'me donne. Y'a rien qu'ça qui m'tient. Si j'm'écoutais, j'm'écraserais là! Vous l'savez que j'me rendrai pas à cinquante ans? En attendant, faut que j'continue, faut qu'j'endure. Ton père n'est jamais là!

— Choque-toi pas, m'man, j'te demandais ça comme ça...

— Arrête de toujours demander, toi. J'suis étourdie, j'me tiens après les chaises, mais j'ai du cœur au ventre. J'suis pas comme vot' père, moi! J'use mes dernières forces pour vous autres...

Julien était sorti de table, parti jouer du piano dans la cave. Maurice et moi avions mangé sans parler. La mère semblait d'humeur massacrante. Pas un mot de ma lettre, aucune allusion. Je l'observais du regard d'un petit condamné. Après le souper, Maurice et moi avions regagné notre chambre. Stupeur! Sur le lit, nos valises étaient prêtes! Elle avait tout fait ça pendant notre absence. J'aurais voulu crier, hurler, frapper dans le mur. Maurice, décontenancé, fixait le bureau. «Regarde, Michel, Julien a déjà remis ses affaires. Il est dans l'complot d'la mère, le gros!»

Valises bourrées, linge rangé sur une chaise pour le lendemain, tout était prêt, rien n'avait été omis sauf, n'aurait-ce été que par instinct maternel... une réponse à ma lettre.

Je n'avais pas dormi de la nuit, Maurice pas davantage. Nous regardions par la fenêtre quelque peu givrée les flocons de neige qui tombaient. La mère dormait, le père n'était pas là et Jean-Pierre était rentré très tard. «Déjà!» marmonnait Maurice. «On n'a même pas eu le temps de faire un bonhomme de neige.» Sans me retourner, je lui murmurai: «Et moi, à cause de pépère, je n'ai même pas revu mon ami Jean-Louis.» Et c'est très tôt le lendemain, que nous devions réintégrer l'orphelinat. J'en pleurais de rage. J'en voulais même au Sacré-Cœur de me regarder sans rien dire, sans rien faire. Mais j'en voulais surtout à ma mère d'avoir ignoré mon dernier recours. Pas un mot, pas un geste. Comme si on pouvait faire ça à son enfant sans aller à confesse. Oh! comme je lui en ai voulu cette nuit-là, d'avoir au fond du cœur... le mal imaginaire!

Chapitre 11

Jean-Pierre, en retard pour un rendez-vous d'affaires, nous avait déposés à la porte de l'orphelinat. Il faisait froid, et nous montions une à une les marches de notre *Golgotha* avec notre lourde valise à la main. Ma mère s'était levée avec une serviette sur le front, dernier tableau de sa séance en trois actes. À la radio, un chanteur de charme fredonnait *Amapola* et ma mère turlutait avec lui... malgré son mal de tête! Elle n'avait pas fléchi, pas faibli d'un pouce, mais je sentais qu'elle évitait de nous regarder comme si un léger remords...

— Soyez fins, les p'tits, vous allez voir comment ça va passer vite maintenant. Maman va venir vous voir dimanche prochain.

Tels avaient été ses derniers mots pendant que Jean-Pierre se chargeait des bagages. Cloclo semblait triste de nous voir partir pendant que Julien, mécontent, chialait contre celui d'entre nous qui avait osé transpercer son tube de pâte à dents. Une journée comme une autre pour le pianiste de la famille, pour tout le monde... sauf pour nous! Conrad était absent comme d'habitude. C'eût été trop forçant pour lui d'être là pour un simple... au revoir! L'auto de Jean-Pierre prenait l'allure d'un fourgon et la robe de ma mère celle d'une toge. Deux enfants de huit et neuf ans qui reprenaient le chemin des sœurs avec des sanglots dans le cœur. Voilà ce qui, aujourd'hui, ferait pleurer plus d'une maman, mais pas la nôtre... *dans l'temps!*

La grosse porte s'ouvrit et sœur Baribeau m'accueillit avec un très gracieux sourire alors que sœur Caisse s'empressait auprès de mon frère. Ah! ce doux sourire de sœur Baribeau! Pour un bref instant, je l'avais préféré à tous ceux de ma mère à cause de la chaleur qui s'en dégageait. Cette chaleur qu'on saisit d'un œil et qu'on voudrait propager dans les yeux de sa mère. Pour l'enfant de huit ans que j'étais, une sœur n'était qu'une personne vouée au bon Dieu, mais j'ai réalisé avec le temps qu'il y avait une femme derrière celle qui avait pris le voile. Une vraie femme, une mère, avec tout son instinct sans ne jamais avoir porté un enfant dans son sein. Douce vision, mais courte consolation pour un enfant de famille à l'aise, qui se retrouvait dans un dortoir devant cinquante lits de fer. Un enfant avec un père, une mère, qui, changement à l'horaire, se retrouvait... orphelin!

— V'là Brisseau! s'écria Guimond. T'as dû en avoir des étrennes, toi?

Le pauvre Guimond ainsi que Letarte, faute de parents, avaient passé ce Noël à l'orphelinat.

— Bah! pas beaucoup. Un bas de Noël, des bonbons...

— C'est mieux que nous, on n'a rien eu du tout. Toi, t'as bien mangé, au moins!

— Pour ça, oui, mais rien de spécial. Un morceau de gâteau aux fruits, de la tarte au caramel, les tourtières de ma mère...

– Chanceux! Ici, on a eu la tourtière des sœurs, mais ça goûtait juste le sel. Pis après, un p'tit morceau d'bûche de Noël, mais c'était sec et le sucre se cassait tout seul...

Guimond, voyant que je n'avais pas le cœur à jaser, que j'étais triste et monotone, me demanda sur un ton inquiet:

– Dis donc, Michel, t'as pas eu d'*fun* à la maison? T'es pas allé patiner ou voir des vues?

– Même pas! Et pis, questionne moi pas, Guimond, ça file pas aujourd'hui...

J'avais la gorge serrée, j'étais prêt à brailler. À force de me retenir, c'était comme si une douleur m'étranglait. D'autant plus que Maurice avait regagné sa salle et que nous étions séparés l'un de l'autre. J'entendais la Clouâtre qui criait: «Ça va faire, les p'tits gâtés. Noël, c'est terminé!» J'imaginais ce que Maurice pouvait ressentir et ça me faisait souffrir. Se retrouver devant *la face d'homme,* c'était sûrement dix fois pire quand on n'a pas le cœur à rire. Sœur Patry était au repos pour la journée. Elle souffrait d'une migraine. Sans doute réelle... la sienne! J'étais morose, j'avais le cafard à n'en pouvoir bouger. J'avais encore sur le cœur le fait que ma mère avait ignoré ma lettre, mais ne m'avait-elle pas dit un jour... les écrits restent? Je souhaitais qu'elle la relise, qu'elle en pleure en silence et qu'elle en garde tout comme moi... un mal de ventre! Sans défense, si petit dans ce monde des grands, je déposais peu à peu les armes. Et c'est en larmes, la tête enfouie dans mon oreiller, que je rangeai... ma dernière épée! J'avais combattu de toutes mes forces et j'avais perdu. J'avais le moral bien bas, si bas, que sœur Baribeau s'en inquiéta. Et cette fois-là, je suis sûr que ce n'était pas parce qu'elle pensait à Jean-Pierre, qu'elle m'avait dit avec une vive compassion: «Ça va passer, mon

p'tit gars. Le retour n'est jamais bien gai dans un orphelinat.» Avec de la tendresse dans la voix, avec de l'émotion
dans les mots. Comme si sœur Baribeau avait, elle aussi,
passé son enfance dans un endroit comme celui-là. C'était
la première fois que je la voyais dans un tel état, peinée et
affligée pour moi. Une sœur, une étrangère, plus compatis-
sante que... ma propre mère!

Le cafard fit place à la révolte, plus violente, plus viru-
lente que jamais. Quitte à en subir les conséquences, il fallait que je sorte de là. J'étais prêt à en payer le prix. Je ne
voulais plus qu'on me plaigne ou qu'on daigne me faire
comprendre. Une partie de ma vie qui se jouait et j'allais la
défendre. Non, je n'allais pas être sage et gentil quand
j'imaginais, loin de moi, ma mère sans serviette sur le front,
dès que nous étions partis. Ida, par le biais des sœurs, allait
en voir de toutes les couleurs avec moi. Je n'allais pas avoir
neuf ans et être docile comme le mouton qu'on tond. J'allais devenir mécréant, vilain, méchant. Était-ce possible
d'avoir en pleine enfance, un cœur qui criait à ce point vengeance? La Bendix, pépère, le chantage, le pseudo mal de
foie, c'était fini pour moi. J'aurais souhaité que ma mère en
crève... plutôt que de crever dans un orphelinat. J'en étais
au «elle ou moi» et je ne souhaite à aucun enfant de la terre
d'avoir à demander un jour au bon Dieu... de venir chercher
sa mère! J'ai par la suite pleuré et je me suis même confessé
d'y avoir pensé. Comment un tout petit gars pouvait-il en
arriver là? C'est lourd, très lourd... un manque d'amour. Un
enfant qui tend des bras qu'on repousse, un bambin qui veut
sentir sur sa joue la chaleur d'une main... Un ange si meurtri... qu'il en devient un monstre! Au fil du temps, au fil de
son plus grand... désenchantement!

Résultat scolaire de janvier; 67 %. Moi, un ex-premier de classe! Et ce n'était même pas volontaire comme le pensait ma mère. Sans encouragement, sans motivation, sans la moindre récompense face à l'effort, je devenais larve. À l'école du quartier, j'étais soutenu par les médailles et les honneurs. Mademoiselle Gagné nous poussait avec le flegme de sa vocation. Mademoiselle Brabant travaillait... pour l'État! Maurice m'avait dit:

— T'es ben poche, les os! Toi qui étais si bon...

— Ça sert à quoi, icitte, Maurice? Bon ou pas bon, t'as les mêmes punitions!

Et celles que je recevais n'étaient pas de... main morte! Sœur Cantin, la responsable de la discipline, passait à chaque semaine non pas pour s'informer de nos notes, mais de nos distractions. On parlait à son voisin? On écopait d'une étoile grise au tableau à côté de son nom. On riait juste un peu? C'était une étoile noire. Fin comme une mouche? Pas une étoile dorée, non... rien à côté de son nom. Ce qui voulait dire: permission accordée pour les *vues animées!*

En un an, je n'y suis allé qu'une fois à ces *vues animées*. Un film muet qu'une sœur projetait sur une toile en tournant une espèce de manivelle. Des films datant de 1900 avec des barres dedans et des images qui sautaient. Des films supposément drôles, comme les *stand up* le soir, mais sans paroles. Pas même avec Charlie Chaplin ou Laurel et Hardy, mais de courts métrages avec des inconnus d'une autre époque. Sans doute des films qu'on ramassait dans les poubelles des distributeurs. Je me demande même si ce n'était pas plus pénible à endurer que le mauvais traitement de sœur Cantin pour les récalcitrants!

Les punis, desquels je faisais toujours partie, avaient droit à la palette de bolo de sœur Cantin. Quand elle entrait avec son sourire sadique et sa palette à la main, elle avait l'air du bourreau de prison engagé pour les flagellations. En 1945, les palettes de bolo étaient d'une épaisseur plus que respectable. Un bolo à «trente sous», je m'en souviens, c'était durable. Mademoiselle Brabant sortait toujours de la classe, se sentant coupable de notre châtiment. Là, un à un, nous avions à défiler devant la petite sœur Cantin. Elle nous faisait baisser nos culottes et notre sous-vêtement et, sans regarder, elle nous frappait les fesses à tour de bras jusqu'à ce qu'on pleure. Il lui fallait de vraies larmes et si un élève feignait ses pleurs au troisième coup, elle le regardait et poursuivait jusqu'à ce que, au sixième, il pleure vraiment. Il était rare qu'on puisse se rendre plus loin que le sixième, car elle avait tout un bras... la Cantin! Directement sur les fesses, toujours au même endroit, la torture finissait par avoir son effet. Un certain vendredi, après huit semaines d'affilée, elle m'avait dit avec son air de louve: «Encore toi? Tu n'aimes pas ça, le cinéma? Vite, baisse tes culottes!» Je m'étais juré de lui tenir tête ce jour-là, d'autant plus que je n'avais eu qu'une étoile grise pour un seul mot de trop sans bénéficier de l'indulgence de la maîtresse. Je trouvais la punition injuste. Je me sentais agressif, endurci et je me promettais d'avoir le derrière plus dur que de la... *couenne!* Un, deux, trois quatre, cinq, six... pas une larme. Elle s'arrête, me regarde, et je lui dis: «Je ne pleurerai pas! Vous pouvez fesser tant que vous voudrez, je ne pleurerai pas!» Elle a poursuivi en prenant un plus gros élan à chaque fois et ce n'est qu'au treizième coup de palette que j'ai finalement fondu en larmes. Les autres garçons qui attendaient leur tour frémissaient à chaque fois que le bruit sec s'arrêtait sur mon postérieur. Je l'entends encore ce bruit... Celui d'un fouet sur un cheval ou celui de la gifle en pleine face. J'ai pleuré, parce qu'avec un coup de plus je perdais connaissance. Je voyais des étoiles, j'avais des sueurs sur le front, mais je sentais qu'elle n'arrêterait pas, que son sadisme prendrait de l'ampleur et qu'elle avait le visage plus bouffi que mes fesses. J'ai pleuré, pleuré, elle a cessé, et là, dans un accès de rage, j'ai crié: «Vous n'avez pas le droit de me battre comme ça. Je vais le dire à ma mère!» Alertée par mes cris, mademoiselle Brabant était entrée. Constatant à quel point j'étais rouge et enflé, elle avait dit à sœur Cantin: «Je pense que vous avez exagéré, ma sœur. Si ça va aussi loin, moi, j'arrête les mauvaises étoiles.» Sentiment de culpabilité? Mademoiselle Brabant m'avait aidé à remonter mes culottes tout en regardant la sœur d'un air désapprobateur. Sortie de sa furie, la Cantin n'osa pas répliquer et sortit de la classe en épargnant les autres qui attendaient leur tour. J'étais remonté à la salle et je m'étais arrangé pour voir Maurice. Il était venu et je lui avais montré mon derrière. Furieux, il s'était écrié: «C'est la Cantin qui t'a battu comme ça? Chienne de vache!» Sœur Baribeau, mise au courant, en avait parlé à sœur Patry qui avait dit à sœur Cantin: «Jamais plus autant de coups, ma sœur. Il a ses parents, cet enfant-là!» C'était donc là ce qui alarmait les religieuses? Le fait d'avoir des parents? Je vous fais grâce des coups... qu'enduraient les pauvres orphelins!

Ma mère avait été informée de ce *massacre* avec, à l'appui, le témoignage de Maurice qui n'arrêtait pas de lui dire: «Une chienne, m'man! Tu devrais la rapporter à la police!» J'avais peine à m'asseoir sur la chaise du parloir et je ne feignais pas. La Clouâtre n'avait même pas pu me donner mon bain, tellement la peau à vif me brûlait. Pour une fois, Ida s'était emportée. Elle voulait voir sœur Cantin, lui dire sa façon de penser. Comme cette dernière n'osa pas se montrer le bout du nez, elle entra d'un bond chez la supérieure, qui avait eu vent de l'affaire, en lui disant: «Si vous en doutez, regardez-lui le derrière! Je ne laisserai pas mes enfants se faire maltraiter comme ça! Si vous ne faites rien, je les retire!» Ce dernier verbe m'avait sonné à l'oreille... comme une délivrance! Et pourtant, cette fois-là je n'avais pas enduré les coups pour faire fléchir ma mère. J'en avais eu assez de ces étoiles au tableau qui m'empêchaient de dormir jusqu'à ce que la tortionnaire s'amène le vendredi. J'en avais eu assez de voir des enfants pleurer de peur avant même de recevoir le premier coup. J'en avais eu assez de cette vache de sœur au visage rouge dont la mission était d'enfler... le cul des garçons! La sœur supérieure promit à ma mère que sœur Cantin ne me toucherait plus, qu'elle serait rappelée à l'ordre, etc. Imaginez! L'orphelinat venait de passer à deux pouces de perdre... trente-six piastres par mois! La Cantin ne m'a jamais touché par la suite, parce que mademoiselle Brabant ne collait plus d'étoiles grises ou noires à côté de mon nom. Un ordre? Sûrement! car il m'arrivait encore de m'échapper et de parler en classe. Le vendredi, quand je partais avec «les bons enfants», je n'en entendais pas moins d'autres gémir sous les coups de la Cantin. Des orphelins... à qui on collait encore une étoile grise! Mais, en ce dimanche au parloir, ma mère était revenue me dire:

— Elle ne te touchera plus, Michel. Plus jamais! Sœur Baribeau va te mettre un onguent, ça va guérir. Mais essaye donc d'être un peu moins tannant!

Maurice, qui la regardait, lui répliqua par-dessus ses lunettes:

— Pis, après c'que t'as vu, tu nous sors même pas d'icitte, la mère?

— J'peux pas, Maurice, pas pour l'instant. J'suis malade, j'me traîne...

— Ah ben, viarge! Tu lui as vu l'cul, la mère?

— Oui, mais c'est réglé. On lui touchera plus, mais faudrait qu'il se conduise un peu mieux...

— C'est une chienne, m'man... Y'a pas rien qu'lui qui passe au *bat*, tu devrais voir les autres, les orphelins. Y'en a qui ont à peine six ans! Tu devrais la rapporter, la faire renvoyer du collège. J'comprends pas qu'tu fasses rien...

— Ça va donner quoi? Y reste juste cinq mois, Maurice, pis vous r'venez à la maison. Faites ça pour moi, sinon j'me rends pas à l'été...

Elle se mit à pleurer et marmonna dans ses sanglots: «Ma pression monte, j'la sens. C'est trop pour c'que j'peux prendre dans une journée. J'ai un poing au cœur... »

On s'était fermés, Maurice et moi. La mère était repartie pendant qu'on remontait à notre salle avec notre sac de fruits. Je marchais encore en boitant et, en m'apercevant, sœur Baribeau m'avait dit: «Viens, Michel, la supérieure m'a donné un onguent.»

J'essayais d'être vilain, d'être méchant, mais j'en étais incapable. Même pour sortir de là! L'enfant que je devenais n'était que celui que sa mère avait fait. Un enfant avec un trou au cœur! Un enfant né pour être heureux, mais qui marchait dans la douleur. Un enfant qui aurait pu être la fierté de sa mère... si elle avait aimé son père! Un enfant qui payait de sa jeunesse les déboires de sa «sainte mère». Un mal-aimé, un souffre-douleur d'un couple mal... marié. Plus aigri, plus malheureux... qu'un enfant du divorce. Les couples s'enduraient dans ce temps-là, pour les enfants! Mais, qu'en faisaient-ils, mon Dieu? Les témoins oculaires de leur misère? Les pierres tombales de leur cimetière... matrimonial?

Un médecin, ça n'existait pas à l'orphelinat. Je ne me souviens pas d'avoir vu un seul enfant être dirigé dans une clinique, et encore moins à l'hôpital. Les docteurs... c'était les sœurs! L'huile de ricin et les lavements, elles connaissaient ça, les épouses du bon Dieu. Un rhume en hiver? Je n'en ai eu qu'un, un seul, et je revois sœur Patry me tendre un oignon cru et me dire:
— Mange-le en entier, ça tue les germes!
— J'aimerais mieux demander à ma mère de m'apporter du sirop, ma sœur...
— Comme les autres, Brisseau! Mange ton oignon!
Je l'avais mangé au complet, même si ça m'avait pris deux heures. Les yeux me pleuraient, le cœur me levait à chaque bouchée, la gorge me brûlait, et l'estomac hurlait sous le jus du légume. Je l'avais mangé à en être malade, à en vomir même, et en ayant une haleine de cheval à faire fuir mon entourage. Mon rhume avait passé comme tout rhume qui avait fait son temps, et quand je m'en étais plaint à ma mère, elle avait réfléchi pour ensuite dire: «C'est pas bête dans l'fond. Un oignon, ça tue tout! Pis, t'es pas mort à c'que j'vois?» Un remède pas cher! Voilà ce qui plaisait à Ida, mais je me demandais si elle aurait pu en faire avaler une seule bouchée à Julien, son bec fin, qui levait le nez même sur le bon sirop Lambert. Je n'ai donc eu qu'un

rhume à l'orphelinat, un seul qui fut notoire. Les autres, je les cachais et quand je toussais, je prétextais m'être étouffé avec ma salive. Un rhume, donc, un seul oignon... même si Maurice a dû en avaler deux la même saison.

Mars tirait à sa fin. L'hiver m'avait semblé interminable malgré les visites régulières de ma mère. En forme plus que jamais, elle arrivait, *la grosse Ida,* avec le même sac que pour pépère, sauf qu'elle y ajoutait du chocolat que la Clouâtre ne me remettait pas. J'avais réussi à mettre la main sur une seule barre et c'était un jour où sœur Baribeau la remplaçait dans sa distribution. Maurice m'avait dit: «La Clouâtre est malade. J'espère qu'elle a le cancer et qu'elle va en crever!» Le lendemain, pauvre de lui, elle était sur pied, mais moi, j'avais eu le temps d'avaler ma *Caravan.* On parlait de plus en plus de la fin imminente de la guerre, de la chute d'Hitler, même à l'orphelinat. C'était le père Proulx qui en causait avec les sœurs. Quant à elles, elles croyaient plus sage de nous tenir dans «la terreur» et de nous faire remercier le ciel chaque jour pour la *marde* que nous avions dans nos assiettes. Selon elles, nous étions bien chanceux, car les petits juifs mangeaient des rats et des coquerelles dans les camps de concentration. On nous faisait prier sans cesse Notre-Dame-du-Cap. On faisait même des processions avec sa statue dans les dortoirs jusqu'à la chapelle. Je me demande encore pourquoi c'était Notre-Dame-du-Cap qu'on invoquait. Dans nos conditions, j'aurais plutôt opté pour... Notre-Dame-de-la-Défense! Je priais encore le bon Dieu, mais moins souvent. Il n'exauçait pas mes prières et je n'obtenais pas son indulgence. La preuve? J'étais encore là, et ma mère, de son côté, se disait gratifiée dans ses neuvaines à Marie-Reine-des-Cœurs. Fallait croire, qu'encore une fois, je n'avais pas choisi... la bonne statue!

Un soir, alors que j'avais osé dire un mot à Letarte, mon voisin de table, j'aperçus sœur Patry s'approcher à grands pas. Avant même que j'aie eu le temps de lui expliquer quoi que ce soit, elle m'avait levé par le chignon du cou, m'avait mis debout et m'avait flanqué une gifle retentissante en pleine face. Si forte que j'avais pivoté sur moi-même avant de tomber et de me heurter le front sur le banc d'une autre table. Je m'étais coupé et un filet de sang partait de mon front pour se mêler à celui que j'avais au coin de la bouche. J'ai failli perdre connaissance et j'ai vu sœur Baribeau regarder sœur Patry avec stupéfaction. Enragé, je m'étais relevé et, indigné, devant tous les gars qui me regardaient, j'avais osé lui dire: «Vous êtes, vous êtes... une sans dessein!» J'avais entendu ma mère utiliser ce terme pour une femme de ménage. Ce fut le silence total au réfectoire et sœur Patry qui n'en croyait pas ses oreilles, s'avança menaçante... «Tu as dis quoi? Répète un peu, répète si tu en as l'audace!» J'avais baissé la tête et je m'étais mis à pleurer tout en me protégeant la figure de mes bras, croyant qu'elle allait encore me frapper. Elle me saisit par le collet, me traîna jusqu'à la porte et me jeta comme un chien dans le corridor où j'étais tombé en pleine face. Je voyais sœur Baribeau qui se levait pour s'interposer...

— Monte au dortoir, déshabille-toi et couche-toi! m'ordonna sœur Patry.

J'avais fait ce qu'elle m'avait ordonné, mais en montant, j'avais croisé des élèves, dont mon frère...

– Qu'est-ce que t'as, Michel? Puis, voyant le sang dans ma figure...

– Qui t'a fait ça?

Je lui répondis que c'était sœur Patry, que j'avais parlé, que j'avais mangé une volée, puis que je l'avais traitée de... *sans dessein*.

– Juste ça? Moi, je l'aurais traitée d'écœurante! Là, ça va faire. J'en parle à sœur Caisse, on en parle à la mère, pis a besoin de nous sortir d'icitte cette fois-là. J'te l'dis, Michel, c'est la dernière semaine qu'on passe icitte... crisse!

Ma mère arriva le dimanche et Maurice l'attendait de pied ferme. Il lui montra ma lèvre enflée et ma mère en fut énervée.

– M'man, sors-nous d'icitte au plus vite, ou moi, j'pète toutes les vitres!

– Oui, mais qu'est-ce qu'il a pu faire encore celui-là?

– Rien, la mère! Y'a juste dit un mot au gars à côté d'lui au réfectoire. Ça va faire! Y'a assez des orphelins qui sont traités comme des chiens! Sors-nous tout d'suite. On est prêts à monter faire nos valises!

– Écoute, Maurice, il reste à peine trois mois...

– On part, la mère! T'as compris? On en a plein l'cul, Michel pis moi. On reste pas une minute de plus icitte. Y'a personne pour le défendre, lui. C'est pas à moi qu'à l'aurait fait ça, la Patry! J'l'aurais envoyée chier ben raide! Vas-y, m'man, règle ça ben vite, parce qu'aujourd'hui, on r'part avec toi.

Maurice, qui venait d'avoir dix ans, lui avait parlé comme s'il en avait eu vingt. Je pense que ma mère a eu peur de lui ce jour-là.

– Écoute, faut que j'commence par parler avec la sœur supérieure. Ça m'prend sa permission, y'a des papiers à remplir...

– Vas-y, fais c'qu'il faut. Nous autres, on va t'attendre icitte!

Je n'avais jamais vu ma mère si nerveuse, si démunie. Elle faisait face à un ultimatum, puis, il y avait ma lèvre enflée, le dégoût de Maurice, son ton impérieux, etc. Moi, je n'avais presque rien dit, mais je pleurais. Pas pour en mettre davantage, mais parce que j'étais à bout de nerfs. J'enviais Maurice d'être aussi agressif, aussi prompt, quand il était *pompé*. Plus sensible, j'y allais par la douceur, par la ruse, j'avais peine à me mettre en colère. Ma mère se leva et se dirigea vers le bureau de la supérieure...

– Tu nous ramènes, la mère. Tu nous le promets? insista mon frère.

– Oui, oui, j'vous ramène! Attendez-moi, j'en ai pour cinq minutes.

Maurice me regardait et je lui souriais. Je ne sais trop si c'était la joie ou le fait de ne pas le croire encore, mais je souriais. Enfin, ma mère allait nous sortir de là, nous reprendre avec elle! J'étais content d'avoir encore la lèvre enflée. Je savais qu'elle ne pouvait pas supporter qu'on maltraite son petit gars. Après la Cantin, la Patry? C'était trop pour elle! Une mère ne peut accepter que des étrangères touchent à ses enfants. Surtout pas par des sœurs... qu'elle payait. Tout comme pour «la gare Windsor», elle n'allait pas les laisser faire, la mère!

Les secondes s'écoulaient, les minutes passaient, le parloir se vidait peu à peu, et la mère n'était pas encore revenue du bureau de la supérieure. Maurice et moi, on se regardait, on se méfiait. Non! elle n'aurait pas fait ça... Sœur Caisse que Maurice aimait bien surgit devant nous.

— Qu'est-ce que vous faites encore au parloir, les Brisseau?

— Notre mère nous sort aujourd'hui, ma sœur... lui répondit mon frère.

— Votre mère? Il y a longtemps qu'elle est partie! Je regrette, Maurice, mais ce n'est pas aujourd'hui que vous sortez. Votre mère vous en reparlera dimanche prochain.

— Mais, on l'a pas vue passer, ma sœur...

— Bien sûr que non, elle est sortie par la porte de service.

On se regardait, on ne pouvait pas le croire. La mère avait fait ça? Elle s'était sauvée nous laissant plantés là après avoir promis? Pas vrai! Ça ne se pouvait pas! Maurice, à titre de *président* se permit d'ajouter:

— Vous êtes sûre, ma sœur, bien sûre qu'elle est partie?

— Puisque je te le dis, Maurice. Viens, on en parlera en haut tous les deux.

Si Maurice était prompt dans sa rage, il devenait mouton dans la défaite. Moi, j'étais tout le contraire. C'était dans la défaite, devant la trahison, que je devenais intolérant. J'implorais, je quémandais, mais si on me dupait, je devenais exécrable. Je ne pardonnais pas, je n'oubliais pas. Je sentis mon cœur prêt à éclater puis, lentement, se transformer et durcir comme si on le coulait dans le ciment. Ma mère nous avait trahis? Ma mère nous avait menti? Mes yeux devenaient rouges et vifs. Pas une larme... que du feu! Nous étions remontés, nous n'avions pas eu le choix.

Maurice m'avait murmuré à l'insu de sœur Caisse: «Je l'attends dimanche prochain! Elle va me payer ça!»

Autant je l'admirais quelques moments plus tôt, autant je le trouvais lâche avec son *Je l'attends dimanche prochain!* Il avait perdu son procès, rien de plus. Et sœur Caisse qui allait lui expliquer tout ça calmement. Lui, le président! Je lui en voulais autant qu'à la mère. Je trouvais qu'il tournait vite son manteau de bord, mon frère! Pour moi, la blessure était profonde. Une mère qui s'était sauvée devant le visage tuméfié de son enfant battu? Je n'avais aucune pitié, aucun espoir. Dans ma tête, en l'espace d'une seconde, je ne voulais plus jamais la revoir!

«Si tu savais, maman, comment je t'ai haïe cette nuit-là! Je t'ai haïe comme aucun enfant n'a pu haïr sa mère. Je ne t'ai souhaité aucun mal, j'en étais incapable. Mais, dans mon cœur, tout comme je l'avais fait pour le père... je t'ai enterrée ce soir-là. Tu étais morte subitement dans ma tête... et je ne pleurais même pas!»

Chapitre 12

E lle est revenue la semaine suivante, ma chère mère, mais je n'ai pas voulu la voir. Chaque soir, depuis sa fuite, je m'efforçais de l'effacer de ma mémoire. Maurice m'avait croisé et m'avait dit: «Attends qu'elle revienne!» et j'avais répliqué: «T'es juste bon pour parler, toi!» Mon frère savait que je lui en voulais, que je le considérais comme un lâche d'avoir abdiqué, de ne pas s'être ligué avec moi contre elle. De quoi avaient-ils parlé, sœur Caisse et lui, pour que le *président de son cul* prenne soudainement un autre virage? J'aurais payé cher pour le savoir, mais je réalisais que tout s'achetait en ce bas monde, même les colères de Maurice. Je lui en voulais à *lui* parce qu'il ne semblait pas lui en vouloir à *elle,* mais plutôt à sœur Patry, la seule responsable de sa cuisante défaite. Je ne l'aimais pas sœur Patry, pas plus que la Clouâtre et la Cantin, mais maudit... ce n'était quand même pas elles qui m'avaient donné la vie! Elles ne m'avaient que recueilli, parce que *celle* qui m'avait donné le sein avait décidé que j'étais responsable de... ses migraines! Parce qu'elle n'avait pas pu me *virer* dans sa grossesse, elle m'avait jeté dans les bras de celles à qui je devais ma fesse enflée et ma lèvre ensanglantée. Je n'avais pas d'affaire là, moi, dans les jupes des bonnes sœurs. C'est sous le tablier de ma mère que j'aurais dû être pendant ce temps de guerre. C'est sans doute ce à quoi mon cœur d'enfant pensait et ce que le temps m'a fait comprendre. À huit ans, on ne sait pas pourquoi on en veut à sa mère... on le sent! Comment décrire un tel bouleversement?

Je n'étais pas descendu au parloir quand l'heure des visites avait sonné. J'avais dit à Maurice: «Dis-lui que je ne veux plus la voir, dis-lui c'que tu voudras, moi, j'descends pas!» Et c'est exactement ce qu'il lui avait dit en ajoutant: «Parce que tu t'es sauvée, parce que tu nous a menti!» Ma mère était furieuse alors qu'elle aurait dû être repentante. Sœur Caisse lui avait dit:

— Si vous le désirez, madame, je peux lui ordonner de descendre...

— Non, laissez-le faire! Il se punit lui-même! Maurice lui remettra son sac!

Loin d'être de son côté comme je le croyais, mon frère n'a pas été tendre avec elle.

— Pourquoi tu t'es poussée, la mère? T'avais dit que tu reviendrais...

— J'pouvais pas faire autrement, y'avait pas d'autre manière. Tu l'connais...

— Oui, y'en avait une, m'man, c'était d'nous sortir d'icitte, sacrement!

— Maurice, pas de sacre devant moi, jamais dans ma maison, je l'ai...

Maurice l'interrompit pour lui cracher son venin.

— On n'est pas dans ta maison, la mère, on est à l'orphelinat! Icitte, on fait c'qu'on veut! C'est ça qu'tu nous as dit dans ta ruse quand tu nous a rentrés. Michel a eu raison de ne pas descendre. Moi, j'l'ai fait pour te dire ma façon d'penser. Une vraie mère, ça s'pousse pas quand ses p'tits sont mal pris! Une vraie mère, ça défend...

— J't'interdis de m'parler comme ça! Ma pression monte, tu me mets à l'envers...

— Pis, Michel, lui? Comment tu penses qu'il est? Ah! pis... d'la marde! T'auras pas à t'pousser d'moi, aujour-d'hui. Je r'monte, j'en ai assez dit!

Ida était restée songeuse, très mal à l'aise devant les sœurs qui avaient saisi quelques bribes de cette conversa-tion. Elle leur avait souri, était repartie, mais avec la mort dans l'âme et le remords dans le cœur. J'en suis sûr, au-jourd'hui. Pauvre mère! Prise entre le marteau et l'en-clume, entre mon père et nous, entre sa bonne conscience et son... bail de malchance!

La Clouâtre m'avait remis mon sac et je l'avais refusé lui demandant de le distribuer aux orphelins. Elle l'avait repris, m'avait lancé «Tant pis!» et j'avais passé la semaine sans même croquer dans une pomme. Je voulais tout faire pour l'oublier. Je ne voulais plus avoir de mère et vivre comme un orphelin, un vrai! Comme ceux qui se mettaient à ge-noux pour implorer les faveurs des sœurs. Je voulais deve-nir le *soumis* de ces étrangères et non plus celui qu'on appelait... *l'insoumis de sa mère!* Je ne voulais plus rien lui devoir, rien lui demander, la sortir de mon cœur, de mes tripes, à tout jamais. Je voulais la haïr aujourd'hui plus qu'hier. Je voulais la maudire jusqu'à ma dernière heure. Mon Dieu que j'étais malheureux... d'être si peu heureux! Mon Dieu! qu'avais-je fait, qu'allais-je faire? Et le Jésus de plâtre, inerte, qui me montrait son cœur... ne me répondait pas!

— Maurice! J'ai eu une idée la nuit dernière. On s'pousse! On décampe d'ici!

— T'es fou? Pour aller où? On n'a pas une maudite cenne, on sait même pas où on est. Pis, penses-y pas, on sort pas d'icitte comme ça, juste en ouvrant la porte...

— Faut l'faire, Maurice, c'est notre seule chance! Toi, tu sors souvent pour faire des commissions en face? La prochaine fois, tu me l'dis, j'me faufile avec toi, pis on part!

— Pour aller où, viarge? On va mettre la police après nous autres...

— Non, pas si on saute dans un taxi! On donne l'adresse de ma tante Jeanne pis, rendus là, elle va l'payer. Après, on verra ben ce qui va s'passer. Faut faire quelque chose, Maurice, j'la connais, on est icitte pour une autre année!

— Ben j'pense pas, moi! Elle a besoin d'pas avoir ça dans la tête, la mère!

— Tu veux gager? J'te jure que notre inscription est déjà faite. Essaye de parler à sœur Caisse...

— Ben, j'vais l'faire en maudit! Pis, si c'est l'cas, j'marche, on s'pousse pas plus loin qu'à la maison. Pour nous ramener, ça va leur prendre des camisoles de force!

Je l'avais pompé, j'avais semé le doute en lui sans savoir que je détenais la vérité. Ça n'avait pas encore effleuré mon esprit que la mère puisse nous rentrer pour une autre année après tout ce qui m'était arrivé. C'était sorti tout seul, comme ça, pour le pousser dans le dos. Jamais j'aurais cru... jusqu'à ce qu'il revienne.

— Michel! T'avais raison! On est inscrit pour l'année prochaine!

J'ai failli en mourir! J'avais joué le jeu du petit gars qui se doutait, mais la sentence m'était arrivée au visage de plein fouet! Comme la gifle de sœur Patry!

– Je te l'avais ben dit, hein...? avais-je ajouté d'une voix tremblante.

– On décrisse! On part d'icitte et vite! avait conclu Maurice.

Je n'avais plus rien à perdre. J'avais semé l'évasion? Il me fallait maintenant prendre la porte, le suivre, me laisser entraîner par mon frère... devenu dément!

Deux jours plus tard, vers dix heures du matin, on lui confiait une course. Il m'avait dit:

– Demande à la maîtresse pour aller aux toilettes. Si elle refuse, dis-lui que t'es malade, que tu vas renvoyer à terre. Moi, j'vais t'attendre en bas près de la porte privée. Sœur Caisse me donne toujours la clef...

La clef... la clef des champs! Voilà celle que nous avions prise, Maurice et moi, en ce début d'avril. On avait couru, on avait marché, on n'était même pas habillés chaudement et c'était loin d'être l'été. On avait descendu une rue, puis une autre, un tas de rues, jusqu'à ce qu'on ne voit plus le pignon de l'orphelinat.

– As-tu au moins un peu d'argent? Tu m'as dit qu't'en avais d'caché...

– J'ai trente-deux cennes dans le fond d'ma poche.

– Viarge! On ira pas chier loin avec ça! J'commence à avoir faim, moi!

On avait croisé un restaurant, on était entrés pour commander deux beignes avec du lait. De quoi nous remplir une tripe du ventre. La serveuse nous regardait curieusement. Juste en chandail avec un pantalon court et nos bottines! Elle ne comprenait pas. Habillés pareils à part ça! On avait tenté de prendre un taxi en disant au bonhomme que notre mère allait payer. Il avait refusé en nous disant de retourner à l'école et en nous traitant de... p'tits trous d'cul! Maurice avait failli l'envoyer... Il s'était retenu. Ce n'était guère le temps de chercher du trouble. On aurait dû prendre le tramway, demander un transfert, s'informer de la route à suivre. Non! trop bêtes pour penser à ça! Il était deux heures de l'après-midi, les sœurs nous cherchaient, la mère avait été avertie, la police aussi. On marchait et on revenait sur nos pas sans nous en apercevoir. On arrêta un autre taxi pour lui dire qu'on voulait se rendre rue Saint-Dominique, que ma mère allait payer... Il nous dévisagea de la tête aux pieds et accepta de nous prendre comme passagers. Dieu soit loué! Enfin, nous étions sauvés!

Le chauffeur emprunta une rue, une autre, fit un détour et, assis sur la banquette arrière, nous avions failli... mourir! Nous étions de retour à la porte de... l'Orphelinat! Il nous sortit par le collet, nous traîna jusqu'à la grande porte d'entrée, s'empressa de sonner et nous jeta dans les bras des sœurs en leur disant: «Je les ai reconnus avec leurs grands bas!» La sœur économe l'avait payé, il était reparti... puis nous avions vu la Clouâtre arriver. Maudit! Juste à lui voir la face, j'étais sûr qu'on venait... de sonner notre glas! Ma mère avait été avertie. Elle n'était pas accourue pour autant. La révérende supérieure lui avait dit:

— Il nous faudra sévir, madame Brisseau. Ils doivent servir d'exemples...

— D'accord, mais je vous défends de les toucher. Punissez-les autrement jusqu'à ce que je vienne dimanche. Mais, je vous le répète, défense de leur toucher!

Maurice et moi avions été privés du déjeuner et du souper jusqu'au dimanche. Un seul repas par jour et le lit à huit heures après trente minutes de prière à genoux. Déjà pas gros, là, j'avais tout pour être... Les Os! Maurice avait été démis de son titre de président . Sœur Caisse voulait lui faire avouer que le coup monté était de moi. Il avait juré qu'il était de lui. Sœur Baribeau ne me souriait plus et la Patry se réjouissait de mon sort. Guimond et Letarte n'en revenaient pas. C'était la première fois que deux pensionnaires se sauvaient de l'orphelinat. Pour les uns, nous étions des héros, pour les autres, des voyous qu'on devait fuir comme les «pisseux!» Nous avons pâti comme ça jusqu'au dimanche, mais Maurice m'avait dit un soir que nous étions à genoux:

— J'suis content d'not coup! Même si on l'a manqué, la mère va comprendre qu'on veut pas revenir l'année prochaine. Pis, les sœurs, astheure que j'suis plus l'président, elles vont y goûter en enfant d'chienne avec moi!

Nous étions descendus au parloir en ce dimanche. Ma mère était là avec Jean-Pierre. Elle avait l'air autoritaire, mais ça n'avait pas impressionné Maurice.

— On va r'commencer, la mère, si tu nous ramènes ici l'année prochaine!

Elle regarda Jean-Pierre qui fronça les sourcils.

— Qui vous a dit que vous reveniez? nous demanda-t-il.

— Sœur Caisse! La mère a fait notre inscription sans même nous en parler!

— J'étais pour le faire. J'attendais les vacances d'été! lança ma mère en colère.

Jean-Pierre se tenait la tête à deux mains...

– T'as pas fait ça, m'man? Ça m'dépasse! Tu m'as dit que t'allais les garder...

– Mêle-toi pas d'ça, Jean-Pierre. Si j'avais su, j'serais venue toute seule!

Elle s'était mise à pleurer. Je la regardais, mais elle sentait qu'il n'y avait pas la moindre lueur d'amour dans mes yeux. Je la fixais... comme on fixe une potence!

– T'as l'air maladif, toi. Fais-tu de la fièvre?

Elle m'avait passé la main sur le front, puis, rassurée, s'adressa à Maurice.

– Écoute, il reste à peine deux mois. Finissez au moins l'année, passez vos examens, pis après, pendant les vacances, on verra...

– On verra rien, la mère. On r'vient pas! C'est-tu assez clair?

– Maurice, fais-moi pas damner, pas aujourd'hui, pas après m'avoir fait honte comme vous l'avez fait en vous sauvant. Qu'est-ce que t'as pensé, Maurice? T'étais le président, t'étais même gâté, pis les sœurs t'aimaient...

– Pis lui, m'man, Michel? Y'a pas été assez magané par les pisseuses?

– Maurice, pas si fort, du respect! Ah! qu'est-ce que j'ai fait au bon Dieu...

Et, Ida s'était remise à pleurer en se tortillant sur sa chaise. Jean-Pierre qui voulait écourter la visite nous avait dit:

– Finissez l'année, pis après, j'vous jure que je vais m'en mêler. Le père s'en lave les mains? Pas moi! On va discuter, la mère et moi. Vous r'viendrez pas si vous l'voulez pas.

– Jean-Pierre! Dis-leur pas ça!

– On en reparlera, la mère. Rendus à la maison seulement. Regarde-le donc celui-là! Y'était pas gros, mais là, y'a juste la peau pis Les Os!

– On n'a pas mangé d'la semaine, viarge! C'était ça notre punition! cria Maurice.

– Faut quand même pas exagérer, la mère. Là, ça va faire! lança Jean-Pierre.

Ils étaient repartis et j'étais remonté avec Maurice avec un sac sous le bras. J'avais vu ma mère. Je l'avais haïe quelques minutes, puis, comme hypnotisé par sa voix, par ses yeux, par ses larmes et par sa force, j'avais fléchi. Je l'aimais encore. J'en avais besoin. Je m'en étais ennuyé depuis deux semaines. J'en dépendais. «Je t'aimais... maman!»

Les lilas étaient en fleur et on humait déjà l'arôme des autres bourgeons qui allaient renaître dans la cour de l'orphelinat. En ce merveilleux samedi de mai, j'étais avec Guimond, Letarte et sœur Baribeau dans une balançoire à quatre places où la jeune religieuse aimait se détendre en nous racontant de belles histoires. Elle était belle sous les rayons du soleil et je l'imaginais sans son costume, sans cornette, avec de longs cheveux qui lui tombaient sur les épaules. J'avais appris que son prénom était Thérèse, secret bien gardé puisque les religieuses portaient leur nom de famille en communauté. Thérèse! Comme la sainte dont on avait la statue à la chapelle. Celle qui tenait des roses et un chapelet entre ses mains. Celle qui était aussi belle que Thérèse Baribeau! Il m'arrivait encore de lui parler de Jean-Pierre, de son nouveau complet, de son emploi, mais je ne lui parlais plus de l'acteur qu'il deviendrait. J'avais cessé de tourner le fer dans la plaie car, souriante, sœur

Baribeau jamais ne questionnait. C'était comme si, en se donnant à Dieu, elle avait fait son deuil des hommes. Oui, elle avait dû être aimée et déçue, cette jeune religieuse dont les lèvres étaient si belles. Une peine d'amour... avait dit ma mère! Il était sans doute aussi beau que mon frère celui qui l'avait quittée après avoir eu la chance de la tenir dans ses bras. Une peine qu'elle gardait pour elle, un chagrin qu'elle surmontait dans son costume austère, avec encore au fond des yeux, l'étincelle d'un souvenir d'hier. Et quelle jolie voix que la sienne quand elle fredonnait avec moi *Partons, la mer est belle.* Des chansons de sa jeunesse, le cahier de l'abbé Gadbois, c'était là le plus beau moment de cette religieuse au cœur de la vingtaine. J'ai su son prénom mais je ne lui ai jamais demandé son âge. Je n'ai pas osé... aussi curieux que j'étais. Elle aimait mon prénom car, selon elle, c'était celui du plus beau des archanges. Et, contrairement aux autres sœurs qui m'appelaient Brisseau, elle m'appelait Michel. C'était pour elle plus doux au son et à l'oreille. Elle me coupait un lilas pour que je l'offre à ma mère le lendemain. Ida en fut ravie, mais comme elle n'avait pas le sens de l'odorat, la fleur l'embarrassait. Sœur Baribeau ignorait... que ma mère ne sentait pas!

Affecté à la chapelle une fois de plus avec la sœur «pas d'nez», j'étais heureux de terminer l'année avec cette légère corvée. Le père Proulx disait que c'était là une tâche tout indiquée pour moi, qu'il sentait une future vocation... en ce petit gars. Cette fois, c'était avec Letarte qui était fort chagriné de voir l'année scolaire s'achever. J'étais son seul ami, ou presque. Le seul qui ne le taquinait pas avec son nom qu'on prononçait au féminin et sa forte myopie. Tout comme Maurice, il portait des barniques, mais lui, ce n'était pas parce qu'il avait reçu de la cendre dans les yeux. Maurice m'avait dit, parlant de lui:

    — Moi, c'est un accident. Lui, c'est un désastre!

    — Pourquoi? Qu'est-ce que tu veux dire?

    — C'est assez pour avoir la vue basse, quand t'as toujours devant les yeux, la face de chien de la Clouâtre!

À la chapelle, j'avais du temps à moi, pendant que sœur Luguet, toujours en sueur, priait le Seigneur. J'avais camouflé sous ma chemise un calepin et un crayon à mine. Enfermé dans le confessionnal, j'avais réussi à rédiger en trois étapes successives, une courte missive à ma mère. La première et la dernière que j'allais lui écrire... d'un orphelinat!

Chère maman,

Je n'ai pas toujours été fin, pas toujours été sage, mais c'est parce que je n'étais pas bien, que j'avais du chagrin. Je te demande pardon si je t'ai fait pleurer parfois. Je ne voulais pas te faire de la peine. Quand je me suis sauvé avec Maurice, c'est moi qui en ai eu l'idée. Il a pris tout le blâme pour me protéger des sœurs et de ta colère. Je ne suis pas méchant, maman, même si, souvent, j'ai pensé à ne plus jamais te voir. Je pensais que tu comprendrais que c'était parce que je m'ennuyais de toi, de la maison et de Cloclo. L'année scolaire achève et on aura de bonnes notes, Maurice et moi. En récompense, j'aimerais que tu ne nous ramènes pas ici l'année prochaine. Garde-nous avec toi, maman, toujours et pour de bon. Je te le demande pour Maurice et pour moi, tes enfants. On a fait un an à l'orphelinat, c'est assez pour nous. Toi, tu as pu retrouver ta santé pendant ce temps-là. Je t'en supplie, maman,

garde-nous cette fois. Ne dis pas oui pour dire non ensuite.
Jure-moi que tu nous garderas et on t'aimera de tout notre
cœur.
Ton petit Michel.

Après avoir dérobé une enveloppe à Édith Cormier qui
écrivait souvent à une amie, j'avais fait poster ma lettre par
un garçon qui allait faire une commission en lui promettant
des bonbons. Sans même y apposer un timbre, je n'en avais
pas! J'avais pris une chance et la lettre lui est parvenue
quand même. Cette fois, pas de chantage, pas de larmes,
que des sentiments. Je voulais émouvoir ce cœur de mère
afin de nous sauver d'une autre année dans cet orphelinat.
J'y allais par la douceur, ce qui n'était pourtant pas la
bonne manière avec Ida. Elle était habituée à la rigueur de
son père, de mon père, de Maurice. Elle aimait le combat,
ma mère, pas les bouquets de mimosas. Mais j'avais cru
que, pour une fois, elle allait succomber d'émotion tout
comme lorsqu'elle écoutait *Jeunesse Dorée* à la radio.
J'osais ce que personne n'osait avec elle. Fouiller jusque
dans son âme, jusque dans ses entrailles. Il était impossible
qu'elle demeure... insensible.

Cette fois, elle avait accusé réception de ma lettre devant Maurice lors d'une visite.

– J'ai eu ta lettre, Michel. Il n'y avait pas de fautes.
C'est bien, Michel. On s'en reparlera.

Quatre petites phrases gentilles mais sèches. Au moins,
elle avait lu ma lettre...

– J'ai été obligée de payer le timbre au facteur. T'as été
chanceux qu'elle me parvienne.

Après son départ, Maurice m'avait demandé:

– Tu lui as écrit? Quand? Qu'est-ce que tu lui as dit?

– Qu'on voulait pas revenir ici...

– Tu penses que tu vas l'avoir avec des gants blancs, la mère? T'es pas mal cave, Michel! T'aurais dû m'en parler, j't'aurais empêché d'lui écrire. Avec moi, ça va être direct! On r'vient pas dans c't'enfant d'chienne d'orphelinat! Migraine ou mal de foie, on r'vient pas! Elle va nous avoir sur les bras comme ma tante Jeanne a les siens. C'est pas à dix ans qu'elle va faire ce qu'elle veut de moi, Ida. J'suis plus un enfant! Si elle a encore ça dans l'idée, elle a besoin d'changer, parce que moi, j'lâche l'école, je r'viens pas à l'orphelinat... pis j'm'en vas travailler!

– À ton âge? Où ça?

– N'importe où, même ramasser des clous chez le cordonnier! Pis, elle pourra rien dire la mère, elle a fini en troisième année, elle!

J'avais terminé avec 76 % et Maurice, 70 %. D'assez bonnes notes pour lui, moins bonnes pour moi qui récoltais davantage à la petite école. Trois jours encore et c'était le grand congé. Pour la première fois, sœur Baribeau m'avait questionné:

– Penses-tu revenir l'an prochain, Michel?

– Oh non! On reste à la maison! De toute façon, je serais trop grand pour être encore avec vous et... la sœur Clouâtre, je...

– N'ajoute rien, tu pourrais calomnier ton prochain.

Elle ne semblait pas émue à l'idée de me voir partir pour toujours. C'était comme si elle sentait, comme si elle savait que j'avais de fortes chances de revenir. Letarte était triste, Guimond également. Sans parents, leur été allait s'écouler dans une colonie de vacances avec des monitrices, des sœurs évidemment. Letarte m'avait demandé si ma mère accepterait de le garder pour l'été. J'étais peiné de lui répondre:

— Es-tu fou? C'est tout juste si elle peut nous endurer!

Assis dans la balançoire avec sœur Baribeau la veille du départ, je regarde autour de moi et je m'écrie:

— Regardez, ma sœur, des *parapluies du diable!*

— Mais où donc as-tu pris ce nom pour de vulgaires champignons?

— C'est ma mère qui appelle ça comme ça...

Elle fit mine de réfléchir, se voulant diplomate, sourit et me répondit:

— Ta mère les compare sans doute au poison de Satan, au feu de l'enfer...

— Ça s'peut, ma sœur, parce que ma tante Jeanne lui a déjà dit que l'enfer... c'était sur terre!

— Ce qui est faux, Michel, le purgatoire, peut-être...

Et sœur Baribeau de partir dans une rêverie. Son purgatoire à elle, sans contredit. Mais n'empêche que même dans cette cour, à l'orphelinat, il y avait des *parapluies du diable!* Sans doute semés par... la Clouâtre!

Chapitre 13

Le temps des vacances, le retour à la maison, les bonnes soupes de ma mère, voilà ce que nous avions retrouvé de bon cœur, Maurice et moi. C'était comme si nous étions sortis d'un séjour en enfer qui nous avait paru interminable. En ce mois de juin 1945, on parlait partout de la fin de la guerre, de la mort d'Hitler, tout en restant craintif, face au péril jaune qui menaçait encore le monde. J'avais, bien sûr, entendu les sœurs parler du suicide d'Hitler au mois de mai, de la fin des tourments des Juifs, mais c'était en catimini qu'elles en causaient. Elles préféraient nous garder dans la peur afin de remercier le ciel à chaque jour de notre croûte de pain et de nos cubes de bœuf de plus en plus gras. Le père Proulx nous avait annoncé le 7 mai: «Les enfants, la guerre est finie!» sans se douter qu'au mois d'août la première bombe atomique allait détruire Hiroshima et qu'une deuxième suivrait pour anéantir Nagasaki, une autre ville du Japon. Mais, pour nous, dans nos têtes d'enfants, la guerre était finie! Nous n'allions plus nous promener sans cesse du dortoir jusqu'à la chapelle avec la statue de Notre-Dame-du-Cap. Mais, la Clouâtre, tout comme les témoins de Jéhovah, persistait avec le *À quand notre tour!* une brochure qu'on distribuait et sur laquelle on pouvait voir deux femmes s'arracher des mains un paquet de carottes. Célèbre et triste cliché qui faisait frémir les enfants. L'image qui nous faisait avaler notre *baloné* comme si c'était un filet mignon! L'arrivée du dernier jour, du moins, nous le croyions, Maurice avait regardé la Cloûatre pour ensuite me chuchoter: «J'veux plus jamais d'ma vie...lui r'voir la chienne de face!»

Heureuse de nous revoir, la mère? Je ne saurais dire. Cloclo, oui, mais elle, je me le demande encore aujourd'hui. Elle nous avait dit: «Défaites vos valises, mais mettez-moi pas la maison à l'envers!» Peu souriante et réalisant son accueil plutôt froid, elle avait ajouté: «J'ai mon gros mal de tête!» C'était Jean-Pierre qui était venu nous chercher. Avec Sophia, bien entendu, et sœur Baribeau les avait vus. Elle qui, pourtant, ne questionnait jamais m'avait demandé: «Il a une amie, ton grand frère?» Embarrassé, mais vif comme l'éclair, j'avais répondu: «Non, c'est Ginette, ma cousine!» J'étais sûr, ou presque, de ne plus revenir, mais je ne voulais pas que la jeune religieuse passe un été avec une seconde déception dans le cœur. Pas la belle Thérèse! Pas celle qui ressemblait comme deux gouttes d'eau à la statue de sa sainte patronne. Sœur Baribeau était la seule que je quittais avec un certain regret. Elle avait été pour moi, à défaut de ne pas être une mère, la grande sœur que je n'avais jamais eue.

— Les p'tits! Votre père a décidé de nous louer un camp d'été!

C'était avec joie que ma mère nous avait annoncé... la bonne nouvelle.

— Où ça? questionna Maurice.

– À Saint-André Avellin. C'est votre tante Jeanne qui l'a déniché et nous allons passer l'été tous ensemble. Un beau grand camp avec une plage!

Comme idée, j'avoue que ce n'était pas bête. La campagne, c'était certes mieux que le parc Jarry et les sandwiches aux bananes. J'allais être privé de mon copain Jean-Louis, mais avec les cousines, le cousin, Maurice et Cloclo, c'était mieux que de passer l'été à songer et à entendre Ida et Conrad se disputer quand le père était à la maison. Mon oncle qui travaillait viendrait les fins de semaines et mon père, ça nous le savions, ne se montrerait pas le bout du nez... ou presque. Pour cinquante piastres, il venait de se débarrasser de sa famille pour l'été! Génial, ce Conrad, n'est-ce pas? Il pourrait jouer aux cartes avec ses amis, fréquenter qui bon lui semblerait, et ne plus avoir à répondre à Ida qui serait loin de lui... avec ses maux de tête! De plus, pas de petits dans les jambes, encore moins dans les bras!

– Moi, j'y vais pas. Ça me tente pas! de dire Julien.

Pour une fois, ma mère s'était emportée contre son «bec fin.»

– Toi, tu suis! Quand t'auras l'nombril sec, tu feras c'que tu voudras, mais pour l'instant, tu suis! C'est pas à quinze ans que tu vas me tenir tête!

Moi, j'avais eu neuf ans le 4 juin, mais un anniversaire, c'était loin d'être souligné quand on était dans un orphelinat. Sœur Baribeau m'avait offert ses vœux et un bâton fort pour l'occasion. Un bâton que j'ai sucé pendant trois jours quand la Clouâtre ne me regardait pas. Ma mère m'avait apporté du chocolat, un livre de contes et une petite carte avec, à l'intérieur, *Bonne Fête, Michel.* signée *Maman.* Pas même un ou deux becs en forme de X. Pas le moindre mot d'amour. Juste une carte... de circonstance.

Curieux bonhomme que mon père. Il n'aimait pas sa femme, la fuyait constamment et ne permettait à aucun autre homme de lui adresser le moindre compliment. Jolie, quoique dodue, Ida avait une belle façon avec le boulanger comme avec le laitier. Si l'un d'eux lui disait certains matins: «Vous avez l'air en forme, madame Brisseau. Vous êtes très belle ce matin!» elle rougissait comme une couventine et fredonnait ses chansons toute la matinée. C'était comme si elle cherchait elle-même cette tendresse que nous, nous attendions d'elle. Des cœurs dans le même panier, oserais-je dire, mais des cœurs qu'elle aurait pu casser comme des œufs, juste avec un sourire si elle l'avait voulu. Mais non, mal aimée, ma mère nous rendait la monnaie de sa pièce. C'était comme si elle désirait... qu'on souffre autant qu'elle. Conrad ne l'aimait pas, mais Ida était sa propriété. Jaloux «on se demandait bien pourquoi» il pouvait même s'emporter quand un homme, par pure courtoisie, s'intéressait à elle. Je l'ai vu un jour mettre le vendeur des produits Watkins à la porte, parce qu'il avait osé dire à ma mère qu'elle avait une bien jolie coiffure. Ida était sienne, la femme de personne d'autre. Sa «servante» à lui, pas à un autre. Celle qui était toujours enceinte et de plus en plus grosse. Ma mère, «sa chose», qui, «en famille» le rassurait... pendant neuf mois! De longues vacances pour Conrad et ses joueurs de cartes! La liberté totale pendant que sa femme, découragée, prenait des bains de moutarde pour se défaire de l'enfant qu'il lui avait fait... sans son consentement. Je me suis toujours demandé si, amoureuse, heureuse et comblée, Ida n'aurait pas oublié les sévices de son père. Si mon père l'avait aimée, s'il l'avait seulement considérée, peut-être que nous, ses enfants, aurions un souvenir différent de nos jeunes années? À être mal aimée de son père, de son époux, on engendre des enfants sans amour qui, à leur tour, deviennent des mal-aimés. Très ingrate cette hérédité, mais Ida n'a pas su... la combattre!

À Saint-André Avellin, ce n'était pas un palais qui nous attendait, mais une mansarde de bois, une ancienne grange avec laquelle on avait fait un camp d'été. Deux étages, chambres en haut, divans en bas, on aurait dit que la maison n'était pas encore dégelée de la froidure de l'hiver. Une odeur d'humidité persistait. Une odeur comme celle des vieux livres qu'on sort enfin d'un grenier. Mais, tout compte fait, c'était encore mieux que l'orphelinat. Avec sa sœur Jeanne, ma mère était heureuse. Elle pouvait déblatérer contre mon père, et l'autre, avec un malin plaisir, l'écoutait. Dans l'art de se vider le cœur, Ida était bonne première. Un soir que toutes deux nous croyaient endormis, j'écoutais, de mon sofa, leur très intime conversation.

– J'en peux plus, Jeanne. Je l'endurerai pas toute ma vie c't'animal-là!

– J'te comprends bien, ma pauvre Ida, mais que peux-tu faire? Avec cinq enfants et pas un sou devant toi, t'es vraiment à sa merci...

– Ah! si seulement j'avais un mari comme le tien, Jeanne. Mais non, fallait que j'tombe sur c'qui avait d'pire en ce bas monde!

– Dis pas ça, Ida, rappelle-toi du père, de ce qu'a enduré notre pauvre mère!

– Je l'sais, Jeanne, mais c'était pas une raison pour que j'en frappe un semblable. J'sais pas c'que j'ai fait au bon Dieu, mais on dirait que j'étais pas faite pour les hommes. De la marde, rien que d'la marde... avec eux!

— Console-toi, Conrad ne boit pas, lui. Imagine ce que serait ta vie...

— La bouteille ou les cartes, c'est pareil! Un vice n'excuse pas l'autre! Pis, c'est pas parce qu'on manque de rien que j'peux fermer les yeux sur le reste. Quand t'es née pour un p'tit pain, Jeanne... Mais, j'te l'dis, un jour, ça va faire du bruit. J'vais quand même pas endurer ça toute ma chienne de vie! J'suis pas comme not' mère, moi! J'ai du tempérament, pis quand c'est fini...

— Qu'est-ce que tu veux dire au juste? Où veux-tu en venir?

— J'vais le laisser, j'vais m'en séparer! J'ai même plus l'courage de l'regarder en face. Juste à penser qu'il couche encore dans mon lit, qu'il essaye de me faire un autre p'tit, le poil me r'dresse sur les bras! Ce n'est même pas un devoir qu'il accomplit, j'suis juste son dépotoir! Une folle qu'on remplit pour ensuite courir la galipote! Ah! l'écœurant! Le pire, c'est qu'il sait que mon retour d'âge s'en vient. On dirait qu'il veut m'user jusqu'à ce qu'un p'tit me reste collé aux reins! Non, ça pourra pas aller tellement plus loin, Jeanne. Jean-Pierre va se marier, les autres vont grandir et s'en aller, pis après, j'vais restée pognée avec la bête! Tu comprends?

J'écoutais, je buvais ses paroles, sans toutefois en saisir toute la profondeur. Mais je comprenais que ma mère voulait quitter mon père et c'était pour moi comme le plus beau des rêves. Lui parti, elle n'aurait plus que nous et, peut-être que là elle nous garderait auprès d'elle à tout jamais? Qui sait si son cœur blessé ne s'ouvrirait pas pour nous? Se séparer de lui? Je n'y avais jamais pensé, mais c'était, à mes yeux, une maudite bonne idée! Maurice et moi pourrions travailler dans quelques années et prendre soin d'elle. Oui, Maurice et moi... à moins que Conrad puisse avoir une crise du cœur comme un voisin avait eue et qui l'avait emporté. *Ah, Seigneur! Vous rappelez-vous que je vous ai demandé de me pardonner quand j'ai eu cette pensée?* Je voulais tellement un peu d'amour de ma mère que j'étais prêt... à sacrifier mon père! Un étranger, un absent de notre vie que Maurice voulait envoyer... chier! Anxieux, angoissé, yeux grands ouverts, je sortis de ma rêverie pour entendre ma tante lui demander timidement...

– Tu comptes le quitter quand, Ida?

– Dès que Cloclo aura quatorze ans! J'te l'jure, Jeanne, sur la tête de not' mère!

D'un bond, j'étais debout. Je voulais qu'elle sache que j'avais tout entendu. J'ai fait mine d'aller à la cuvette, faute de toilettes et, me voyant passer, elle s'était écriée:

– Tu dormais pas, toi? Je suppose que t'as tout écouté, seineux comme tu es?

– Oui, m'man... pis avant que Cloclo ait quatorze ans, ça va prendre ben du temps!

Jeanne et elle s'étaient regardées. Ida était rouge comme une pivoine. De gêne et de colère. Ne sachant trop que dire, elle me lança:

– Couche-toi pis dors, espèce d'écornifleux! Quand on parle entre grandes personnes, t'as pas d'affaire à ouvrir tes grandes oreilles!

J'étais retourné sur mon sofa sans rien dire. Je sentais que ma tante se tortillait sur sa chaise, que ma mère était mal à l'aise. L'oreille encore plus aux aguets, je l'avais entendue murmurer à sa sœur:

– Lui pis sa grande gueule! Toute la paroisse va le savoir! J'sais pas c'qu'il a celui-là, mais jour et nuit, il dort pas. Y'a des fois où j'ai envie d'écraser un d'mes tranquillisants dans sa soupe!

– Allons, Ida, c'est juste un enfant... On dirait que tu l'as pris en aversion celui-là. Fais pas avec lui ce que le père a fait avec toi...

– C'est pas ça, Jeanne... y'a l'nez fourré partout! Pis, b'lette à part ça!

– Il est pourtant si fin avec moi. T'es pas correcte de dire ça...

– Si tu l'aimes tant qu'ça, prends-le donc! Ça m'en fera un d'moins sur les bras!

– C'est toi qui l'rends nerveux, Ida. Michel est un enfant affectueux...

– Licheux! tu veux dire, mais ça prend pas avec moi. À force d'aller au «collège», il va se rendre compte que rien ne nous tombe rôti dans l'bec!

Sa dernière phrase m'avait littéralement écrasé. *À force d'aller au collège...* Ce qui voulait dire que j'étais loin d'être sorti de l'orphelinat. Et que dire de son «un d'moins sur les bras?» Tante Jeanne avait raison quand elle disait que j'étais affectueux. En quête de ton affection, maman! La seule chose qui aurait pu faire de moi un enfant qui n'aurait juré que par sa mère! Tante Jeanne avait raison, maman, quand elle te disait: *fais pas avec lui ce que le père a fait avec toi...* «Oui, parce que c'est exactement ce que tu faisais, maman. Un souffre-douleur, un mal-aimé, comme si le sort t'avait commandé de te venger de pépère... sur moi! Comme si tu avais décidé dès ma naissance que j'allais être... ton mal de foie!»

Belette à mes heures, je n'avais pas parlé à Maurice de l'éventuel retour à l'orphelinat. Je n'avais pas voulu gâcher ses vacances et faire en sorte qu'il se querelle avec la mère quelques jours à peine après notre arrivée... en plein air. Le camp d'été à cinquante piastres était potable. Pour nous qui avions vécu à l'orphelinat, cette maison de bois nous apparaissait comme une oasis de paix dans laquelle nous pouvions aller et venir à notre guise. Évidemment, Julien avait trouvé l'endroit infect, d'autant plus qu'il n'y avait pas de piano pour interpréter ses valses de Chopin. Ginette, notre chère cousine, n'appréciait guère les toilettes à l'extérieur, autrement dit la *bécosse,* et encore moins la cuvette pour les besoins nocturnes. Le cousin Normand, Maurice et moi, nous nous en donnions à cœur joie dans le lac non loin dudit «chalet». Cette maison appartenait à un habitant qui nous avait même laissé, dans une étable annexe, trois poules... et la permission d'en faire un festin le temps venu. Je m'étais entiché d'une des poules, la brune que j'appelais Cocotte. Elle accourait à mon appel dès que j'arrivais avec le grain pour la nourrir. Une belle poule... à défaut d'un chat ou d'un chien. Une compagne à qui je vouais toute l'affection de mon cœur de petit garçon. L'été était beau et chaud, ma mère semblait de bonne humeur et tante Jeanne nous cuisait des tartes dont elle seule avait la recette. Je pense avoir engraissé de dix livres au cours de cet été. À tel point que Les Barniques était gêné de m'appeler Les Os. Un beau petit gars de neuf ans, voilà ce qu'était devenu l'enfant chétif... des chères sœurs. Le nez fourré partout, ce qui était vrai, je m'étais arrangé pour m'introduire chez le plus proche voisin qui n'était pourtant pas à quelques pas de notre camp. Une dame et ses deux petites filles y passaient l'été et, à l'insu de ma mère, je mettais le cœur de la dame en boule en lui racontant avec emphase... les horreurs de l'orphelinat! «Pauvre petit! m'avait-elle dit, ta mère ferme les yeux sur ça?» Un peu plus et la bonne dame me gardait avec elle pour le reste de l'année. C'est un peu ce que j'avais cherché en m'ouvrant ainsi le cœur, mais avec Ida et ses bâtons dans les roues, je n'ai plus eu le droit de m'aventurer chez cette voisine. Ma mère, par instinct, avait deviné que j'avais vidé là... mon sac d'orphelin!

Mon oncle était venu nous rejoindre la première fin de semaine et, d'un bon coup de hache, avait fait voler le cou d'une poule que nous devions manger le lendemain. J'étais resté sidéré... devant le massacre! Sans tête, la poule courait encore sur ses deux pattes! J'en ai gardé l'image comme celle d'un cauchemar. Il m'avait même fallu pleurer à chaudes larmes pour que la brune soit épargnée. Plus dodue que les autres, c'était elle que mon oncle Émile voulait abattre, mais mes pleurs avaient su atteindre sa clémence. Cocotte avait été sauvée de justesse... cette fois! Jean-Pierre était venu passer un samedi avec Sophia. Ma mère avait insisté pour qu'ils couchent au chalet, mais, tout comme ma cousine, Sophia recula d'épouvante devant la *bécosse* et préféra regagner la ville le soir même. Ida, furieuse, avait dit à sa sœur:

— L'as-tu vue, la précieuse? Comme si elle chiait de la rose, celle-là!

— Écoute Ida, la bécosse, ça n'a rien d'invitant, entre toi et moi...

— Pas rien qu'ça, Jeanne! L'as-tu vue avec sa belle robe, ses bijoux, ses talons hauts? A-t-on idée de se crêter comme ça pour venir à la campagne?

— Elle est coquette, Ida, y a pas de mal à ça? Y'en a tellement qui sont délabrées! Tu devrais être contente que Jean-Pierre sorte avec une fille distinguée...

— Ouais... une Italienne qui va lui coûter les yeux d'la tête! Pis, à part ça, une bécosse, c'est pas pour coucher? Elle n'avait qu'à faire comme nous autres pis... s'boucher l'nez!

Maurice qui écoutait nous avait bien fait rire en répliquant:

— Toi, t'as même pas besoin de l'faire, la mère, tu sens pas!

Conrad, mon père, ne s'était montré qu'un seul dimanche. Un aller-retour avec son chauffeur, parce qu'il ne conduisait pas, le père! Son chauffeur, c'était l'un de ses employés à qui il payait des heures supplémentaires pour le véhiculer. Généreux à outrance, il avait offert à chacun de nous... un sac de chips! Pour bien paraître devant tante Jeanne, pour montrer qu'il était en affaires, lui! Puis il s'était penché pour embrasser Rachel, *la poupée* de ma tante, et ça m'avait fendu le cœur. Non pas que je l'aimais, ce père sans le moindre égard pour ses enfants, mais son geste avait été fait pour plaire à Jeanne. Ce qui m'avait mis le cœur gros, c'est qu'il n'avait même pas embrassé Cloclo. Quant à moi, ça faisait belle lurette que j'avais fait mon deuil de sa tendresse. J'avais hâte qu'il reparte avec son chauffeur, qu'il *décrisse,* pour employer l'expression de Maurice. Quelques heures avec nous et ma mère, souriante la veille, avait repris sa face de carême. Ah! si seulement elle s'en était séparée à ce moment-là! Ça n'aurait pas pu être pire que de les voir... se haïr comme ça!

Jean-Pierre qui faisait de la culture physique dans le but de devenir Monsieur Montréal était très admiré des filles de la plage qui se pâmaient devant ses muscles. Tellement... que Sophia en était jalouse! Ma mère, qui s'était rendu compte de l'embarras de sa future bru, se faisait un malin plaisir de lui dire qu'une telle s'informait sans cesse de son grand. Et, du doigt, elle lui désignait toujours la plus belle. Face aux reproches de sa sœur, elle avait répondu: «On ne sait jamais, il pourrait peut-être *tomber en amour* avec une bonne petite Canadienne!» Comme si Sophia Vanelli venait de descendre d'un bateau de réfugiés... de l'Italie!

Deux semaines plus tard, c'est avec un homme musclé, un détenteur de titre du nom de Romain Berger, que Jean-Pierre était arrivé. Un vrai Tarzan! Comme celui qu'on voyait dans les films à Youville. Jean-Pierre qui rêvait un jour de décrocher son titre l'avait invité pour la fin de semaine. Un homme affable, gentil, paisible, même s'il faisait peur à tous les gars avec ses gros bras. Le genre à nous asseoir sur ses épaules, Maurice et moi, et à pomper ses biceps et ses pectoraux pour épater Julien. Le genre à nous passer la main dans les cheveux, à nous parler de ses exploits tout en s'informant de nos études. Le genre de gars que j'aurais aimé avoir comme père, quoi! Ma mère le traitait aux petits oignons avec des «monsieur Berger» par ci, par là, alors qu'il lui disait: «Vous pouvez m'appeler Romain, madame Brisseau». Ma cousine était pâmée devant lui. Elle lui aurait même sacrifié la vertu de ses seize ans s'il s'était approché d'elle, mais cet Hercule n'avait d'amour... que pour ses muscles! En maillot de bain du matin jusqu'au soir, le corps huilé du cou jusqu'aux orteils, il jouissait d'entendre les *Wow!* que suscitait son passage sur la plage. Ginette en était folle et tentait par tous les moyens d'attirer cette sculpture de Michel-Ange... dans un tas de foin! Mais Romain Berger avait 30 ans. Un âge assez mûr pour plaire... à tante Jeanne! Beau comme un dieu de la mythologie, c'était un primitif, un réel Tarzan! Nous en avions eu la preuve, Maurice et moi, lorsqu'un jour il attrapa une grenouille de ses mains pour ensuite lui arracher les cuisses et les manger crues... comme un homme des cavernes! Maurice qui l'avait vu se régaler d'un «crapaud» vivant selon lui m'avait dit: «L'as-tu vu, l'maudit cochon? J'suis sûr qu'il mange aussi du poisson cru, le Tarzan!» En effet, ce Monsieur Muscles mangeait tout ce qui venait de l'eau sans même le frire ou le faire bouillir. Maurice disait: «Il me lève le cœur!» pendant que ma cousine se traînait à ses pieds pour qu'il la dévore... *toute crue!* Elle portait un *short,* des talons hauts, remontait ses cheveux, mais il persistait à l'appeler... *la p'tite!* Tante Jeanne se pavanait devant lui, évitait de porter ses lunettes et s'habillait de robes soleil seyantes. Ce qui avait fait dire à ma mère: «Tiens! le même jeu qu'avec Armand Robin!» Ma mère le trouvait gentil, bien élevé mais, pour elle, Romain Berger n'était qu'un jeune homme qui vivait pour ses poids et haltères. Il lui aurait fait la cour qu'elle n'aurait pas bronché. Elle avait jadis rougi devant les compliments du vendeur des produits Watkins, petit homme maigrelet, mais pas devant ceux de ce pseudo Monsieur Univers!

Quand ils sont partis, Ginette était triste. Triste et en colère, la cousine, parce qu'il lui avait dit: «À un de ces jours, la p'tite!» Sa mère, comme pour la consoler, lui avait dit: «Tu vois bien qu'il est trop vieux pour toi. D'ailleurs, c'est le genre d'homme à se faire tâter de la tête aux pieds, pas le genre à se marier!» Le tâter? C'était exactement ce dont rêvait la cousine et ce que même ma tante... n'aurait pas dédaigné! Sophia n'était pas venue à cause de la *bécosse* et parce que, avec Romain Berger dans le décor, mon frère n'allait avoir d'yeux que pour lui. Parti pour la gloire, équipé de tous les poids et haltères de Ben Weider, Jean-Pierre négligeait quelque peu sa Sophia. Pour avoir un corps de dieu grec, mon frère avait failli perdre son Italienne! Je me voyais déjà avec un autre disque de Billy Eckstine sous le bras, mais, heureusement, tout s'arrangea. Sophia n'était pas revenue au chalet parce qu'elle s'était aperçue que ma mère l'avait regardée de travers lors de sa visite dans sa belle tenue vestimentaire. J'ai appris plus tard que Jean-Pierre lui avait dit sur le chemin du retour cette fois-là...

— T'as pas à t'en faire, faudra t'habituer, la mère ne t'acceptera pas...

— Dans ce cas-là, on devrait peut-être se quitter?

— Pourquoi faire? Écoute, Sophia, c'est moi que tu épouseras, pas elle...

Ravie, surprise, gênée, troublée, elle avait ajouté:

— Tu as l'intention de m'épouser, Jean-Pierre? C'est vrai?

— Comme si tu ne l'savais pas, mon adorée!

J'imagine ma mère devant un tel aveu. Elle qui n'avait jamais eu de Conrad, le moindre mot doux, la plus petite attention. Elle, la pauvre Ida, la pauvre fille, la... mal-aimée!

L'été s'écoulait et, même si je m'amusais, il m'arrivait d'être obsédé par le retour à l'orphelinat. Contrairement à Maurice qui était sûr de ne jamais revoir les sœurs, moi, je me conditionnais, sachant que nous n'échapperions pas à la trame de ma mère. À neuf ans, sans le savoir, j'étais déjà fataliste, un état d'âme qui allait me suivre jusqu'à mes cheveux gris.

Que ce qui doit arriver... arrive! me suis-je répété tout au long de ma vie. Une maxime dont l'embryon avait pris naissance dès mes premiers déboires d'enfant. Nous étions au mois d'août et pas une seule fois ma mère n'avait fait allusion à notre retour en classe. Son silence me désespérait, mais l'avoir questionnée... m'aurait tué! Je priais le bon Dieu tous les soirs, même si je savais que c'était en vain. Quand ma mère chuchotait avec sa sœur et que j'entrais, elles se taisaient. Ça sentait le complot à plein nez et l'air navré de tante Jeanne confirmait mes moindres doutes. J'aurais voulu en parler avec Jean-Pierre, mais je n'osais pas. Je redoutais sa réponse. J'avais en moi l'horrible crainte qu'un «oui» mette fin à mon sursis. Enfant, j'en étais rendu à user de subterfuges comme un adulte. Mes plus belles années se sont écoulées dans l'essence la plus pure... de l'angoisse. Que de mal on peut faire à un enfant! Un enfant qui délaissait son ballon de plage pour écouter aux portes comme les grands. Un enfant qui, au lieu de s'amuser, souffrait en silence d'une... incommensurable anxiété.

«Et je te regardais, maman, comme pour discerner dans tes yeux la moindre affirmation. Comment as-tu pu faire pour que ton regard posé sur moi reste de glace? Comment pouvais-tu garder un tel sang-froid, quand tu sentais de mon cœur tout l'effroi? Comment as-tu pu être assez dure pour ne pas dire, au moins à demi-mots, ce que tu allais éventuellement nous dire... sans avoir le cœur dur? C'est étrange, mais tu n'avais plus tes migraines à Saint-André

Avellin. Pas même une crise de foie avec les plats en sauce de tante Jeanne! Étions-nous, Maurice et moi, les virus de tes maladies? Pourquoi étais-tu bien... quand papa n'était pas là? Pourquoi ne pas t'être séparée de lui plutôt... que de nous? Avions-nous à régler, petits garçons, l'addition de tes cruelles déceptions? Tes enfants se devaient-ils de payer à ce prix les déboires de ton mariage désuni? Pourrais-tu, sans larmes ni remords, me répondre... aujourd'hui?»

Après les deux poules blanches, il ne restait que la brune. La chère Cocotte à qui je parlais chaque jour et qui me suivait comme un petit chien. Mon oncle, venu passer deux jours, m'avait dit: «Ça m'fait ben d'la peine, Michel, mais il ne reste qu'elle. Si je la tue pas, elle va mourir de froid cet hiver.» J'avais les larmes aux yeux et ma cousine m'avait éloigné de l'enclos pour que je n'assiste pas à son exécution. Pas loin de la scène, cependant, je l'entendais se débattre alors que mon oncle avait fini par la capturer. J'étais sûr que Cocotte savait que sa dernière heure était arrivée. Je n'aurais pas voulu être là, certain que ses yeux m'auraient imploré. Un peu comme les miens quand j'avais regardé ma mère et qu'elle avait pris la fuite, nous laissant à notre triste sort. Et je me suis senti bien lâche de n'avoir rien tenté pour la sauver. Je m'étais bouché les oreilles pour ne pas entendre le coup de hache. Les larmes coulaient sur mes joues et ma mère m'avait dit sèchement: «Arrête de brailler, viarge... c'est rien qu'une poule après tout!»

Au déjeuner du lendemain, tante Jeanne avait fait cuire des œufs. Sans aucune arrière-pensée, elle m'avait dit: «Celui que tu as dans ton assiette vient de Cocotte, Michel. Ton oncle l'a ramassé et j'ai pensé que tu serais content de

l'avoir juste pour toi.» Je m'étais levé de table, incapable
de le manger. Le dernier œuf de ma poule préférée? Jamais! J'avais boudé, j'avais erré toute la journée. Pas pour
leur tenir tête, mais parce que j'avais un lourd chagrin à
éponger. Au repas du soir, lors du «festin», je sortis de la
cuisine avant qu'on serve les portions. Je ne pouvais pas
croire que c'était Cocotte qui était là, inerte, dans nos assiettes. On riait, on se régalait, et moi j'avais peine à croire
qu'on puisse manger de bon cœur la poule qui avait
partagé mes jeux et mes joies pendant tout un été. Bien sûr
que ce n'était qu'une volaille, mais, enfant fragile, j'avais
le cœur comme de la paille. Je n'écrasais même pas une
fourmi de mon pied. Comment mon oncle Émile avait-il pu
couper le cou d'une poule en bonne santé? Je les regardais
se vautrer et j'avais l'impression de voir des cannibales.
Pires que Romain Berger avec ses cuisses de grenouille!
Encore plus quand ma mère, par mégarde, laissa échapper:
«C'était la plus tendre des trois!» Elle, qui ne savait même
pas que «tendre» était un dérivé de tendresse. Je les regardais tous manger ma poule, mon amie, et je ne sais pas
pourquoi, que Dieu me pardonne, mais c'était à Ida que je
souhaitais de s'étouffer... avec un os!

L'été s'acheminait vers sa fin. Conrad allait venir pour
fermer le camp d'été avec mon oncle, et là, je n'en pouvais
plus de me retenir. Il fallait que je parle à Maurice. Comment avait-il pu s'amuser ainsi avec Normand sans se
soucier que nous n'étions qu'à quelques semaines de septembre? Était-il sûr de lui au point de ne pas voir la date
sur le calendrier? Pensait-il vraiment que les sœurs étaient
des voiles périmés? Moins près de lui à cause du cousin qui
avait son âge, je m'étais employé à trouver un ami pour ma

cousine qui ne se consolait pas de la perte de son homme musclé. Et je l'avais trouvé en la personne du livreur du magasin général. Un gars de son âge à qui j'avais dit que Ginette avait un œil sur lui. Il est venu, revenu, jusqu'à ce qu'elle lui trouve quelques attraits, même s'il n'avait rien de son Monsieur Montréal. Gentil, courtois, pas laid sans être beau, il lui avait d'abord pris la main avec timidité. Trois jours plus tard, je les avais surpris dans la grange, elle, cheveux en broussaille, lui, pantalon aux chevilles. Je n'en ai pas parlé, j'avais juré. Et je n'ai jamais su si ma cousine avait dans ce foin de l'étable... perdu sa virginité!

— Maurice, viens icitte, faut que j'te parle!

— Qu'est-ce que tu veux? Normand m'attend, on s'en va s'baigner...

— Juste deux minutes, Maurice, c'est important.

— O.K. j'suis là. Qu'est-ce que t'as à m'dire maintenant?

— T'es au courant qu'on r'tourne à l'orphelinat, toi pis moi?

— Hein? Qui t'a dit ça? Pas la mère? T'es fou, tu sais bien qu'on y r'tourne pas. Moi, je r'prends mon école. La mère l'a dit, tu t'en rappelles pas?

Je souriais... pour semer davantage le doute. Je souriais car, dans le fond, je ne savais pas. Non, je ne savais rien encore de ce qui nous attendait.

— Pourquoi souris-tu? T'as entendu parler de quelque chose? Accouche, Les Os!

— Demande à la mère, Maurice, tu verras bien. On n'est même pas inscrits à l'école. Vas-y, demande-lui, pis r'garde-moi pas comme ça, t'as l'air d'un cave. J'te dis qu'on y r'tourne. Vas-y, demande-lui si t'as pas peur de sa réponse.

Finalement, ce que je voulais, c'était que Maurice soit celui qui confirmerait mes doutes. Moi, je n'en avais pas le courage. Elle m'aurait eu encore une fois avec ses contes et ses complaintes. Avec lui, je savais que ça allait être radical. Maurice était entré dans le chalet en furie et avait apostrophé la mère qui ne s'attendait pas à une telle scène ce jour-là. Tante Jeanne et *sa poupée* étaient présentes, mais rien n'allait empêcher mon frère de parler et de crier... poupée ou pas!

— C'est-tu vrai, la mère, qu'on r'tourne à l'orphelinat, Michel pis moi?

Elle était devenue aussi verte qu'une pomme tombée de l'arbre avant son temps.

— Qui t'a dit ça? Michel, je suppose? Ce p'tit faiseur de troubles?

— Lui ou un autre, ça change rien. C'est-tu vrai ou pas, la mère?

— Écoute, Maurice, j'aimerais mieux qu'on en reparle quand ton père sera là!

— Ah, ben! Tabarnak! Y'avait raison, Les Os! T'as tout fait ça dans not' dos. Tu m'auras pas, la mère, pas cette fois. Je te l'ai dit en sortant, finies les chiennes de sœurs, finis les plats d'marde! Tu nous gardes ou tu me r'trouveras pas! J'te l'jure, la mère, si t'as ça dans la tête, tu t'mets un doigt dans l'œil pis l'autre...

Tante Jeanne était intervenue juste avant que le mot grossier ne s'échappe:

— Maurice, parle pas comme ça à ta mère! Tu parles pas à un chien, là!

— Tu l'as entendu, Jeanne? Il a sacré! Il a profané le tabernacle! Il m'a insultée devant toi... et Conrad qui n'est même pas là!

— Pas besoin d'lui pour régler c't'affaire-là. On r'tourne à l'école, on reste à la maison. Pis toi, ma tante, mêle-toi pas d'ça! C'était réglé qu'on r'tournerait pas là! Sais-tu c'que c'est qu'un orphelinat, la mère?

— Maurice, sois plus poli! intervint une seconde fois tante Jeanne.

— C'est pire que l'hospice où vous avez sacré pépère!

Elles étaient restées bouche bée toutes les deux, ne sachant que dire...

— Lui, y'avait pas l'choix, mais nous autres, on s'laissera pas faire!

— Maurice, arrête d'être effronté! Me faire honte comme ça, devant ta tante...

Jeanne s'était retirée avec *sa poupée* qui s'était mise à pleurnicher. Ma mère dévisagea Maurice et, pour la seconde fois, le supplia d'attendre que le père soit là.

— Qu'il arrive, ça va rien changer! Ça fait longtemps que je l'ai dans l'cul, lui! Si tu nous fais ça, tu nous r'verras plus, la mère. Jamais plus! Faut pas avoir de cœur pour garrocher ses enfants là une deuxième fois! Si ça arrive, j't'avertis, j'déguerpis pis j'deviens un «bum»! Pire que ça, j'vais m'pendre pis tu vas avoir ma mort sur la conscience. T'as fini d'nous traiter comme des rats, la mère!

— Maurice, arrête! Ma pression!

— Ça pogne plus, la mère! Tes maladies, y'a des docteurs pour ça! J'te l'dis pour la dernière fois, Michel pis moi, on r'tourne pas là!

Tous étaient rassemblés, mais personne n'osait rien dire. Même Julien, qui, pourtant... souhaitait notre départ. Ce jour-là, Les Barniques avait semé la panique.

— Attends qu'ton père soit là... avait-elle ajouté en pleurant.

– C'est qui ça, mon père? Tu peux me l'dire, toi, la mère?

Il était sorti rouge de colère. Dans mon coin, je n'en menais pas large. Je me sentais coupable d'avoir engendré une telle scène mais, au moins, je savais. Par la bouche pleine du venin de mon frère, je venais d'apprendre ce que me réservait le destin. Je m'en doutais, mais là, j'en avais la certitude. Mais jamais je n'aurais osé parler à ma mère comme Maurice l'avait fait. Je pensais comme lui, bien sûr, mais j'avais trop de respect et puis... je n'aimais pas la voir pleurer. *Creusez mon cœur, mais malgré tout... j'aimais encore ma mère.* Pourtant, quand je suis entré, c'est moi qu'elle a apostrophé: «P'tit verrat! P'tit sournois! C'est toi qui l'as pompé contre moi, hein? J'te l'dis Jeanne... ce p'tit maudit va me faire mourir avant mon temps!»

Mon père était arrivé le lendemain avec son chauffeur qu'il avait payé une fois de plus en *overtime*. Complet brun, cravate à pois, souliers dernier cri, œillet à la boutonnière. En pleine campagne! Comme un millionnaire! Ce qui avait fait dire à ma mère: «Regarde-le, Jeanne, un vrai frais chié pendant que j'ai juste un *smock* à me mettre sur le dos!» Mais là s'était arrêtée sa médisance car, pour une fois, Ida avait besoin de lui, de sa fermeté, de son appui, pour regagner... sa délivrance! Il n'avait pas eu le temps de s'asseoir que, larmes à l'appui, elle lui racontait sa dure intempérie. Tante Jeanne avait entraîné le chauffeur à l'extérieur et, après vingt minutes d'entretien avec ma mère, c'est d'un ton sec que Conrad avait crié: «Maurice, arrive ici!» Je n'ai jamais su ce qui s'était passé. J'entendais des éclats de voix, des hausses de ton, des engueulades, ma mère qui s'interposait, puis, soudain, je vis Maurice sortir en courant, mon père à ses trousses. Il courait comme un lièvre, Les Barniques, et Conrad, essoufflé, n'a jamais pu le rattraper. Ce dont je me souviens et que je n'oublierai jamais, c'est que mon père lui avait crié:

— Si je t'accroche, t'auras pas à t'pendre, j't'étrangle!

Revenant sur ses pas, il m'avait regardé d'un air sévère pour me lancer:

— Pis toi, pas un mot! Tu feras exactement ce que ta mère te dira!

J'aurais pu lui cracher au visage tellement je l'avais haï ce jour-là. Tête baissée, j'avais juste marmonné après son passage: «Maudit écœurant!» deux mots que j'avais empruntés à ma mère! Conrad était reparti vers six heures sans que Maurice ne daigne se montrer. Après son départ, tapi derrière un bosquet avec mon frère, j'avais appris la raison de sa course effrénée. Tel qu'il se l'était juré, Maurice l'avait envoyé... chier!

Une dernière semaine à Saint-André Avellin. Maurice et moi avions traversé le lac à la nage à plusieurs reprises. Tout comme des poissons, nous nous sentions libres dans cette eau, même si l'hameçon planait sur nos têtes. Tante Jeanne et ma mère avaient réussi à se quereller à cause de Rachel, *la poupée* qu'Ida trouvait trop gâtée. Une fin de vacances assez orageuse si on ajoute à cette dispute la tumultueuse visite de mon père. Depuis ce jour, ma mère n'osait même plus parler à Maurice. Elle craignait une récidive de sa colère qu'elle attribuait à son mauvais caractère. Selon elle, Maurice avait tout hérité de pépère, celui qui, le premier, l'avait bafouée. Maurice, impatient, mécontent, ne s'amusait plus à Saint-André Avellin. Il avait délaissé Normand et passait ses journées à plonger du quai comme s'il souhaitait se fracasser un jour, le crâne sur une roche au fond du lac. À défaut de se pendre, pourquoi ne pas s'assommer? Il m'avait dit alors que nous étions seuls sur ce quai:

— J'suis écœuré d'être icitte avec la gang! J'ai hâte de r'tourner en ville. C'est là que j'vais tout régler, Michel. Ils ont pas fini d'en entendre parler!

— Ça servira à rien, je pense que tout est décidé...

— Pis tu laisses faire ça, toi! Si t'ouvrais ta grande gueule des fois, peut-être que ça aiderait? Tu m'pompes, pis tu m'laisses chialer tout seul!

— Moi, j'peux rien dire, Maurice. Tu l'sais! La mère n'a pas peur de moi. Si je m'ouvre la gueule, elle va me sacrer à l'hôpital en disant que j'ai la danse de Saint-Guy. Si elle le pouvait, elle me placerait même à la Merci...

— Ouais! j'sais ben! Elle est plus sur ton dos que su'l'mien. J'sais pas c'que tu lui as fait, mais elle est pas mal maudite avec toi. Bon, laisse-moi faire. C'est moi l'plus vieux des deux? C'est moi qui vas leur arranger l'portrait!

Nous étions revenus rue Saint-Dominique avec un soupir de soulagement et une certaine appréhension au fond du cœur. Il ne restait que deux semaines avant la rentrée des classes et rien ne laissait prévoir que nous allions retourner à l'école. Pas moyen de savoir, d'autant plus que j'ignorais où habitait mon ancien professeur, monsieur Curotte. Maurice qui n'avait pas envie de jouer les détectives privés apostropha Jean-Pierre un soir que ce dernier réparait sa voiture.

— Aie, le grand! Toi, tu l'sais! On y r'tourne ou on y r'tourne pas à l'orphelinat?

Jean-Pierre sortit la tête du capot de son auto pour lui répondre:

— Aussi bien te l'dire, vous y r'tournez, Maurice.

— Ah! ben, viarge! T'es de leur côté, hein? Tu disais qu't'allais t'en mêler?

— J'm'en suis mêlé, Maurice. J'ai parlé au père comme à la mère, mais y'a une chose qui faut que tu comprennes, la mère est ben malade...

— Malade mon cul! Elle est en pleine forme. Elle mange comme une cochonne!

— Arrête de parler d'elle comme ça, pis écoute-moi. Y'a pas rien que le foie et les migraines qui sont des maladies. La mère traverse un dur moment avec le père. Ses nerfs sont à terre, elle risque de devenir folle si on l'aide pas!

— L'aider, l'aider... j'veux ben, mais c'est pas en nous sacrant encore là qu'on va pouvoir le faire. Icitte, tous ensemble, on lui donnerait un ben meilleur coup d'main...

— Non, Maurice, la mère en a trop sur les bras. Avec deux de moins...

— Trop sur les bras, ça veut dire Michel pis moi, hein? Pas toi. l'grand, pas Julien, pas le p'tit. Toujours les deux mêmes, ceux qu'elle aime pas...

— Ben non, la mère vous aime autant qu'nous autres. C'est parce que vous êtes juste dans l'âge que ça tombe sur vous deux. L'année prochaine, ça va être différent. Peut-être ben que j'vais être marié, qui va y avoir plus d'place, qui va falloir que quelqu'un d'autre me remplace. Une autre année, Maurice, pas plus. Elle me l'a juré! C'est quand même pas ça qui va vous faire mourir!

— Va chier, l'grand! Ça paraît qu'c'est pas toi qui manges d'la marde!

Les jeux étaient faits. Rien n'allait plus. Quand Maurice m'avait parlé de sa conversation avec Jean-Pierre, j'avais senti que «notre chien était mort» et que nous allions reprendre nos valises, nos bas *drabes* et la porte de l'orphelinat! Dans mon cœur, Jean-Pierre était mon ultime espoir. Si lui ne pouvait nous épargner cette misère, personne d'autre ne pourrait le faire. Surtout pas mon père que nous n'avions pas revu depuis sa visite au chalet. Il était même parti la veille, sachant que la famille rentrait. Une pile de piastres sur le bureau de ma mère... et son devoir était accompli! Pourvoyeur! Que ça! Sans rien d'autre au fond du cœur! Comme d'habitude, devant la défaite, Maurice avait abdiqué. Il se jurait de se venger sur les sœurs, de leur en faire voir de toutes les couleurs. Moi, j'avais le cœur meurtri, l'âme en lambeaux. Ce retour m'obsédait au point de ne plus manger et de perdre cinq livres des dix que j'avais gagnées. Ma mère ne s'en inquiéta pas. Selon elle, c'était là ma façon de lui tenir tête. Tante Jeanne ne s'offrit pas pour me garder et je voyais ma mère avec nos valises, en train de tout ranger. Comme si de rien n'était! Comme si un enfant qui pleurait la nuit ne souffrait que... d'insomnie! Cette fois, c'était moi que je suppliais le ciel de venir chercher. Pas ma mère... moi! Je préférais le paradis que je ne connaissais pas à l'enfer de l'orphelinat. Là, au moins, je pourrais chanter avec les anges, des cantiques et des louanges. «À neuf ans, un enfant qui implorait la mort avec toute la vie devant lui, c'était grave, très grave... mère chérie! Mais ça, tu ne l'avais pas compris. Pas plus, d'ailleurs, que l'enfant qui tendait les bras et à qui tu donnais une pomme, au lieu d'un baiser!»

Nous étions partis, Maurice et moi, comme deux petits condamnés. Ma mère avait même eu le culot de nous dire: «Ça va mieux aller cette année, vous êtes habitués!» Comme si l'habitude créait le désirable! Comme si le fait de recevoir une «claque» nous portait à tendre l'autre joue. Nous n'étions pas Jésus-Christ... nous! Deux petits gars, deux enfants de neuf et dix ans, forcés d'admettre et de penser comme des grands. «Mon Dieu, ai-je seulement été un enfant en ce temps-là?» Jean-Louis ne souffrait pas d'angoisse, Guimond, oui! L'un était aimé, l'autre n'avait rien connu de semblable. Mais moi, c'était encore plus horrible... je vivais entre les deux! J'aurais préféré ne rien connaître ou être choyé plutôt que de savoir... et ne rien recevoir. Tout ce que je voulais de la vie, c'était ma juste part. Bien sûr qu'il y en avait des pires que moi, comme disait ma mère. Des enfants dans des camps de concentration, des infirmes, des aveugles, mais à neuf ans, un enfant ne veut pas ressentir que la misère des autres. Ne rêve-t-il pas de son lot de joies quand il tend les bras? Pourquoi m'avoir toujours dit, maman: «Y'en a des bien pires que toi», en fermant les yeux, quand en ouvrant les miens, j'en voyais des mieux?

Nous sommes partis avec Jean-Pierre et je n'ai même pas répondu à ma mère quand elle nous a crié: «À bientôt, les enfants!» Je ne l'ai même pas regardée dans l'espoir que son cœur puisse cerner notre peine. Maurice l'avait également ignorée. À tel point qu'Ida lui avait crié sur les marches du perron:

— Vous vous en allez quand même pas vous faire tuer?

— Ce serait moins pire que de s'faire chier! lui avait répondu Maurice, sans retenue.

J'avais des sanglots dans la gorge. Un fil de rage et de tristesse qui se nouait. Chez les «grands moyens», j'allais être avec la Clouâtre! Une épine de plus dans mon pied de bambin, alors que je gravissais en titubant, ivre de chagrin, les marches de... mon plus grand malheur!

Chapitre 14

Nous étions des affranchis, Maurice et moi, des enfants avec un passeport pour l'orphelinat. Bien sûr que ça allait être moins pire que l'an dernier, comme le prétendait ma mère. Nous savions d'avance ce qui nous attendait entre ces murs, nous pressentions déjà la misère noire à laquelle nous allions faire face. Des endurcis comme nous, avait dit Jean-Pierre, des petits gars qui ne se laisseraient pas faire. L'angoisse était moindre, la peur, absente. Pour ce qui était de la nourriture infecte qui allait nous garder en vie? «On n'engraisse pas les cochons à l'eau claire!» s'écriait souvent ma mère. Ou encore: «C'est pas le banquet, je l'sais, pis après? Du boudin comme du filet, ça va *toute* dans l'même trou!»

Ce qui me chagrinait, c'était de voir ces petits orphelins qui arrivaient pour la première fois. Des enfants de la crèche assez grands pour aller en classe. Des agneaux qu'on plaçait parmi les veaux! Des enfants qui quittaient des sœurs pour en retrouver d'autres, jusqu'à ce que vienne le temps... des frères! Aucune crainte dans leurs yeux, aucun désarroi. Ils déménageaient tout simplement et certains d'entre eux, heureux d'avoir six ans, entrevoyaient avec la

Clouâtre et la Cantin, un petit coin de ciel bleu. Pauvres petits! Pauvres visages d'anges à qui on avait oublié de poser des ailes! Comme nous étions chanceux, Maurice et moi, selon sœur Caisse, d'avoir... des parents!

Elle était là, plus maigre, plus laide que l'an dernier, la Clouâtre! Et elle m'attendait de pied ferme, la femme du bon Dieu, la fille du diable! J'allais l'avoir comme titulaire, avec pour partenaire, sœur Caisse! En plein dans les mains du «bourreau», comme m'avait dit mon frère. J'avais croisé sœur Baribeau qui m'avait souri, rien de plus. Me plaignait-elle? Qu'en savais-je! Je n'étais plus sous sa tutelle et elle était au courant que Jean-Pierre allait se marier, que Sophia n'était pas ma cousine. Un sourire qui se voulait un adieu dans mon cœur d'enfant. Un autre abandon, mais plus franc, plus tendre que celui de ma mère. Et la Clouâtre qui me regardait avec sa face de chien, sa gueule avec de la salive aux commissures et, quand elle l'ouvrait, des dents jaunes et cariées, causes de sa mauvaise haleine. Résignés, prêts à toute éventuelle attaque, Maurice et moi avions appris, tout comme les chevaux, l'art de marcher au fouet. Sauf que nous n'avions pas d'œillères, nous. Nous pouvions voir venir de côté comme de derrière. Ce qui n'était pas le cas des enfants de la crèche à qui on avait appris à marcher en regardant droit devant eux. Juste en avant pour ne pas voir venir les coups de pied au cul! Nous les aimions ces enfants, mon frère et moi. Loin de nous l'idée de les mépriser. Mais nous savions que nous étions différents. Nous avions, selon notre baptistère... des parents!

— Salut, Brisseau! Content de t'voir... m'avait crié Guimond.

– Moi aussi, mais j'ai pas l'goût d'moisir ici, moi...
avais-je répondu témérairement.

– Ah! Recommence pas! Viens, suis-moi, Letarte nous
attend!

J'étais maintenant chez les «grands moyens» et Maurice
était passé dans le camp des «grands». En classe, j'avais
hérité de *la grande maigre* comme institutrice et Maurice,
pour sa part, était aux prises avec celle que les enfants
appelaient *la baquèse*. Quelle belle année en perspective!
Endurcis, avait dit Jean-Pierre? Sans doute... parce que je
n'avais plus le goût des dictées et encore moins de l'arithmétique. Pendant que la grande nous expliquait les règles
d'une division, je dessinais sur une feuille dissimulée sous
mon cahier. Oui, je dessinais sans trop savoir quoi, avec la
tête dans les nuages. Je dessinais des pommes, des oranges,
une banane, bref, ce qu'on retrouvait dans nos sacs le dimanche quand s'amenait la mère. Maurice avait été réélu
président sous les instances de ma mère. J'étais en furie, en
beau maudit! Je l'avais traité de «téteux d'sœurs» en ajoutant qu'il avait accepté parce qu'il avait peur de s'enfuir
avec moi comme l'année dernière.

– C'est pas ça, Les Os! Mais, tant qu'à être pognés
icitte, on va au moins s'attirer des faveurs... m'avait-il dit
devant ma rancœur.

– T'es un chieux, Les Barniques! Dans l'fond, t'as peur
des sœurs! Tu veux juste te sauver de la soupane du matin,
manger des œufs avec elles. T'es un plein d'marde,
Maurice! Gros parleur, p'tit faiseur! Pis, tu tètes la mère...

– Arrête ou... j'te sacre mon poing su'a gueule!

– Essaye-toi, pis après, tu verras plus clair quand j'aurai
cassé tes barniques!

Première chicane entre deux frères qui auraient dû se soutenir, mais j'avoue que c'était de ma faute. J'étais envieux de ses traitements de faveur, de ses toasts avec du beurre, de ses courses à l'extérieur. J'étais surtout furieux! Oui, contre ma mère qui plaidait sans cesse pour lui, jamais pour moi. Je détestais Ida parce que j'avais la nette impression qu'elle l'aimait plus que moi. Je ne voulais plus être le soliste du chœur de chant. J'avais même refusé d'en faire partie. Endurci, comme disait Jean-Pierre? Au point de me réfugier sous ma carapace et de refuser de chanter l'*Ave Maria* devant un dignitaire. Impuissant devant ma cause, j'avais décidé de me taire. On n'allait pas se servir de moi pour les événements et me servir du boudin avec la pelure le lendemain. En mai 1946, j'avais même refusé de chanter *Maman, tu es la plus belle du monde* pour la fête des Mères. Je ne voulais pas émouvoir Ida et tenter de gagner son cœur. J'avais déposé ma voix en même temps que les armes. De plus, quand j'y pense avec le recul, quelle indécence de célébrer ainsi la fête des Mères quand la majorité des enfants avaient été abandonnés par ces dernières. Et moi? En avais-je vraiment une à ce moment-là? Sœur Caisse m'avait dit:

— Voilà qui va faire de la peine à ta mère quand elle l'apprendra...

Et, sans broncher, j'avais répliqué:

— Quelle mère, ma sœur? Si j'en avais une, je ne serais pas ici!

Ida l'avait appris et avait rétorqué:

— Laissez-le faire, forcez-le pas. Demandez à Maurice, ça va lui donner une leçon à ce p'tit ingrat-là!

Maurice avait refusé et pour cause. Les Barniques... ne savait pas chanter!

Mais bien avant, et je ne l'ai jamais oublié, un drame de matin d'octobre m'avait profondément marqué. Au lever, après la ronde des «pisseux», nous étions dix à être allés aux toilettes. Revenus au dortoir, la Clouâtre était entrée en furie pour s'écrier: «Lequel d'entre vous a fait sa crotte par terre?»

Nous nous étions tous regardés, cherchant des yeux le coupable. J'avais bien vu que l'un des enfants s'était échappé avant de s'asseoir sur le bol, mais lequel? J'étais le huitième à attendre que mon tour arrive et, je m'en souviens, je n'avais que pissé!

«Guimond, Letarte, Brisseau, Dagenais, Poissant, etc., tous en rang!»

On se demandait bien ce que «la sorcière» avait derrière la tête. Elle nous amena jusqu'à la cabine, et là, à tour de rôle, elle baissa nos culottes jusqu'à ce qu'elle découvre des traces qui trahiraient le coupable. J'ai été épargné de son *inspection anale* puisque c'est le cinquième en lice, un petit frisé, qui avait encore dans son sous-vêtement, les séquelles de son méfait. Là, devant nous tous, elle l'avait pris par le cou, l'avait forcé à se mettre à genoux et lui avait écrasé le visage dans le petit tas échappé par mégarde. L'enfant pleurait, il en avait plein la bouche et jusque dans les cheveux. Elle lui avait *pivoté* la face dans ses excréments comme elle l'aurait fait d'une *moppe!* Les coups pleuvaient partout en même temps et, malgré les excuses du petit qui jurait n'avoir pu se retenir, elle le força à ramasser ses restes de ses mains nues pour qu'il les dépose dans le bol. Pour l'humilier davantage, elle l'avait forcé à se laver le derrière, les mains et le visage avec un bout de papier journal qu'il devait tremper dans le bol de toilette. Car, à l'orphelinat, je l'oubliais, on se *torchait* avec *La*

Presse ou *Le Petit Journal*. Avec pour résultats, qu'après nos besoins, nous avions les fesses noires de l'encre qui avait déteint. Je n'avais jamais rien vu d'aussi écœurant et, le dimanche, quand j'en avais parlé avec indignation à ma mère, elle m'avait répondu: «C'est pas à toi qu'c'est arrivé? Mêle-toi donc de tes affaires!» Chère mère! J'aurais dû le savoir. À se foutre de ses propres enfants, on ne se penche guère sur le sort des autres. Ces petits innocents sans défense, sans la moindre chance d'éviter les sévices, faute de cœur pour les comprendre. Grande vache de Clouâtre! J'aurais voulu qu'elle meure ce jour-là! Je n'avais guère plus de louanges pour ma mère qui fermait les yeux... sur ce tableau de pure misère!

Endurci? Bien sûr! J'avais vieilli, j'étais grand à présent. J'avais neuf ans! Parlant de cabines, seuls endroits de repos loin des yeux des sœurs, elles s'avéraient le refuge le plus sûr entre ces murs de pierre. Un matin, réveillé plus tôt par l'envie d'uriner, je m'y étais rendu pour entendre de la cabine voisine des bruits de voix. Je poussai la porte qui n'était pas barrée parce que c'était interdit et je surpris deux grands de douze ans de la salle de mon frère... en train de se masturber! Pris en flagrant délit, ils m'avaient dit: «Rentre si tu veux, mais laisse-nous finir...» J'ai assisté à leurs efforts, à leur éjaculation, à leur soulagement, à leur apaisement, et l'un d'eux m'avait dit: «Si tu nous dénonces pas aux sœurs, Brisseau, c'est à toi que j'vais l'faire demain, si tu veux.» C'était la première fois que je voyais deux petits gars se masturber. Je n'en étais pas encore là, moi! Je ne les avais pas dénoncés, mais le soir, seul dans mon lit, la main en dessous des couvertures, j'avais tenté de répéter le geste. J'avais réussi à obtenir une érection, mais pas d'éjaculation. Je n'étais pas encore pubère! Le lendemain, croisant le plus grand des deux, il m'avait dit:

– T'as rien dit, Brisseau, t'es correct, toi. Si tu veux, cet après-midi, on pourrait aller s'cacher là, toi pis moi.

– Non, ça m'intéresse pas! avais-je répondu, gêné de lui avouer que... ça ne fonctionnerait pas.

– Si t'aimes pas ça, tu pourrais me l'faire à moi? Ça te l'dis?

– Non, non, ça m'intéresse pas. J'ai rien vu, j'ai rien dit, oublie ça!

Et c'est à ce moment que j'avais compris ce que le *boutonneux* avait souhaité faire avec moi dans le portique. J'avais vu de mes yeux ce qu'il attendait de moi quand il m'avait dit que j'étais fin, que j'étais beau. Sans doute plus que ce qu'avaient fait ces enfants, mais à ce moment-là, mon éducation sexuelle n'en était qu'au primaire. Avec le temps, j'ai compris que c'était pour ces orphelins, une forme d'amour et de tendresse. Privés de l'affection du cœur, les sens réclamaient une certaine chaleur. C'était leur façon *d'arroser* d'un peu de bonheur, leur jeunesse de malheur. Les mêmes petits plaisirs que devaient s'offrir les petites filles d'en face quand elles devenaient nubiles. De la tendresse, de l'affection, de l'amour. À défaut de mots, des gestes! Et j'en ai vu de ces garçons s'échanger des caresses et des baisers dans l'espoir d'un tout petit soupçon d'ivresse. J'en ai même vu chez les grands, attendre avec joie l'heure du bain, pour sentir sur leur éveil, le lavage des sœurs... à la main! En avoir eu la capacité, je l'aurais certes commis ce *grave péché!* Comme les autres! Pour un tantinet d'affection, et pour, la rage en plein cœur, me venger de ma mère!

– C'est vrai que tu ne veux plus chanter à la chapelle? m'avait demandé le père Proulx.

– Oui, c'est vrai, je ne veux plus, mon père. Ça me donne mal à la gorge de trop chanter...

– Ne mens pas, Brisseau. Tu ne veux pas dans le but de déplaire à ta mère, n'est-ce pas?

– Non, non, c'est juste que je veux étudier encore plus en classe, pis... heu, j'aime plus ça chanter.

– Tu prives le bon Dieu du talent qu'il t'a donné, mon petit gars. C'est pas gentil pour Lui, ça...

– Je fais ma prière tous les soirs, mon père. Je vais à la messe chaque matin...

– Parce que tu n'as pas le choix, mais chanter, c'est un don de soi.

– Je ne veux plus chanter, mon père, j'suis malade, j'suis fatigué. Demandez à ma mère... Elle a même voulu m'hospitaliser!

– Bon, personne ne t'y oblige. Si c'est comme ça, le bon Dieu le comprendra.

Deux jours plus tard, à confesse, j'avais entamé... *Pardonnez-moi, mon père, parce que j'ai péché,* la prière d'introduction, quoi! Au moment de m'accuser, j'avais demandé l'absolution pour avoir raconté des mensonges, pour avoir désobéi, bref, de très petits péchés véniels.

– Que ça? Es-tu certain de ne pas mentir devant le crucifix?

Gêné, j'avais osé parler au père Proulx des deux grands dans les toilettes. Il m'avait fait lui raconter en détail ce qui s'était passé et je m'étais même accusé d'avoir essayé seul... dans mon lit. Il m'avait dit: «Dieu te pardonne, mon petit.» Voulant être sûr que Dieu me pardonnait tout, je lui avais demandé: «Ai-je bien fait de ne pas les dénoncer aux sœurs, mon père?» Il avait toussoté et m'avait murmuré de sa petite fenêtre: «Il y a parfois des choses qu'il faut savoir garder pour soi. Ce n'est pas un péché que de ne pas en avoir parlé. Le bon Dieu comprend ça!» Fait étrange, j'avais reçu de mon confesseur, la plus petite pénitence qui soit. Trois Notre Père, un Je vous salue, Marie. Oui, j'avais refusé de chanter à la chapelle, de faire partie du chœur. J'avais refusé une fois de plus après ma confession, alors qu'il revenait à la charge. Je l'aimais bien le père Proulx, il était bon, gentil et doux, mais dans le fond, je ne le trouvais pas mieux que les sœurs. Il s'en lavait les mains, mais il était au courant des durs traitements que subissaient certains enfants. Il s'en lavait les mains comme Ponce Pilate, ce père qui mangeait des œufs et du jambon avec Hérode, la Clouâtre! Ce bon père Proulx qui m'avait murmuré que, dans la vie, il fallait parfois... savoir se taire!

Ma mère venait tous les dimanches avec son sac de fruits, Cloclo, Jean-Pierre, quand ce n'était pas seule et qu'elle était pressée à cause... d'un mal de tête! Une visite comme celles qu'elle rendait à pépère le samedi. Les sœurs disaient qu'elle avait bien du mérite, du cœur au ventre, notre pauvre mère, mais je savais que c'était là une occasion pour elle de fuir Conrad et de faire son tour de tramway, son passe-temps préféré. J'étais content de la voir... pas plus! Un certain dimanche qu'elle n'était pas venue, je ne m'étais pas morfondu. J'avais pu jouer dehors avec les orphelins pendant l'heure du parloir. Endurci? Je dirais indifférent, parce qu'après tout ce temps, l'orphelinat était devenu malgré moi, mon chez-moi! La haine faisait place au détachement. Heureux de la voir, mais pas troublé si son «mal de foie» la retenait à la maison. Maurice, plus attaché que moi à sa mère, se vengeait de ses absences sur les sœurs. C'était encore à «elles» qu'il en voulait, pas à «elle». Un jour, je lui avais dit:

— Lâche les sœurs! Si la mère avait du cœur, on s'rait à Yamachiche, pas icitte!

— Avec un frère «matamain»? Tu penses que ce s'rait mieux là?

Il avait dû en apprendre des choses chez les grands. Moi, je n'avais pas compris!

Les vacances des Fêtes étaient arrivées et nous étions de retour à la maison pour une quinzaine de jours. Je me souviens du sapin, de la couronne de papier glacé, de la patinoire du parc Jarry, mais pas de mes cadeaux de Noël. J'en avais reçu, bien entendu, mais je me serais rappelé beaucoup plus d'une seule caresse que d'un paquet d'étrennes. Sophia était venue souper à la maison avec Jean-Pierre. Elle était belle, si belle dans sa robe à paillettes et ses souliers dorés que je lui avais dit: «T'es encore plus belle qu'une actrice!» Ma mère, offusquée, m'avait murmuré dans le passage qui longeait le logement: «Arrête de la complimenter comme ça, sinon elle va finir par flotter! Y'a ben assez d'ton père qui a toujours des mots gentils pour elle!»

Mon père, Conrad! Cet homme tiré à quatre épingles que je ne connaissais pas. Cet homme, ce géniteur de ma petite personne. Cet homme qui passait à côté de moi en se tassant comme il l'aurait fait pour ne pas écraser la queue d'un chat. Cet homme qui n'avait pas regardé Maurice et qui était parti le soir de Noël pour revenir la veille du jour de l'An. Conrad, que ma mère regardait avec des dards dans les yeux. Ce mari qu'elle visait de sa haine comme s'il avait été son pire ennemi. Julien qui avait joué une sonate pour faire plaisir à tout le monde et pendant laquelle mon père s'était levé pour aller se raser. Julien qui ne recevait pas plus d'affection que nous, sauf qu'il avait le privilège de vivre... chez nous! Julien qui avait rompu avec Philomèna parce qu'elle préférait les chansons de Sinatra à la musique classique. Julien qui, dans l'ombre, s'était créé un univers... sur chaque note de son clavier!

Le jour de l'An, le bas qu'on accrochait et dans lequel ma mère déposait une pomme, une orange, une banane et un oignon... pour nous faire rire. La tourtière, la dinde, la tarte au sucre, le gâteau des rois et... le retour à l'orphelinat. Et nous étions repartis sans maugréer, Maurice et moi. Même si après le bon ragoût de boulettes, nous savions que nous allions manger de la marde! Plus habitués que nous à passer du rose au noir, il n'y avait que les prisonniers derrière les barreaux et pépère, qui, sans jamais sortir, expiait ses fautes en avalant sa soupe froide... à la Merci! Parce que, durant nos vacances, aussi courtes fussent-elles, ma mère nous avait délégués, Maurice et moi, pour aller le visiter au moins quatre fois. Pas Julien qui se plaignait que ça puait dans cet hôpital-là, pas Jean-Pierre et Sophia qui ne pouvaient en supporter l'atmosphère, non, Maurice et moi, ses deux petits gars qui supportaient l'odeur de l'urine des vieux... comme celle des «pisseux» de l'orphelinat! Ce pépère qui ne nous reconnaissait même pas et qui pensait que nous étions les fils de Jeanne. Ce pépère qui refusait ses pommes et qui réclamait son tabac. Cet odieux pépère qui parlait en mal d'Ida sans se rappeler qu'elle était notre mère. Son caillot se promenait et Maurice disait que c'était quand il lui descendait dans le pied qu'il en donnait un coup... sur son crachoir! Quatre visites à pépère parce que ma mère avait... son mal de tête! Quatre fois de moins à pouvoir aller patiner ou glisser avec nos *traînes sauvages!* Pendant ce temps, Ida allait chez Jeanne ou recevait sa grande amie, Mandine. Oui, avec ses migraines, son foie en compote... et sa graine de lin pour la soulager! C'est peut-être pour ça, et encore plus, que Maurice et moi avions repris notre poche et remis nos grands bas sans rien dire. Moi, je n'en étais plus à la haïr, ma «sainte mère». Je n'avais plus qu'une seule hantise... la fuir!

Famille dysfonctionnelle, dirait-on de nos jours? Avec raison, sans doute, mais si l'époque l'avait permis, j'aurais préféré faire partie d'une famille... éclatée! Ma mère aurait été plus heureuse sans lui, lui, plus heureux sans elle, et nous aurions peut-être pu jouir au moins... d'un amour maternel! Mais non! Quand Cloclo aurait quatorze ans, avait-elle dit à Jeanne. Pas avant! Et nous étions les traits d'union de ce triste bilan. Une femme séparée en 1946? C'eût été pire que madame Raymond qui trompait son mari avec un assez jeune garçon! Ma mère la vilipendait, toutes les voisines en parlaient. Madame Raymond, «la commune», qui fumait sur la rue! Madame Raymond qui se grimait comme une catin et qui aimait les garçons de l'âge de Jean-Pierre. Cette pauvre madame Raymond à qui toutes les femmes jetaient la pierre! Ida n'aurait jamais eu le cran de quitter Conrad. Pas madame Brisseau, la très honorable! Et pendant qu'elle endurait pour sauver «sa réputation», deux de ses petits gars enfilaient leurs grands bas *drabes* pour la cinquantième fois!

«Ma sœur, ma sœur, j'ai vu un homme sortir des toilettes du troisième étage!» Blanche comme un drap, je sentis que les dents jaunes de la Clouâtre claquaient les unes contre les autres. Un homme dans l'orphelinat! La fin du monde! J'avais tout manigancé, tout imaginé, afin de semer la consternation et l'effroi parmi les sœurs. Un dernier coup avant de quitter l'établissement qui avait pris tout ce que j'avais de bon dans le cœur! Je savais que ça allait marcher, qu'elles allaient avoir peur, qu'elles allaient en frémir, comme nous... quand la Cantin arrivait avec son bolo. Je voulais me venger d'elles, leur faire sentir ce qu'étaient des sueurs froides, venger les «pisseux» avec leur drap sur la tête et Letarte qui avalait encore des cubes de gras. Je voulais les faire payer pour tout ce que les orphelins avaient enduré. Je voulais qu'elle en crève la Clouâtre! Même si je n'épargnais pas sœur Baribeau qui m'avait renié et dont je ne partageais plus la balançoire. Le dernier, l'ultime coup d'un enfant qui en avait gros sur le cœur et qui, voulant blesser sa mère, allait tenter de faire mourir les sœurs!

Ce fut d'abord à la Caisse et la Clouâtre que je donnai la description de l'intrus aperçu au troisième étage. Cheveux bruns, moustache, pantalon vert, chandail blanc, souliers noirs. Un homme d'à peu près trente-cinq ou quarante ans. Un colosse dont j'avais, dans ma tête, dessiné tous les traits. Et moi seul l'avais vu parce que j'étais allé chercher des torchons dans la remise pour les travaux manuels de la chapelle. Seuls, Letarte et moi avions ce droit, mais ce jour-là, je lui avais dit que j'irais seul, qu'il pouvait s'occuper des lampions. Je connaissais mon histoire par cœur. Je l'avais apprise dans ma tête comme je l'aurais fait d'une chanson, sans la moindre fausse note. Maurice, mon frère, le président, me croyait dur comme fer!

Introduit chez la supérieure, j'avais répété mon histoire sans me tromper d'un iota. Cet homme qui se sauvait dans le couloir et qui m'aurait dit en m'apercevant: «Pas un mot, toi, t'as compris?» les sœurs se devaient d'y croire. Elles me questionnaient et je leur servais les mêmes réponses malgré les détours qu'elles empruntaient. J'avais même ajouté qu'il s'était sans doute caché quelque part d'autant plus que toutes les portes étaient fermées à clef. «Caché quelque part...» avais-je dit en tremblant, pour que la Clouâtre puisse penser que c'était dans sa chambrette. Je souhaitais qu'elle n'en dorme pas de la nuit, qu'elle se ronge les ongles jusqu'aux coudes. Oui, tout comme moi, jadis, quand je l'avais surprise à travers sa petite fenêtre... la tête rasée!

On fit venir le père Proulx qui m'interrogea à son tour. Méfiant sans doute à cause des mensonges que je lui confessais parce que je n'avais rien d'autre à dire, il me fit jurer sur son missel que je disais la vérité. J'ai frémi l'espace d'une seconde... et j'ai juré! Devant Dieu et ce prêtre qui m'avait dit qu'il fallait parfois garder des choses pour soi. J'ai juré sachant que c'était un *péché mortel,* mais j'ai juré! Je ne pouvais plus reculer et j'étais confiant que le Jésus en statue qui me montrait son cœur sans jamais me parler... n'allait pas me damner! On n'eut d'autre choix que d'appeler la police. Là, j'ai eu peur, mais j'ai gardé mon sang-froid. Plus perspicace, la Clouâtre avait remarqué que j'étais parfois nerveux et agité, mais selon sœur Caisse, un enfant qui venait de voir «un homme en personne» dans un orphelinat, avait toutes les raisons d'être angoissé! Le policier qui m'interrogea était, Dieu merci, fort aimable. Il me posa les mêmes questions au moins trois fois, mais je répétais tel un perroquet, chaque phase du scénario que j'avais inventé. D'un trait... sans me tromper! Il avait fini par dire à la supérieure: «Cet enfant a du cran et du courage. Il ne pleure même pas.» Sur ce, la Clouâtre avait rétorqué: «Brisseau? C'est un enfant qui ne pleure pas!» Jamais je ne l'ai oublié. La Clouâtre, tout comme ma mère, avait fait de moi le symbole de «un gars, ça ne pleure pas!» Et ça me servait bien... cette fois!

On inspecta tous les étages, tous les recoins de l'orphelinat. Aucune trace de l'intrus, du malfaiteur. On ne trouva nulle part mon criminel imaginaire!

— Il a dû s'enfuir par une fenêtre, ma sœur... avait fini par dire le policier.

— Mais laquelle? Elles sont toutes verrouillées... ou presque.

— Pas en bas, à la buanderie, j'en ai vues d'ouvertes.

— Oui, mais quelqu'un l'aurait aperçu? Une religieuse, un élève?

— Pas nécessairement. Ces types-là sont très prudents. Vous savez, un collège de garçons, c'est attirant pour un maniaque! Il attendait sans doute le moment. Il aurait même pu s'en prendre au p'tit Brisseau, mais de si bonne heure, c'était pas dans ses plans. À moins qu'il s'agisse d'un voleur, un chercheur de coffre ou d'une liasse dans un tiroir...

— Dans un orphelinat? Voyons! Tout est chez la sœur économe...

– C'est peut-être cet endroit-là qu'il cherchait quand il a été surpris par le p'tit. De toute façon, je vais laisser trois de mes hommes en faction jusqu'à ce soir, mais je suis assuré qu'il s'est enfui par une fenêtre.

La Clouâtre était renversée. Après l'intrus, voilà qu'il y avait trois policiers dans l'orphelinat. Trois hommes en uniforme! «La louve» prit dès lors l'allure de «la mouche». Aucun orphelin ne fut malmené ce jour-là. Pas avec trois policiers de garde toute la journée. Moi, j'étais le héros de l'heure. J'avais vu «le maniaque» et tous les enfants au-raient voulu être à ma place. Mon intervention avait fait en sorte que le malfaiteur puisse s'échapper avant de mettre son plan à l'œuvre. Les sœurs auraient préféré qu'on le trouve, qu'on l'arrête, mais le fait que les autorités avaient été alertées les avait rassurées. Le père Proulx me regardait encore du coin de l'œil en se grattant le menton, mais... j'avais juré sur son missel!

J'en étais rendu là, à neuf ans! «Était-ce possible, ma-man? Quel misérable enfant avais-tu fait de moi? À l'âge où l'on grimpait aux arbres, moi, ton gars, j'étais déjà un petit monstre dans l'univers des grands. Un enfant qu'on aurait pu menotter comme un criminel pour avoir dérangé la société. Un être fragile qui avait fait trembler les murs... comme un incarcéré! Un enfant qui, à défaut d'être dans tes bras, manigançait les coups les plus bas. Mal aimé... j'avais tout fait sauter! Comme si j'avais placé une bombe sur mes espoirs désamorcés! Désenchanté, seul avec mes déboires, j'étais devenu si vilain que je ne craignais plus rien. Moribond de ton affection, j'avais juré sur le missel comme je l'aurais fait sur... un citron! Voilà, ma mère, ce que tu avais fait de celui qui t'aimait et que tu repoussais. Un menteur, un fauteur, un marginal, un animal... terré dans sa détresse. Oui, jusque-là, ma mère, à cause de toi et de mon père. Un mal irréparable, duquel jamais l'on ne guérit. Cent fois pire, maman... que la danse de Saint-Guy!»

On n'a jamais retrouvé l'homme et je n'ai jamais admis mon mensonge à qui que ce soit. Pas même à Maurice! Oui, *il y avait des choses qu'on devait garder pour soi!* Et il en savait sûrement quelque chose... le père Proulx! Ce drame de ma pure invention m'avait cependant perturbé. Je me sentais en faute et je souhaitais que les jours passent, que tout s'efface. Les sœurs avaient souffert de nervosité pendant des semaines. Mais, qu'était-ce à côté des orphelins qui paraient les coups pendant des années? C'était la première fois qu'un malfaiteur s'introduisait entre leurs murs si bien gardés. Un homme, un vrai, qui leur avait fait peur. Pas un enfant qu'elles auraient maté avec rigueur. Un homme, un vrai, qu'elles auraient sans doute craint... de laver à la main!

Le père Proulx qui retournait chaque soir dans sa communauté était resté à l'orphelinat pendant une semaine. On lui avait aménagé une chambre au cas où l'intrus reviendrait. Ce qui avait causé tout un remue-ménage. Tout ça, à cause de moi qui n'avais rien vu, rien entendu, mais qui persistais dans mes dires. Maurice était revenu à l'attaque en me demandant:

– T'es sûr que t'as pas inventé ça, toi? J'te connais, tu sais...

– Penses-tu que j'aurais dit ça comme ça? J'l'ai vu, viarge!

Même à mon frère, je n'avais pu libérer ma conscience. Mon propre frère qui, avec son titre de président, aurait pu me trahir. Héros j'étais, héros je resterais... jusqu'à la fin des temps!

L'année s'achevait et, grâce à cet odieux mensonge, j'avais eu droit à certains égards de la part des sœurs. J'étais maintenant le petit gars qu'elles respectaient. Même la Clouâtre me souriait de ses dents jaunes! Elle avait eu peur, la laide, et je me demandais bien pourquoi. Sûrement pas d'être violée, si homme il y avait eu, car face à elle, même un dégénéré aurait reculé d'épouvante. Je me complaisais à l'imaginer avec «mon intrus» dans sa chambre en train de l'étrangler pendant qu'elle hurlait. Je la voyais descendre en enfer, retrouver Lucifer, son père! Mon Dieu que j'avais le cœur dur! J'aurais même souhaité qu'il lui écrase le visage dans la marde comme elle l'avait fait avec l'orphelin de façon impitoyable. Moi, qui l'an dernier, avais souhaité que Jean-Pierre et sœur Baribeau... Pour la Clouâtre, je n'avais pas créé un prince, mais... un bourreau!

Ma mère avait été alarmée par la présence de l'inconnu et je sentais qu'elle me regardait avec une certaine méfiance. Elle savait ce dont j'étais capable, mais ne s'avisa pas de me mettre en péril. Elle ne me reparla plus de ladite affaire, car elle aussi... avait un numéro en tête. Par un curieux hasard, Maurice avait appris qu'elle avait déployé toutes ses énergies auprès de la supérieure pour qu'à l'orphelinat on enseigne la sixième année. De cette façon, Maurice aurait pu continuer et, au lieu de deux ans, c'est à trois années d'internement que nous aurions été condamnés.

«C'est impossible, madame Brisseau. On a fait notre possible, mais les règlements sont immuables. En sixième année, les enfants s'en vont chez les Frères. Vous pourriez envoyer Maurice là et nous pourrions reprendre Michel ici.»

La catastrophe! Maurice avait eu vent de son plan diabolique! Prête à payer plus cher pour qu'on nous garde une autre année. Elle avait même tenté de faire doubler l'année de Maurice, mais ses notes en classe étaient bonnes et il n'avait aucune raison de couler. Tout, oui tout pour un an de plus maintenant qu'on ne s'en plaignait plus. Des endurcis qui accepteraient sûrement le «jamais deux... sans trois» pour sauver son pauvre foie! Mais il n'était pas question des «frères» avec elle. Ma mère ne voulait pas que l'un de ses garçons tombe entre les mains de ces hommes à soutane. Pourquoi? Elle se méfiait d'eux comme de la peste, ma mère. Exactement comme elle s'était méfiée du prêtre qui me voulait pour les chanteurs à la croix de bois!

Ce dimanche, au parloir, sa visite ne fut pas de tout repos.
— T'as essayé, t'as osé demander qu'on fasse une sixième année, la mère? T'as même voulu m'faire couler pour que j'revienne? Ben, viarge! T'as besoin de t'lever d'bonne heure. On sort d'icitte, c't'année, pis vite en enfant d'chienne! lui avait dit Maurice.
— Qu'est-ce que tu racontes là, toi. T'es malade?
— Fais pas l'hypocrite, la mère! Y'a un gars qui a tout écouté pendant qu'tu parlais à la supérieure. On sort, pis c'est fini l'orphelinat, compris?
Je l'écoutais, et craignant pour moi, j'entérinai sans hésiter:

– Pis, imagine-toi pas que j'vais r'venir icitte tout seul, m'man! Moi aussi j'sacre mon camp, pis je r'prends l'école. Ça va faire, les sœurs!

Rouge, pression à son maximum, ma mère s'emporta.

– Toi, si je l'décide, tu r'viens! Fais attention comment tu m'parles! Oui, c'est vrai que j'ai essayé parce que j'suis pas encore bien. Mais vous avez pas besoin d'vous pomper. Vous allez reprendre l'école pis rester à la maison. J'suis pas une marâtre! Quand ça marche pas, ça marche pas! Lâchez-moi... bâtard!

L'indécence, c'est qu'elle avait essayé de nous plaquer là une troisième année. Était-ce possible? Cet «essai« était pire que le forfait des deux années écoulées. Comment une mère digne de ce nom pouvait-elle avoir pensé que trois cent soixante-cinq autres jours dans un orphelinat, ce n'était qu'une phase de plus à traverser? À manger de la couenne, de la cervelle, à vivre comme des orphelins... munis d'un père et d'une mère? Comment pouvait-elle seulement y avoir songé, après mes lettres, mes larmes, mes cris de désespoir? À nos yeux, elle n'avait pas de cœur, *la grosse Ida,* vraiment pas de cœur et pas d'amour pour ses enfants. Elle avait courbé l'échine devant son impuissance, mais le seul fait d'avoir essayé était le geste que Maurice et moi ne pouvions lui pardonner. Nous aurions pu oublier tout le reste si, après deux ans dans un orphelinat, elle nous avait ouvert ses bras. Mais sa tentative échouée nous laissait, au fond de l'âme, un goût plus amer que tout le fiel que nous avions dans le cœur!

Adieu les bas *drabes,* les sœurs, l'orphelinat, le *baloné!* C'était notre dernière journée. Pressés de sortir, Maurice et moi avions préparé nos valises la veille. Guimond était triste, Letarte avait la larme à l'œil. Ils sentaient tous deux que nous n'allions plus nous revoir, que la vie allait nous séparer à tout jamais. Je leur promettais de revenir les visiter et ils me disaient: «On t'croit pas, Brisseau, tu r'viendras pas!» Ils avaient raison, je ne l'ai jamais fait, je ne les ai jamais revus. Je n'ai jamais pu ouvrir une autre fois la porte de cet orphelinat. L'aurais-je voulu que j'en aurais été incapable. De peur d'y rester pris, comme dans une souricière, par mégarde. Marqué, traumatisé par deux années d'enfer, je voulais que la porte se referme derrière moi à tout jamais, même si le souvenir persisterait. Je m'étais rendu auprès de sœur Baribeau et je l'avais remerciée de toutes ses bontés. Elle m'avait souri pour ensuite me dire: «Va, toi, je ne t'oublierai pas!» Je n'ai jamais su dans quel sens elle avait prononcé ces mots. Parce que j'avais été son «archange» ou à cause du roman avec Jean-Pierre? Je n'ai pas regardé la Clouâtre ni la Cantin, les deux sorcières de mes nuits blanches. Surtout pas «la face de chien» dont je voulais effacer l'image de ma mémoire. J'ai à peine remercié sœur Caisse et je n'ai pas voulu voir la Patry. Je n'avais pas oublié ma bouche ensanglantée de l'an dernier. Je suis allé saluer sœur Luguet, la sœur «pas d'nez» de la chapelle, parce qu'elle m'avait permis d'apaiser mon angoisse en me prenant souvent avec elle. J'ai dit bonjour au père Proulx qui, pour la première fois, m'avait serré affectueusement le bras avec un «Salut! mon p'tit gars!» Maurice, de son côté, faisait aussi ses adieux. On s'empressait auprès de lui. C'était le président... que l'orphelinat perdait!

Ma mère, Jean-Pierre et Cloclo nous attendaient au parloir. Avec notre grosse valise à la main, nous étions souriants. Pour une rare fois... depuis longtemps. Puis, retrouvant son calme, Maurice avait demandé à ma mère:

— M'man, cette fois, c'est vrai, on r'vient pas, hein?

— Non, non, j'vous l'ai dit...

Jean-Pierre, devinant notre trouble, lui avait répliqué:

— Voyons, la mère! Dis-leur au moins qu'on a fait leur inscription à Saint-Vincent-Ferrier. Ça pourrait peut-être les rassurer. Tu vois bien qu'ils sont pas encore sûrs de toi!

Puis, nous regardant, il avait ajouté:

— C'est moi qui s'en est chargé. Cette fois, c'est vrai. Vous r'venez pas, mes p'tits frères! J'me marie bientôt, pis là, elle va avoir besoin d'vous autres, la mère!

Chapitre 15

Michel, tu veux venir à la Bendix avec moi? Pendant que tu feras le lavage, je vais aller à la banque d'Épargne déposer un paquet d'cennes...

— Ben oui, m'man... donne-moi ta poche, elle est trop pesante pour toi.

— Pis toi, Maurice, tu serais ben fin si t'allais voir pépère à l'hôpital...

— Tout seul? Ben... o.k. Donne-moi son sac, j'vais y aller.

Tout pour lui plaire, pour être bien certains qu'elle ne changerait pas d'idée et que nous retournerions à l'école du quartier. Plus fins, plus sages que nous, ça ne se pouvait pas. À table, pas un mot plus haut que l'autre, même si Julien criait:

— Ta viande est pas fraîche, la mère! Ça sent l'sûr à travers ton pâté chinois!

— Maudit bec fin! Mets du ketchup! Rien goûte bon avec toi!

— Tu sens pas, la mère! Dis-moi pas qu'j'ai l'bec fin! Goûtez-y vous autres!

— Moi, je l'trouve correct son pâté chinois... d'intervenir Maurice.

— On sait ben, t'es habitué d'manger d'la marde, toi!

L'été s'écoula sans anicroches. Maurice et moi n'attendions que la rentrée scolaire. L'ultime preuve pour enfin
croire que notre liberté n'était pas que provisoire. Septembre arriva et c'est avec joie qu'on ne vit pas la mère plier
nos grands bas. C'était la première fois depuis longtemps
que nous allions emprunter le chemin de l'école... sans
avoir le cœur à l'envers. Le père s'était à peine montré au
cours de l'été. Avec nous deux dans les jambes, il se sentait
plus à l'étroit, raison valable pour ne pas rentrer. J'avais eu
dix ans en juin dernier. Je me sentais grand, je montais en
cinquième année.

— C'est qui ton professeur, Les Os?

— Un vieux avec un gros nez, mais y'a l'air ben correct.
Pis toi?

— Guilbault! Paraît qu'il est fort sur les coups de règle,
mais si y m'touche une fois, j'y flanque mon poing su'a
gueule!

Maurice avait retrouvé son assurance, son indépendance,
sa fierté, son impulsivité. Fini le temps du mouton. Mon
frère était redevenu un lion!

— Maurice, tu veux aller voir pépère à l'hôpital, demain?

— Viarge! Pas encore? Ça sent l'cul dans c'te place-là,
m'man...

— Maurice, fais-le pour moi, j'ai le foie à l'envers, pis...

— O.K. mais Michel vient avec moi! Pis, arrête de lui
envoyer des pommes, tu sais qu'il en veut pas. Il me les
crisse dans face à chaque fois!

— Maurice, pas de sacre devant moi! Parle plus jamais
comme ça! Pis toi, Michel, j'ai une commission à t'faire
faire chez Lachapelle...

– Encore moi? Julien fait jamais rien, lui!

– Aie! Ça va faire! Oubliez pas que vous êtes à la maison maintenant. Si ça marche pas, y'en a d'autres orphelinats!

Le chantage, les menaces. Tout recommençait, mais ça ne prenait plus. Endurcis, tes deux p'tits gars n'étaient plus des enfants, la mère!

J'ai appris avec le temps, avec les ans, à panser quelque peu mes blessures d'enfant. J'ai tenté de comprendre davantage les raisons qui avaient pu faire d'Ida, une mère non aimante. J'ai cherché la source afin de trouver le noyau et de lui pardonner, mais j'ai été incapable... d'oublier! Un cœur d'enfant qui grossit n'oublie jamais qu'il a pleuré lorsqu'il était petit. Ces belles années de mon enfance, celles de l'innocence, ma mère me les a ravies. Elle m'a fait la haïr alors que j'aurais dû l'aimer et lorsque je la détestais, couché dans mon petit lit de fer, malgré moi, malgré tout, je l'aimais. Il aurait fallu si peu pour que mon cœur d'enfant jamais ne se déchire. Mais, devenu grand, devenu vieux, pouvais-je en rire? Non! Pas après avoir tant pleuré! Pas même après, beaucoup plus tard, quand les affres... se sont dissipées. Le calme après la tempête? Je n'ai jamais pu... même au gré des années! Mais, je l'aimais cette mère qui m'avait si mal aimé. Je l'aimais parce que je voulais qu'elle m'aime et qu'elle me dise un jour que j'étais un enfant désiré. Ce qu'elle n'a jamais fait parce qu'incapable de mentir, Ida se taisait. Elle a préféré le silence à l'aveu. C'eût été trop odieux pour elle de vider dans mes mains... son cœur en lambeaux! Ma mère, ma «sainte mère», a donc choisi... de se taire toute sa vie!

Mais j'ai aussi appris qu'elle avait été malmenée par son père... toujours entre deux vins! J'ai su qu'il l'avait bafouée, qu'il lui avait reproché et fait sentir qu'elle était pour lui l'enfant de trop, la fille de plus qui avait pris la place du fils qu'il n'avait jamais eu. Pauvre femme! Pauvre mère! Horrible pépère! Mal aimée, laissée à elle-même, elle s'était jetée à corps perdu dans les bras du premier venu. Ceux de Conrad Brisseau, un type à marier que sa sœur lui avait présenté. Pour ma mère, ce fut sa porte de sortie, la seule issue pour fuir ce père dont elle partageait le toit en subissant les injures. Ce père à elle, ce pépère à nous, toujours bête parce que... toujours saoul! Sans amour depuis sa naissance, elle était incapable d'aimer. Conrad Brisseau, le sachant, a quand même profité de la proie qui se jetait entre ses bras. Une nuit charnelle, un moment d'oubli et de passion et ma mère... était enceinte de Jean-Pierre! Sans être mariée! Quelle honte pour un père qui l'apprend et qui la traite... de traînée!

Ils se sont épousés pour le bien de l'enfant, sans affection, sans tendresse, juste avant qu'elle accouche... de l'enfant de l'amour! Le seul que ma mère ait porté dans la joie parce qu'il allait s'avérer sa bouée, son sauveur, sa raison d'être, sa chance... d'aimer. Un seul conçu je ne sais où, mais dans l'ivresse des corps unis. Le seul qui aurait dû naître de ce couple mal parti, déjà flétri, à demi meurtri. Mais les autres ont suivi et Ida les a pris comme pour mieux s'assurer d'un bien-être. Pour être certaine de ne jamais avoir à retourner... avec pépère! Jusqu'à ce que j'arrive, moi, un an à peine après sa quatrième grossesse. Maurice était déjà un fardeau? J'allais être tout comme elle, jadis, celui... de trop! Même si Cloclo, cinq ans plus tard, accident de parcours, allait être enfanté dans la résignation. Mais elle l'aima ce gros poupon! Son premier-né et son dernier se rejoignaient dans sa façon d'aimer. Pour les autres, les puînés, c'était à doses... mal partagées.

«J'ai compris, maman, avec le temps, ton mal et ton tourment. J'ai compris que sans l'amour d'un homme, après avoir manqué celui de ton père, il t'était impossible de l'aimer, Conrad, sans même tenter de le connaître. Et tu l'as détesté comme tu avais haï ton père. Parce que l'un comme l'autre... t'avaient blessée. Parce que l'un et l'autre avaient abusé de ton cœur et de ta bonté. Je l'ai compris, ma mère, mais je n'ai pas compris pourquoi tu ne nous a pas aimés, Maurice et moi. Parce qu'issus de lui? Sans doute, mais... comme les autres! Sommes-nous arrivés, Maurice et moi, l'un après l'autre, au moment le plus crucial de ta vie? Au moment où tu t'es aperçue que Conrad n'était qu'un fabricant de petits et qu'il avait peut-être... une autre femme dans sa vie? Sommes-nous arrivés, Maurice et moi, au moment précis où l'écœurant, comme tu l'appelais, t'avait meurtrie jusqu'aux entrailles? Si oui, devions-nous, si jeunes, si petits... en payer le prix?»

«Pourquoi toi, mal aimée, nous as-tu si mal aimés? Était-il à ce point contagieux, le virus de la maladie? Tiens! Toi qui l'as tant cherché, c'était peut-être là le symptôme de la danse de Saint-Guy? As-tu pensé un seul instant que nous n'avions pas demandé à naître, Maurice et moi? Si le ciel l'a voulu, mère chérie, pourquoi as-tu brisé sa volonté en nous broyant du mal qui t'avait rongée? Celui de faire de nous... des mal-aimés! Je peux te sembler dur, maman, mais ce manque d'amour n'a pas été pour nous que ces deux années à l'orphelinat. À seize ans, je me rappelle avoir vu près d'un arbre deux parapluies du diable que j'ai rués de mon pied avec rage. Oui, maman, pour étouffer mes sanglots et pour ne plus voir dans ces champignons diaboliques deux visages de tes enfants. Parce qu'encore là, après pépère, mon père, la Clouâtre et l'orphelinat, tu continuais, maman, de semer partout... des *parapluies* que tu glissais comme des bâtons dans nos roues!»

«Oui, que des bâtons... sans cesse et sans répit! Des études primaires alors que Maurice aurait pu devenir avocat. Mais non, maman, des emplois que tu nous fouillais dans les petites annonces de *La Presse*. Maurice dans une quincaillerie, moi dans une plomberie! Pour qu'on te verse, au plus sacrant, une pension après le mariage de Jean-Pierre. J'ai voulu devenir artiste-peintre et tu m'as inscrit en dessin commercial! Pour que je gagne ma vie en créant des annonces de moutarde Condor ou des réclames de réfrigérateurs! Quel malheur! J'ai quitté et tu m'as déniché un emploi... d'emballeur! J'ai gravi des échelons, j'aurais pu me rendre à Toronto, mais tu as dit «non» parce que je n'avais que dix-sept ans. Et j'étais resté à la maison, déçu à en perdre la raison! Non, je ne suis pas devenu chanteur ni comédien. Pour toi, un artiste, c'était voué à crever de faim! Tu n'avais pas tout à fait tort, puisque me voilà... écrivain! Mais si tu savais, maman, quelle richesse on retire à survivre... de son talent! Mais dans le temps, maman, alors que tout espoir était permis, tu as fait de nous de «bons travaillants» comme tu disais. À dix piastres par semaine, collés à toi comme des sangsues! Nous aurions pu mal tourner, Maurice et moi, faire *honte à notre mère,* mais bénis-en le ciel, le destin t'a épargnée! Et nous sommes partis, maman. Nous t'avons fuie l'un après l'autre, à tour de rôle. Pour nous marier à dix-neuf ou vingt ans... au plus sacrant! Pour ne plus avoir à vivre avec toi, pour ne plus dormir sous ton toit. Oui, déguerpir, comme tu l'avais fait quand ton père ne te lâchait pas! Nous t'avons fuie, maman, pour tenter de t'aimer avant de te haïr encore une fois. Nous nous sommes évadés Maurice et moi, comme nous l'avions fait de... l'orphelinat! Julien était déjà parti et, après moi, tu as vu comment Cloclo a vite suivi. Oui, nous avons déserté le nid afin de trouver ailleurs... l'amour que tu n'as pas su nous donner! Et nous t'avons laissée avec Conrad qui, malade, usé, est revenu à tes côtés. Un dur calvaire, j'en conviens, mais sans vengeance de notre part. Un juste châtiment, maman, puisque c'est loin de toi, délivrés de ton emprise, que nous avons appris peu à peu, Maurice et moi, à t'aimer... comme des enfants! Oui, juste avant que ne s'éteigne en nous... un si beau sentiment!»

En cette fin d'été 1946, premier de classe, récompenses en évidence, j'avais la joie d'apprendre que j'allais sauter ma sixième année et me retrouver en septième en même temps que Maurice. Ma mère s'y opposa, attestant que j'étais trop jeune, trop frêle pour être avec mon grand frère, mais mon bulletin... avait parlé! J'étais trop fort en classe pour un garçon de mon âge. Je venais d'avoir onze ans. J'étais heureux, j'étais joyeux. Jean-Louis allait perdre le compagnon d'études, mais pas l'ami. Maurice était fier de mon succès et nous nous promettions une belle année... ensemble! Soudés l'un à l'autre depuis l'orphelinat, rien n'allait nous séparer à présent. Les Os et Les Barniques allaient former un franc duo!

– Les enfants, arrivez, j'ai une nouvelle à vous apprendre!

Nous étions tous là, ahuris, attendant après l'éclair, le coup de tonnerre...

– Quoi, qu'est-ce qu'il y a, la mère? s'inquiéta le grand frère.

– On déménage! Le père a finalement acheté une maison!

– Où ça? demanda Julien.

– À Bordeaux, pas loin de la rivière! Une grande maison à nous avec une galerie qui en fait tout le tour, un terrain, un sous-sol, des érables...

– Ouais... de dire Maurice. Et nos amis? notre école?

– Vous en aurez d'autres, des amis. Pis, l'école est à deux pas, là-bas!

Jean-Pierre était désemparé même si la mère était comblée.

– Il n'aurait pas pu attendre une autre année, le père? J'me marie au mois de mai...

– Pis après? C'est pas parce qu'on déménage que tu pourras pas la marier... ton Italienne! Ton père a frappé une «bargain», Jean-Pierre! Imagine! Sept mille piastres pour le tout, terrain compris! Une maison à nous, payée comptant! Plus de loyer à verser. Penses-y! C'est une chance qui n'arrive qu'une fois dans la vie. Pour une fois que l'père pense à nous, montrez-lui pas qu'ça vous dérange, viarge!

– Ça va être plate dans c'coin-là, y'a rien, y'a juste des champs... clama Maurice.

– Mais non, y'a une paroisse, des restaurants, des épiceries. Moi, j'l'ai vu le quartier. C'est nettement mieux qu'ici, pis, pensez-y, les p'tits, vous allez être capables d'aller voir pépère à pied!

— C'est où ça au juste, la mère? demanda Julien.

— Sur la rue... j'me rappelle plus du nom, mais c'est pas loin d'la prison!

Maurice sursauta, puis, se penchant, me murmura à l'oreille...

— Aie, Les Os! C'est peut-être là qu'a va nous placer astheure!

J'avais pouffé de rire, Maurice avait suivi, pendant que les autres se demandaient la raison d'une telle hystérie. Ida s'impatienta au point de nous demander:

— Riez-vous d'moi, vous autres?

— Ben non, la mère, c'est Michel qui a lâché une... fuse!

— Ah! celui-là, j'te l'dis, Jean-Pierre...

— Oui, oui, m'man, t'as pas besoin de l'dire... Je l'sais que j'ai... le ver solitaire!

Épilogue

La rue Saint-Dominique est toujours la même, avec ses nids-de-poule et la maison de mon enfance. J'allume une cigarette, je regarde ma montre et je sursaute. Mes enfants et mes petits-enfants qui s'amènent pour souper afin de célébrer notre anniversaire de mariage. Je l'avais presque oublié! Un dernier regard aux alentours. Des gens rentrent du travail, des gens que je ne connais pas. Et Jean-Louis, mon ami, n'est plus là. Dernier coup d'œil au 8012 et j'entends la maison me dire: «Je sais qui tu es, je te sens encore entre mes murs, mais je t'ai perdu de vue. Qu'es-tu donc devenu?» Elle n'avait gardé de moi que... les malheurs de ma jeunesse! Puis, comme dans un dernier souffle entre ses briques, je l'entends me demander: «Pourquoi es-tu revenu?»

Avais-je à répondre à cette maison qui, jadis, n'avait rien pu faire pour nous? Impuissante, elle n'avait abrité que mes larmes et les coups de poing que Maurice donnait dans ses murs quand il était en colère. Des enfants sans amour, voilà ce qu'elle avait eus sous son toit, cette maison des mauvais jours. Et voilà que l'un d'eux revenait, après plus de quarante ans, se vider le cœur à sa porte. En quelques

heures, je venais enfin d'exorciser de mon corps la souffrance lointaine qui s'y collait encore... comme de la bile
au foie! Douloureux retour dans le passé, mais je me sentais dégagé, délivré... d'un *parapluie du diable* qui m'avait
empoisonné. Voilà pourquoi j'étais là, tel un soldat blessé,
devant la minable maison de mes jeunes années. L'homme
se devait de faire revivre l'enfant... pour que l'enfant sorte
de l'homme. Après tant d'années! Il me fallait sortir de
mon âme l'enfant mal aimé qui, toute sa vie, avait empêché
l'homme... d'aimer. «Oh! comme c'est vrai, maman, qu'on
ne peut pas donner ce qu'on n'a pas reçu! Mais j'ai tenté
d'aimer ma femme et mes enfants comme j'ai pu, mieux
que Conrad... et toi. Oui, comme j'ai pu, mais pas comme
je l'aurais voulu. J'ai fait mieux que vous deux, certes,
mais ils auraient eu droit... à beaucoup plus. Et c'est là,
devant cette maison, que j'ai compris qu'un enfant sans
amour devient un homme qui peut difficilement en conju-
guer le verbe. Et c'est en exhumant de mon cœur le fiel et
le venin, ma mère, que soudainement je t'ai aimée... comme je ne t'ai jamais aimée. Oui, maman, à l'état pur, dès
que le poison du *parapluie du diable* est sorti de ma gorge.
Je t'ai aimée comme j'aurais souhaité t'aimer naguère et
comme j'aurais voulu être aimé de toi, au temps de notre
guerre! L'homme a compris ce que l'enfant n'avait pas pu
saisir. Ta souffrance, ma mère! Ton désarroi, ton impuissance, ton incapacité à nous aimer, parce que ni ton père ni
le mien ne t'en avaient appris la beauté. Pour papa, je le
regrette, mais je n'ai pas de sentiments au fond de mon
âme. Pas plus que j'en avais, jadis, dans mon cœur d'enfant. C'est comme si ce père pourvoyeur, mais sans cesse
absent, n'avait été... qu'un passant. J'en suis désolé, ma
mère, mais tout comme toi, même avec mes cheveux gris,

je suis incapable... de l'aimer! Les sœurs avaient raison, maman, quand elles me disaient que j'étais à demi... orphelin! Aujourd'hui, je le confesse, je n'ai jamais eu de père! Dieu ait son âme, mais je suis retourné une seule fois sur sa pierre. Pour y inscrire son nom, maman, pour que l'on sache au moins... qu'il avait fait partie du monde des vivants!»

Il est parti, un soir de mai, à l'âge que j'ai maintenant. «Sans que l'un de nous, ainsi que toi, maman, verse la moindre larme. Je ne me souviens même pas d'une douleur au cœur. Pas de regret, pas de remords. C'était un étranger qu'on enterrait six pieds sous terre, lorsque Conrad est mort. Et ce fut, je crois, ta plus belle délivrance! Parce qu'à partir de ce jour, tu as su, peu à peu, telle une fleur, ouvrir ton cœur sur l'amour. C'était ton mal de tête, ton mal de foie et tes cruelles angoisses qu'on enterrait ce jour-là. Et ça, Maurice et moi l'avons compris plus que tout autre, parce que c'est nous qui en avions payé le prix. Nous, les puînés punis, les souffre-douleur... de la femme mal aimée! Conrad parti, tu as souri, maman, pour la première fois de ta vie. Tu as souri enfin... à tes enfants! Et ce fut pour nous, comme un baume d'ivresse sur les plaies encore vives... de notre amère jeunesse.»

«Tu as passé ta vie, maman, à tenter d'être pour nous, un père et une mère à la fois. Tu tendais parfois la main en quête d'appui et tout te retombait entre les bras. Il aura fallu que quelques sillons creusent mon visage et que je revienne devant cette maison pour comprendre à quel point tu as tenté d'être entière. Ida Brisseau, la femme forte de l'Évangile, selon tous, n'était, et je le sais, qu'une rose très fragile. À neuf et dix ans, Maurice et moi ne savions pas que ce qu'on appelait ton cœur de pierre... était de porcelaine.»

«Quand tu pleurais de rage, c'était sans doute de peine et de désillusion, mais qu'en savions-nous... petits garçons? Maurice et moi t'avons pardonné ce manque d'amour que tu n'as pas su nous donner. Mais même avec des cheveux blancs, comprends-moi, il y a des choses qui ne s'oublient pas. Deux ans dans un orphelinat, maman! Parce que même avec le cœur rempli de bonnes intentions, nous n'avions pas à être là! Pas avec des parents qui avaient les moyens de nous payer les meilleurs collèges qui soient. Et ce n'est pas parce qu'on a été élevé dans la misère, maman, comme ce fut ton cas, qu'on veut la même chose pour ses enfants! Ce fut là ta seule erreur, ma mère, parce que ces deux années nous ont marqués comme si un venin avait remplacé le sang de nos veines. Et un enfant marqué au fer met bien du temps à jardiner dans la tendresse. C'est en bûchant à coups de poing sur nos cœurs que nous avons réussi à donner à nos enfants un peu plus que ce que nous avions reçu. Sans le moindre exemple, maman, au gré des sentiments qui s'allumaient jour après jour dans la bougie de notre amour. Nous aurions pu devenir comme Conrad... ou même comme toi, mais nous avons combattu de toutes nos forces, Maurice et moi, ce mal qui, bien souvent, se veut... héréditaire! Nous t'avons pardonné, ma mère, parce que nous avons compris ton tourment. Nous t'avons absoute de ces années qui auraient pu nous rendre fous, même si, par orgueil, tu n'as jamais pu avouer ta faute. Quand, devenus grands, nous te parlions de ces années d'enfer, tu nous disais: «Ne revenez pas là-dessus, vous autres!» J'ai même vu une larme perler sur ta joue un soir où Maurice te reprochait l'orphelinat. Cette larme, maman, se voulait l'aveu, le regret, que nous attendions de toi et que, de vive voix, tu n'as jamais pu exprimer. Il nous aura fallu nous pencher sur ton sort, maman, pour... ensevelir le nôtre! Nous t'avons pardonné, maman, après ce vide de notre cœur d'enfant, mais, permets-nous de ne pas oublier... sans te mettre à pleurer. On le voudrait, on tenterait... que la mémoire s'y opposerait!»

«Tes cheveux ont blanchi et nous t'avons vue devenir tendre et douce. À un certain moment, j'ai gardé la photo sur laquelle tu avais la tête gentiment appuyée sur mon épaule. C'est comme si tu avais voulu, à l'âge mûr de la vie, retrouver en tes fils, ce père et cet époux que tu n'avais jamais eus. C'est toi qui, tendre et câline, redevenais enfant... dans les bras de tes grands! Seule, ayant déposé les armes, tu es enfin venue quérir cette affection que tu n'as pas su prendre au temps où tes hommes n'étaient que des enfants! Et ça faisait du bien, de te sentir au creux de notre poitrine, en quête d'amour propre aux vieillards, même si tu n'as jamais pu dire à aucun d'entre nous... je t'aime! Comment faire quand on n'a jamais appris ces mots, ma mère? Mais nous savions, maman, que ces gestes se voulaient... ton doux vocabulaire. Oui, nous t'avons aimée à l'âge des cheveux blancs, tout comme nous t'aimions alors qu'ils étaient blonds. Avec, cependant, un fleuve de compassion et un océan de compréhension. Et, devenue grand-mère, tu as donné au centuple à nos enfants, ce que tu n'avais pu nous offrir de ton cœur de mère. Là, aujourd'hui, devant cette maison de ma jeunesse, j'ai exorcisé de mon être l'enfant des années de la guerre. Je l'ai fait! J'ai réussi, maman! Pour que ton âme tout comme mon cœur... reposent en paix!»

Moi, Michel, j'ai épousé Michèle. J'avais à peine vingt ans, l'âge de la fuite à tire-d'aile. Tout comme Conrad, mon paternel, il m'est arrivé d'être absent... trop souvent. Mais j'ai bercé Sophie chaque fois qu'elle me tendait les bras... quand j'étais là. Je la cajolais telle une poupée, je la comblais de mon amour. J'ai également couvert Daniel de ma tendresse. Ce brave petit gars, l'aîné de la prolongation... de moi. Et j'ai tenté d'être, pour Michèle et eux, un mari et un père à la fois. J'ai tenté avec les seules armes que j'avais, de tuer dans l'œuf l'image et l'héritage de ma famille dysfonctionnelle. Sans réussir tout à fait, je l'avoue, mais en semant des germes pour que mes enfants puissent rebâtir une famille nouvelle sur la charpente d'une famille en ruine! «J'ai fait mieux que Conrad et toi, maman, mais je sens que mes enfants feront encore mieux que moi avec les leurs. Parce qu'avec l'aide de Michèle et une dose de courage, j'ai allégé leur fardeau en les aimant le plus possible, ces enfants qui n'étaient... pas de trop!» Parfois, je me sens entre l'ivraie et le blé. Celui qui déchire la toile d'araignée d'une famille consumée afin de leur tendre la soie pour qu'ils puissent tisser le tableau des aimés. «Mais, tout comme toi, maman, je n'ai jamais su leur dire... *je t'aime!* Qu'y puis-je? Tu ne me l'as jamais appris!» Mais, d'un regard ou d'un écrit, je sais qu'ils ont compris... qu'ils sont toute ma vie!

Pépère est parti le premier sur son lit... à la Merci! Deux mois avant mon mariage, comme pour ne pas gêner l'événement. Ma mère, sa fille bafouée, était à son chevet. Jusqu'à son dernier souffle. Elle en avait certes pris soin, mais mon Dieu que nous l'avions visité, pépère, Maurice et moi! Les sacs de fruits, son tabac, son visage sans sourire sur lequel on pouvait lire son désarroi. Ce pépère qu'on n'aimait pas mais qui faisait pitié cloué sur sa chaise, à côté de son crachoir, après treize ans d'ennui et... de remords. Il est parti, pépère, et personne n'a pleuré. Ma mère était songeuse, mais je ne l'ai pas vu prendre un mouchoir. Pour la mal-aimée, c'est le bourreau de son enfance qui venait de trépasser.

Conrad, mon père, a suivi. En plein cœur de la cinquantaine. Un décès, un départ. Il n'allait être qu'absent... et nous tournions la page! Jusqu'à tout récemment alors que j'ai appris, d'une âme charitable, qu'en plus des cartes mon père avait eu des femmes dans sa vie. «Oui, maman, des femmes dont une en particulier qui fut sa maîtresse pendant de nombreuses années. C'est chez elle que se trouvait sa garde-robe et son bien-être. Ce dont tu te doutais était réalité, ma mère, mais le bon Dieu t'a épargnée puisque tu n'en as rien su et qu'il est parti en emportant son lourd secret. Ce qui t'aurait fait encore plus de peine, c'est que celle qu'il aimait était une... Italienne! Une colère dont le ciel t'a sauvée, pauvre mère! Que fut donc la vie de celui dont nous ne portons que le nom? Je n'en sais rien et je ne le saurai jamais. Inapte à le juger, comment pourrais-je tenter de le comprendre? Un étranger, maman, voilà ce qu'a été le père que tu nous a donné. Une âme que je croiserais au ciel sans même la reconnaître. Je n'ai de lui qu'un tout petit portrait dans un cadre de bois. Un portrait jauni par le temps et qui ne veut rien dire sinon qu'un jour cet homme m'a engendré.» Si peu vu, si peu connu, qu'il s'en tire à bon compte, Conrad. Rien à lui reprocher, rien à lui pardonner. L'absence, je le déplore, l'en a sauvé. L'absence lui vaut l'absolution... du mal-aimé! Tout sur la table, rien dans le cœur. Voilà pourquoi la page s'est tournée... comme si le vent l'avait soufflée!

Ma cousine Ginette est morte à quarante-cinq ans, laissant un mari et une fille derrière elle. Tante Jeanne l'a suivie. Partie rejoindre son père, sa mère, sa fille et son mari. Quant à sa *poupée,* elle s'est mariée et a élevé des enfants. Sans tambour ni trompette. Sans chiffons, sans dentelles, sans... concours de beauté!

Il y a douze ans, Jean-Pierre partait à son tour. Une crise d'asthme aiguë à l'âge de cinquante-trois ans. L'acteur de jadis, le culturiste, mon grand frère, qui avait conservé sa verve et son charme jusqu'à son dernier jour. Jean-Pierre, si présent au temps de l'orphelinat. Jean-Pierre qui l'avait tant aimée et qui quittait Sophia, encore coquette et toujours belle comme Maureen O'Hara. Jean-Pierre qui laissait un fils qui est devenu poète, trois filles et des petits-enfants. Ça m'a fait mal, ça m'a déchiré jusqu'au cœur! Parce qu'il est mort seul, alors que personne n'était là... pas même moi!

Julien joue toujours Mozart et Chopin. Il a une femme, une fille, se porte bien et se veut à ce jour, le seul des Brisseau à avoir franchi le cap de la soixantaine. Cloclo, qu'on appelle Claude depuis longtemps, le benjamin de la famille, a une épouse et un fils. Pas encore grand-père tout comme Julien, il roule sa bosse, gagne bien sa vie, mine de rien.

Mais il y a un an, Maurice est mort. Emporté par un mal qui ne pardonne guère, il a lutté jusqu'au bout de ses forces. Cruel chagrin! Le plus lourd en mon cœur, parce qu'il a partagé, de ma jeunesse, les quelques joies et les nombreux déboires. À cinquante-six ans, l'effronté de sa mère, mon protecteur d'antan, mon frère, est parti laissant pour le pleurer sa femme, Solange, ses cinq enfants et quatre petits-enfants. Une grande et belle famille! Des êtres qui s'aimaient! Maurice qui avait réussi mieux que moi à devenir un père dans son entité. Maurice qui, avec des enfants plein les bras, trouvait le temps d'affectionner ceux de ses frères. Maurice, mon sang, celui dont j'étais le plus près, celui à qui j'avais parlé la veille, à la toute fin de son combat. Toute sa vie, il a haï les sœurs. Au point d'en parler constamment et de conter tous les drames de l'orphelinat à qui voulait bien les entendre. Il est mort sans extraire... les sœurs de ses veines. Marqué à tout jamais, il n'avait pas de reproches pour la mère. Ce sont elles, les femmes de Dieu qu'il haïssait. La Clouâtre, la sœur au visage d'homme, l'a hanté toute sa vie. À chacune de nos rencontres, c'était: «T'en rappelles-tu, Michel?» moi qui faisais tout pour oublier. Chaque année, il téléphonait à la maison mère des sœurs pour s'enquérir de la Clouâtre. Le jour où on lui a enfin appris qu'elle était morte, retrouvant son langage d'enfant, il avait crié au bout du fil d'une voix crachant le fiel: «Dites-moi pas qu'a fini par crever... c'te chienne-là!»

Maurice qui a fini de souffrir mais qui me manque terriblement. Il m'arrive même de songer qu'il pourrait m'entrer de force au trépas, comme je l'avais fait pour lui lors de l'orphelinat. C'est la seule chose qu'il ne m'ait jamais pardonnée! Frondeur, esprit vengeur, j'ai eu peur... mais non, la main de Dieu frappe à son heure, dit-on. Dans son cercueil, je ne l'ai pas reconnu. Et pour cause! Sa veuve l'avait exposé sans... lunettes. Moi qui, depuis l'enfance, ne l'avais jamais vu sans ses... barniques! J'étais ému, troublé, alors que, devant tous, je lui faisais lecture d'un vibrant adieu que j'avais composé. Mon cœur était en miettes, mais je me suis contenu. J'avais tellement pleuré, enfant, que je n'ai plus eu de larmes, devenu grand. Il m'est arrivé une fois ou deux de pleurer seul dans des moments de découragement et, à chaque fois, mes yeux étaient de feu comme si mes larmes étaient de vinaigre. Depuis, je pleure de mon cœur, jamais de mes paupières. Même si ça fait mal, même si ma gorge... s'étrangle. Je suis incapable de pleurer. Verser des larmes me fait peur. J'ai les yeux brûlés, éteints par les sanglots d'antan. Je me retiens, j'endure, comme avec la Cantin, à moins qu'un coup très dur ne m'arrache quelques larmes de chagrin. Mais ça fait mal, je hurle, c'est un martyre à chaque fois. Un martyre que j'endure, la face dans l'oreiller comme autrefois. Oui, Maurice est parti, emportant avec lui un gros morceau de ma vie. Il me semble l'entendre encore crier: «La gare Windsor!» ou envoyer chier la mère. Je le revois dans ce dortoir, barniques au bout du nez, traiter une sœur de vache. Je le revois, travaillant comme un forcené, avec cinq enfants à sa charge, des dettes à payer, du courage à revendre, de l'affection pour ses trois filles et ses deux garçons. Je le revois, caressant ses petits-enfants, les amusant, les taquinant. Je le revois et, ô tristesse amère... je ne le reverrai plus!

Ida Brisseau, ma mère, est morte il y a sept ans. Après Jean-Pierre, avant Maurice. Celle qui disait jadis: «j'vais m'écraser» ou «j'me rendrai pas à cinquante ans», a rendu l'âme... octogénaire! Ida, la mal-aimée, qui était tombée follement amoureuse de son Étienne, à soixante-dix-huit ans. Un veuf qui, voisin de son appartement dans un HLM, lui avait fait une cour discrète. Je me souviendrai toujours du jour où, telle une jouvencelle, elle me l'avait présenté pour ensuite me demander: «Comment tu l'trouves, Michel? Il est beau et ben fin, mon vieux, hein?» Un roman d'amour comme elle n'en avait jamais vécu dans sa vie. Un homme qu'elle emportait dans ses rêves le soir avec la hâte fébrile de déjeuner avec lui le lendemain. Ma mère, heureuse, souriante, coquette, avec un petit logis propre, net, bien rangé, chandeliers de mise pour un tête-à-tête dans la salle à manger. Ida, une femme aimée et qui aimait. La transformation complète. Étienne, sa raison d'être! Et je me disais: «Si le bon Dieu lui offre ce court bonheur, c'est sans doute parce qu'Il le lui devait. Si la Sainte Vierge comble enfin son cœur, c'est parce qu'elle le méritait.» Ida, la mal-aimée qui avait fait de nous des mal-aimés, voyait enfin un jet de lumière au crépuscule de sa triste vie. Heureuse au point de ne plus le quitter, de me dire: «Tu devrais voir comment il me porte sur la main. C'est pas ton père qui aurait fait ça!» Ma mère qui, avec le temps, gardait cet homme chez elle jour et nuit. Ce qui inquiétait Maurice qui m'avait demandé: «Penses-tu qu'ils couchent ensemble, Michel?» Comme si les Roméo et Juliette de cet âge, n'avaient pas le droit de s'aimer autrement... qu'avec le cœur! Étienne, qui avait fait d'elle en quelques mois une femme épanouie. Je ne la reconnaissais plus. Surtout quand elle disait: «C'est un homme comme lui que ça m'aurait pris!» Heureuse, joyeuse, *chic and swell* comme madame Raymond, jadis, ma mère aux cheveux blancs se poudrait le bout du nez quand Étienne venait la visiter. Elle portait même un doux parfum... qu'elle ne sentait pas! Pour lui, que pour lui, comme une jeune fille courtisée qui met tout en œuvre pour séduire un cavalier. Un jour, très sérieusement, je lui avais demandé:

— Pourquoi ne l'épouses-tu pas, maman?

— Voyons donc, à mon âge! Tu n'y penses pas? Pour ensuite ajouter... J'sais pas, des fois, j'y pense. Ça t'choquerait pas?

Mais Ida n'avait pas pour autant mis au rancart son vif tempérament. Le jour de ses quatre-vingts ans, je l'avais invitée avec ma famille, dans un luxueux restaurant pour célébrer l'anniversaire. Elle regardait le menu...

— Viarge! C'est ben cher, icitte? Moi, j'fais mon marché d'la semaine avec le prix d'un plat!

— Ne t'occupe pas de ça, maman, c'est ta fête et, quatre-vingts ans, ça se souligne en grand...

— Vous prenez du vin en plus? As-tu vu les prix, Michel? Ça pas d'bon sens! C'est du vol! J'vous l'avais dit d'm'amener chez le Chinois!

Ma mère avait fini par commander le tournedos, mais il était si gros qu'elle fut incapable de le manger en entier. Après quelques bouchées...

— J'apporte le reste chez moi pour demain. Demande-leur s'ils ont un sac...

— Non, maman, ça ne se fait pas. Pas ici, pas dans un restaurant huppé...

— J'peux quand même pas leur laisser l'morceau au prix qu'tu l'as payé!

— Oublie ça, maman, mange ce que tu peux et laisse le reste...

— Pas question, pas à c'prix-là, viarge!

Et, devant ma femme, mes enfants et leurs conjoints, ma mère prit un ou deux Kleenex, enveloppa le morceau de steak et le «fourra» dans sa sacoche! J'aurais voulu mourir sur place. De gêne et de honte! J'avais beau lui dire que... qu'elle répétait, rouge comme une tomate:

– J'l'emporte! Un steak à vingt-deux «piastres», penses-y! Pis toi, arrête de péter plus haut qu'le trou! En vieillissant, tu m'fais penser à ton père, viarge!

À cinquante ans ans bien sonnés, j'étais encore «son p'tit gars», celui qu'elle réprimandait devant tout le monde comme lorsque j'avais neuf ou dix ans. On avait tous bien ri de ce qu'on appelait «l'affaire du restaurant», mais on se promettait bien l'année suivante de l'amener chez le Chinois ou dans un snack bar à 5,95 $ le repas complet! Par contre, Ida avait été émue ce soir-là. Nous avions commandé un gâteau avec chandelles et, moi, qui n'en savais rien, j'appris de sa bouche que c'était le premier gâteau de fête qu'elle recevait de sa vie. Et, foi d'homme, elle avait sans doute raison, car je ne me souviens pas qu'on ait fêté ma mère une seule fois... autrefois. Elle avait une sainte horreur de tout hommage qui lui était destiné. Elle détestait le jour de sa fête et n'acceptait que le présent de la fête des Mères, parce qu'en cette occasion elle n'était pas la seule à être comblée. Et à quatre-vingts ans, elle acceptait enfin de souffler les bougies. Sans doute parce qu'elle était heureuse, qu'elle aimait... et que son Étienne l'attendait!

Son bonheur avec celui qu'elle appelait «son fiancé» fut de courte durée, même si, dans le cœur de ma mère, chaque jour était une éternité. Elle le traitait aux «petits oignons» son homme. Lui, de son côté, la comblait de cadeaux et de tout ce qu'elle n'avait jamais eu de mon père. C'était, je le confirme, son paradis... sur terre! Un matin, par mégarde, Étienne est tombé en bas du lit et s'est fêlé la hanche, brisé la jambe. Hospitalisé, incapable de marcher, handicapé à tout jamais à cause de son âge avancé, on l'avait transféré dans une résidence pour invalides. La fin d'une belle vie à deux qui avait à peine duré... six mois! Maurice, toujours aussi taquin, nous avait dit: «C'est peut-être la mère qui l'a trop... bardassé!» Ce qui avait fait dire à son épouse: «Maurice! Tu n'es pas drôle! Parle pas de ces choses-là quand il s'agit de ta mère!» Mais ce n'était qu'une blague et les enfants en avaient ri. Il n'aurait pas fallu que ma mère soit là pour entendre... la remarque! Son «effronté» en aurait pris pour son rhume avec elle!

Hiver, été, neige, soleil ou pluie, ma mère se rendait chaque jour au chevet de son bien-aimé. Moins forte sur ses jambes, elle aurait pu s'écrier: «J'vais m'écraser!» mais ce que l'angoisse suggère... l'amour en fait fi. Elle répétait sans cesse: «J'veux pas qui parte! Pas avant moi!» Et elle est partie... avant lui! Étienne, tel un chien qui attend sa maîtresse, l'attendit chaque jour à la même heure, le nez collé à sa fenêtre. Même si on lui avait dit que sa chère Ida... était au paradis! Il l'a suivie un an plus tard, mort de peine et de tristesse. La femme qu'il aimait n'était plus là! Je mettrais ma main au feu... que c'est elle qui est venue le chercher! Le bon Dieu a sans doute compris qu'un roman comme celui-là se devait de survivre dans... l'au-delà!

Elle est partie bien vite, ma mère. Sans s'écraser avec sa poche de linge et bien après ses cinquante ans. Elle venait de célébrer ses quatre-vingt-un ans. Elle avait, de peine et de misère, assisté aux fiançailles de mon fils. Elle y tenait... même si sa santé déjà chancelait. C'était un soir de Noël, le dernier pour elle. C'est comme si elle avait pressenti qu'elle ne serait pas là le jour des noces. Elle avait insisté et c'est à mon bras qu'elle était arrivée, essoufflée, à peine capable de causer.

Quinze jours plus tard, un examen de routine à la clinique d'un hôpital et on décida de la garder sous observation pour la nuit. Depuis deux ans, elle était diabétique et la gangrène risquait de lui emporter la jambe. Elle était lourde, son souffle était très court. Il faisait froid, c'était en plein cœur de janvier. J'étais accouru à l'hôpital sur un appel de mon fils qui était auprès d'elle. Je la vis cinq minutes... pas plus. Juste le temps pour elle de me dire: «Michel, j'me meurs!» Cette fois, j'ai senti dans ses yeux qu'elle disait vrai, que l'heure n'était plus à l'éloquence mais à la délivrance. Elle avait pourtant passé à travers un tas de maux, ma mère, mais avec récupération rapide à chaque fois. Forte comme un bœuf, Ida! Et elle leur avait tenu tête. Elle était là avec «tous ses morceaux» comme elle se l'était juré. Mais, son «j'me meurs!» était d'un ton qui me perça le cœur. Et c'est dans mes bras, son mal-aimé, l'enfant non désiré, celui de trop, son *parapluie du diable*... qu'elle est morte, ma mère! J'ai vu ses yeux me fixer, sa main m'agripper et j'ai entendu son cœur jeter son dernier souffle... dans un râle!

Quand on l'a mise en terre avec Jean-Pierre, bien loin de la tombe de mon père, j'ai senti que le cordon ombilical... était coupé! J'avais perdu ma mère, mais je n'avais pas encore exorcisé l'enfant de l'homme... ce que je viens à peine de faire! L'ai-je mal aimée? L'ai-je trop aimée? Mon cœur ne peut répondre, mais mon âme m'assure que je l'ai aimée... ma mère! Je l'ai aimée comme ça ne se peut pas! Au point de la haïr, enfant, pour l'aimer profondément... devenu grand. Tout comme elle a aimé son père qui ne le lui rendait pas et qu'elle a serré dans ses bras le jour de son trépas. Personne au monde ne peut aimer autant... qu'un mal-aimé!

Le jour choisi par Dieu où elle est morte dans mes bras, je l'ai sentie tel un petit oiseau, blottie contre moi. Et c'est avec une infinie tendresse que j'ai fermé ses paupières, parce que ses yeux inertes... me fixaient encore. Des yeux qui imploraient, des yeux qui parlaient, des yeux... si malheureux! Et c'est à ce moment que je lui ai demandé pardon. Oui, après lui avoir tout pardonné, j'ai voulu qu'elle me pardonne d'avoir douté, enfant, de sa bonne volonté. Ses yeux m'imploraient de comprendre, de ne pas la juger et de tout faire pour oublier ce qu'elle ne s'était jamais pardonné. Comme si, dans un dernier regard, elle aurait souhaité me raconter sa vie. Comme si, d'un œil presque mort, fierté empaillée, elle aurait souhaité que j'aie enfin le nez fourré dans ses malheurs. J'ai retiré de son index l'anneau de son mariage que j'ai glissé à mon auriculaire. Cordon coupé, je voulais que le lien subsiste, que la chaleur de son doigt s'imprègne dans le mien, même si ce gage de bonheur n'avait été que de misère. Elle me quittait... et je la retenais. Comme un enfant qui voudrait que tout recommence! Comme pour avoir... une seconde chance! Puis, je l'ai déposée tout doucement sur son oreiller blanc. Sans la moindre larme, le cœur à l'envers, noyé dans l'océan de ma peine, avec le murmure d'un «je t'aime». Oui, sans geindre, sans pleurer, sans gémir. Parce qu'elle m'avait dit, tout petit, à la porte de l'orphelinat: «Michel, un homme, ça pleure pas!».

LES ÉDITIONS LOGIQUES

ORDINATEURS

VIVRE DU LOGICIEL, par L.-Ph. Hébert, Y. Leclerc et Mᵉ M. Racicot

L'informatique simplifiée

CORELDRAW SIMPLIFIÉ, par Jacques Saint-Pierre
dBASE IV SIMPLIFIÉ, par Rémi Andriot
L'ÉCRIVAIN PUBLIC SIMPLIFIÉ (IBM), par Céline Ménard
L'ORDINATEUR SIMPLIFIÉ, par Sylvie Roy et Jean-François Guédon
LES EXERCICES WORDPERFECT 5.1 SIMPLES & RAPIDES, par Marie-Claude LeBlanc
LOTUS 1-2-3 AVANCÉ, par Marie-Claude LeBlanc
LOTUS 1-2-3 SIMPLE & RAPIDE (version 2.4), par Marie-Claude LeBlanc
MACINTOSH SIMPLIFIÉ, par Emmanuelle Clément
MS-DOS 3.3 ET 4.01 SIMPLIFIÉ, par Sylvie Roy
MS-DOS 5 SIMPLIFIÉ, par Sylvie Roy
PAGEMAKER 4 SIMPLIFIÉ (MAC), par Bernard Duhamel et Pascal Froissart
PAGEMAKER IBM SIMPLIFIÉ, par Hélène Adant
PAGEMAKER MAC SIMPLIFIÉ, par Hélène Adant
SYSTÈME 7 SIMPLIFIÉ, par Luc Dupuis et Dominique Perras
WINDOWS 3.1 SIMPLIFIÉ, par Jacques Saint-Pierre
WORD 4 SIMPLIFIÉ (MAC), par Line Trudel
WORD 5 SIMPLE & RAPIDE (IBM), par Marie-Claude LeBlanc
WORDPERFECT 4.2 SIMPLE & RAPIDE, par Marie-Claude LeBlanc
WORDPERFECT 5.0 SIMPLE & RAPIDE, par Marie-Claude LeBlanc
WORDPERFECT 5.1 AVANCÉ EN FRANÇAIS, par Patrick et Didier Mendes
WORDPERFECT 5.1 SIMPLE & RAPIDE, par Marie-Claude LeBlanc
WORDPERFECT 5.1 SIMPLIFIÉ EN FRANÇAIS, par Patrick et Didier Mendes
WORDPERFECT POUR MACINTOSH SIMPLIFIÉ, par France Beauchesne
WORDPERFECT POUR WINDOWS SIMPLIFIÉ, par Patrick et Didier Mendes

Les Incontournables

MS-DOS 5, par Sylvie Roy
WINDOWS 3.1, par Jacques Saint-Pierre
WORDPERFECT 5.1, par Patrick et Didier Mendes

Notes de cours

Cours 1 SYSTEME 7 MACINTOSH – Les fonctions de base
Cours 1 WORDPERFECT POUR DOS – Les fonctions de base

Cours 2 WORDPERFECT POUR DOS – Les fonctions intermédiaires
Cours 3 WORPERFECT POUR DOS – Les fonctions avancées
Cours 1 WORDPERFECT POUR WINDOWS – Les fonctions de base
Cours 2 WORDPERFECT POUR WINDOWS – Les fonctions intermédiaires

ÉCOLES

APPRENDRE LA COMPTABILITÉ AVEC BEDFORD (Tome 1), par Huguette Brodeur

APPRENDRE LA COMPTABILITÉ AVEC BEDFORD (Tome 2), par Huguette Brodeur

APPRENDRE LA DACTYLOGRAPHIE AVEC WORDPERFECT, par Yolande Thériault

APPRENDRE LE TRAITEMENT DE TEXTE AVEC L'ÉCRIVAIN PUBLIC, par Yolande Thériault

APPRENDRE LE TRAITEMENT DE TEXTE AVEC WORDPERFECT, par Yolande Thériault

HARMONIE-JAZZ, par Richard Ferland

PERVENCHE, par Marthe Simard

Théories et pratiques dans l'enseignement

ORDINATEUR, ENSEIGNEMENT ET APPRENTISSAGE, sous la direction de Gilles Fortier

LES FABLES INFORMATIQUES, par Francis Meynard

PÉDAGOGIE DU JEU, par Nicole De Grandmont

LA FORMATION FONDAMENTALE, sous la direction de Christiane Gohier

LECTURES PLURIELLES, sous la direction de Norma Lopez-Therrien

POUR UN ENSEIGNEMENT STRATÉGIQUE, par Jacques Tardif

LE ROMAN D'AMOUR À L'ÉCOLE, par Clémence Préfontaine

LE JEU LUDIQUE, par Nicole De Grandmont

SOLITUDE DES AUTRES, sous la direction de Norma Lopez-Therrien

LA LECTURE ET L'ÉCRITURE, sous la direction de Clémence Préfontaine et Monique Lebrun

LA FORMATION DU JUGEMENT, sous la direction de Michael Schleifer

LA PHILOSOPHIE ET LES ENFANTS, Marie-France Daniel

LE SAVOIR DES ENSEIGNANTS, par Clermont Gauthier, M'hammed Mallouki et Maurice Tardif

Formation des maîtres

DEVENIR ENSEIGNANT (Tome 1), traduction de Jacques Heynemand et Dolorès Gagnon

DEVENIR ENSEIGNANT (Tome 2), traduction de Jacques Heynemand et Dolorès Gagnon

SOCIÉTÉS

ILS JOUENT AU NINTENDO..., par Jacques de Lorimier
DIVORCER SANS TOUT BRISER, Mᵉ Françoise de Cardaillac

Enfance, jeunesse et famille

L'ABUS SEXUEL, par Pierre Foucault
LA CRÉATIVITÉ, par Marie-Claire Landry
LA RELATION D'AIDE, par Jocelyne Forget
LA VIOLENCE À L'ÉCOLE, par Jacques Hébert
LE SUICIDE, par Monique Séguin

Le champ littéraire

FEMMES ET POUVOIR Dans la «cité philosophique», par Guy Bouchard

Les dictionnaires

LE DICTIONNAIRE PRATIQUE DE L'ÉDITIQUE, par Paul Pupier et Aline Gagnon
LE DICTIONNAIRE PRATIQUE DES EXPRESSIONS QUÉBÉCOISES, par André Dugas et Bernard Soucy
LE VOCABULAIRE DES ADOLESCENTS ET DES ADOLESCENTES DU QUÉBEC, par Gilles Fortier

FICTIONS

Autres mers, autres mondes

BERLIN-BANGKOK, roman par Jean-Pierre April
C.I.N.Q., nouvelles, sous la direction de Jean-Marc Gouanvic
DEMAIN, L'AVENIR, nouvelles, sous la direction de Jean-Marc Gouanvic
DÉRIVES 5, nouvelles, sous la direction de Jean-Marc Gouanvic
ÉTRANGERS! roman par André Montambault
LA VILLE OASIS, roman par Michel Bélil
LES GÉLULES UTOPIQUES..., roman par Guy Bouchard
LES MAISONS DE CRISTAL, récits par Annick Perrot-Bishop
SF: 10 ANNÉES DE SCIENCE-FICTION QUÉBÉCOISE, nouvelles, sous la direction de Jean-Marc Gouanvic
SOL, nouvelles, sous la direction de Jean-Marc Gouanvic
VIVRE EN BEAUTÉ, nouvelles par Jean-François Somain

ENFANTS

ZOÉ À LA GARDERIE, par Isabelle Richard et Bruno Rouyère
ZOÉ EN AUTOMOBILE, par Isabelle Richard et Bruno Rouyère

PLAISIRS

CUISINE SÉDUCTION, par Andrée et Fernand Lecoq

HOROSCOPE 93, par Véronique Charpentier

LA CUISINE DE TOUS LES JOURS, par Andrée et Fernand Lecoq

LA CUISINE DES WEEK-ENDS, par Andrée et Fernand Lecoq

LE GUIDE DES PLAISIRS ÉROTIQUES ET SENSUELS, par Dʳ Ruth K.
  Westheimer et Dʳ Louis Lieberman

MON CHAT, MODE D'EMPLOI, par Francine Boisvert

MON CHIEN, MODE D'EMPLOI, par Éric-Pier Sperandio

URGENCE CHAT, par Johanne de Bellefeuille et Dʳ François Desjardins M.V.

URGENCE CHIEN, par Johanne de Bellefeuille, Dʳ George E. Boyle M.V. et
  Charles L. Blood

LITTÉRATURE

HISTOIRES CRUELLES ET LAMENTABLES, nouvelles par Jean-Pierre Vidal

LA PAROLE ET L'ESPRIT

AU FIL DES JOURS, par Roland Leclerc, Ptre

Achevé   Imprimerie
d'imprimer Gagné Ltée
au Canada Louiseville